U0917027

我们掩埋的人生

[美] 艾伦 · 艾丝肯斯 著
苏心一 译

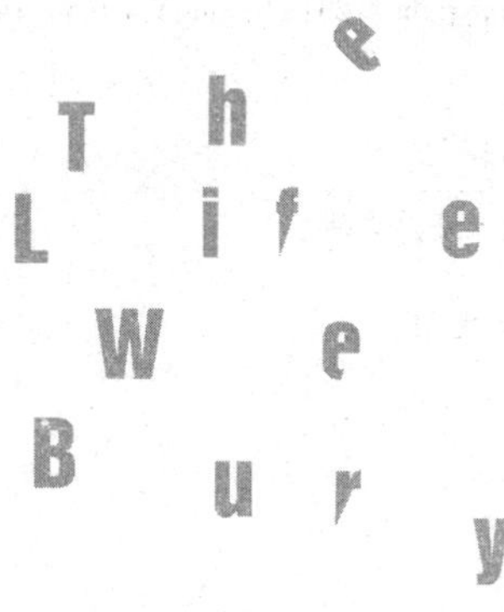

图书在版编目(CIP)数据

我们掩埋的人生 / (美) 艾伦 · 艾丝肯斯 (Allen Eskens) 著；苏心一译. — 南京：江苏凤凰文艺出版社，2017

书名原文：The Life We Bury

ISBN 978-7-5399-9250-1

Ⅰ. ①我… Ⅱ. ①艾… ②苏… Ⅲ. ①长篇小说－美国－现代 Ⅳ. ①I712.45

中国版本图书馆CIP数据核字(2016)第267342号

The Life We Bury

书　　名	我们掩埋的人生
著　　者	[美] 艾伦 · 艾丝肯斯
译　　者	苏心一
责任编辑	聂　斌　孙金荣
策划编辑	李淑红
特约编辑	田　华
版权支持	张晓阳
文字校对	郭慧红
装帧设计	张颖颖
封面设计	门乃婷工作室
出版发行	凤凰出版传媒股份有限公司 江苏凤凰文艺出版社
出版社地址	南京市中央路165号，邮编：210009
出版社网址	http://www.jswenyi.com
经　　销	凤凰出版传媒股份有限公司
印　　刷	河北鸿祥印刷有限公司
开　　本	890毫米×1270毫米　1/32
印　　张	10
字　　数	221千字
版　　次	2017年1月第1版　2017年1月第1次印刷
标准书号	ISBN 978-7-5399-9250-1
定　　价	38.00元

(江苏凤凰文艺版图书凡印刷、装订错误可随时向承印厂调换)

谨以此书献给我的妻子乔莉，我最可信赖的顾问和最好的朋友。

也献给我的女儿米凯拉,感谢她一直以来的鼓励。

还有我的父母帕特和比尔·艾丝肯斯，感谢他们对我的教导。

我们掩埋的人生

目录 The Life We Bury

The Life We Bury

引 子

一份麻烦的课程作业

我记得那天在朝我的车走去的途中，一种忧虑的情绪不断搅扰着我，一种不祥的预感在我脑中盘旋，在那个傍晚萦绕起伏。这个世界上的有些人会称呼这种感觉为预兆，认为这是能看到当前趋势的第三只眼睛发出的警告。我从来不信这些。然而我承认有时候当我回想起那一天，也会纳闷：如果命运女神果真曾在我耳边低语——如果我知道那一趟驾车出行会改变那么多事情——我会选择一条更稳妥的路吗？在那个右转的地方我会左转吗？我还会沿着那条将我引向卡尔·艾弗森的路行进吗？

在那个凉爽的九月晚上，我的明尼苏达双城队要与克利夫兰印第安人队进行比赛，赢取中部冠军。很快，球场的灯会照亮明尼阿波利斯的西边地平线，照亮整个夜空，宛若荣耀之光，可我不会在现场见证这些。这又是我的大学预算没法承受的一件事情。我会一直在莫莉酒吧门口工作，在检查司机的驾照和平息醉后的争吵期间，偷偷瞅一眼柜台上方的电视机——这不是我的职业，不过可以帮我付租金。

说来奇怪，在我们的历次会面中，我的高中指导老师从没提过“大学”这个词。也许她能闻出沾在我那些旧衣服上的浓烈的无药可救的气息。也许她已经听说我在满十八岁的第二天就在一家叫作皮德蒙特的休闲酒吧工作。又或者——八成是这样——她知道我母亲是谁，认为有什么样的父母就会有什么样的子女。无论如何，没看出我是上大学的料这一点我并不怪她。事实上，在昏暗的酒吧里，我感到比在学术殿堂的大理石过道上更舒服，我在那些过道上跌跌撞撞，就像脚上穿错了鞋子。

那天我跳上我的车——一辆有二十年车龄的锈迹斑斑的本田雅阁——开动车子，从学校往南驶去，汇入35号州际公路交通高峰期的车流，听着艾丽西亚·凯斯[1]的歌曲从破朽的喇叭中传出来。到达城镇主干线时，我伸手到乘客位的背包里摸索，终于找到了写有老人之家地址的那张纸。“别叫它老人之家，”我对自己咕哝道，“那是养老院、老年中心，大概这类地方。”

我在郊区里奇菲尔德混乱的街道间行驶，最后在希尔维尤庄园——我的目的地的门口，找到了标志牌。这个名字真是天大的恶作剧。这里没有山，也没有“庄园”所暗示的半点壮观的景象。前面是一条熙熙攘攘的四车道林荫大道，后面对着一座摇摇欲坠的老旧公寓大楼。但是，这个不恰当的名字，也许是希尔维尤庄园最让人愉悦的事情了。庄园灰砖墙上布满绿色海藻，蓬乱的灌木疯长，霉菌和铜锈包裹住每个窗框的软木。这栋房屋坐落在地基上，就像一个足球抢断球[2]一样令人忧惧。

我步入大厅，一股污浊的空气，混杂着消毒药膏和尿臊的刺鼻气味，扑面而来，让我的眼睛瞬间充满泪水。一个戴着扭曲假发的老妇人坐在轮椅里，目光越过我，似乎在期待从前的某个求婚者从停车场出现，把她带走。我经过时，她笑了，并不是对我笑。我并不存在于她的世界，正如我的世界中没有一丝对她的记忆。

快到接待处时，我停了下来，最后一次聆听在我耳边萦绕的念头，

[1] 艾丽西亚·凯斯：美国女歌手、音乐人、演员兼作家，代表作品有 *You Don't know my Name*，*No One* 等。

[2] 足球抢断球：指足球运动员在规则允许的范围之内，夺取对方所控制的足球。

那些念头固执地劝我在为时已晚之前放弃那个英语课程，代之以更理智的课程，比如地质学或历史。一个月以前，我离开了位于明尼苏达奥斯丁的家，偷偷溜走，就像一个男孩跑去参加马戏团。一个字也没有告诉我妈妈，没有给她任何机会来改变我的主意。我仅仅收拾了一个包裹，告诉我弟弟我要走了，给妈妈留了张字条。等我到达大学的教务室时，所有像样的英语课程都满员了，于是我注册了传记课，一门强迫我去访问素昧平生的人的课。我在大厅徘徊，深知我太阳穴处湿漉黏糊的汗珠源于这门课的作业，我长久以来拒绝开始的作业。我知道这个作业会让人不愉快。

希尔维尤的接待员，一个方脸女人，面颊结实，头发紧致，眼睛深陷，像一个古拉格舍监，她探身到接待桌前，问道："要帮忙吗？"

"是的，"我说，"我是说，但愿如此。你们的经理在吗？"

"我们不允许招揽生意。"她说，盯着我，神情变得冷淡。

"招揽生意？"我勉强笑了笑，伸出双手做出哀求的样子，"女士，"我说，"我没法向穴居人推销火。"

"好吧，你不是这儿的居民，也不是访客，你当然也不在这里工作，那么，还剩下什么？"

"我叫乔·塔尔伯特。我是明尼苏达大学的一名学生。"

"然后呢？"

我瞥了眼她的名牌。"呃……珍妮特……我想与你的经理谈谈我必须做的一个作业。"

"我们没有经理，"珍妮特眯着眼说道，"我们有一位主管，洛格伦太太。"

“抱歉，”我说，尽量保持和气，“我能跟你的主管谈谈吗？”

“洛格伦太太非常忙，况且现在是晚饭时间——”

“只需要一分钟。”

“要不你把你的作业情况跟我说下，我看看是否值得打搅洛格伦太太。”

“这是一项课程作业，”我说，“英语课作业。我必须访问一位老人——我是说一位长辈然后为他写传记。你知道，关于他一路走来遇到的艰难险阻。”

“你是作家？”珍妮特上下打量着我，似乎我的外表能回答这个问题。我最大限度地把身体挺直到五英尺十英寸[1]。我二十一岁了，已经接受我只能长这么高——谢谢你老乔・塔尔伯特，不管你在哪里。虽然我是一个门卫，我不是你通常在酒店门口看到的那种大块头。事实上，对于门卫来说，我是瘦弱的。

“不是，”我说，“不是作家，只是一名学生。”

“他们让你写一整本书？”

“不是。它是文章和大纲的混合，”我笑着说道，“有些章节必须写出来，像开头、结尾和重要的转折点。不过它多半会是一个概要。这是一个相当大的项目。”

珍妮特皱了下扁平的鼻子，摇了摇头。由于我不推销任何东西，显然她又有些不忍。她拿起电话，压低了声音说话。很快一个穿绿色套装的女人从接待桌那边的过道走来，在珍妮特旁边站定。

[1] 五英尺十英寸：一英尺约为 30.5 厘米，一英寸约为 2.5 厘米，五英尺十英寸约合 178 厘米。

“我是洛格伦主管，”女人宣布道，她的头抬得端正，一动不动，似乎她头上正平稳地托着一只茶杯，“我能帮你吗？”

“希望如此。”我深吸了一口气，把我的来意重新说了一遍。洛格伦太太斟酌着我的解释，脸上露出困惑的表情，说道：“你为什么来这里？你怎么不采访一下你的父母或祖父母？”

“我的亲人都不在附近。”我说。

这是谎言。我的母亲和弟弟就住在双城南边，开车两个小时就能到，但即使是短时间造访我母亲的住处，都像是在荆棘地里穿行。我从没见过我父亲，不知道他是否还在玷污地球。虽然我知道他的名字。我母亲自以为聪明地给我取了他的名字，指望这会让老乔·塔尔伯特内疚，从而待在她身边，也许娶她，并养她和小乔伊，但没能实现。我的弟弟杰里米出生时，妈妈故技重施，得到同样的结果。在我长大的过程中，我不得不一再对别人说明我母亲的名字是凯西·纳尔逊，我的名字是乔·塔尔伯特，而我弟弟的名字是杰里米·内勒。

至于我的祖父母和外祖父母，我只见过我妈妈的父亲，我的外祖父比尔——我爱他。他是一个沉默寡言的人，只需简单的一瞥或是点头就能吸引别人的注意。在他身上，坚毅与温和平分秋色，像上等的皮革一样融为一体。有些日子，当我需要他的智慧来处理我生活中的起伏时，我就会仔细搜寻对他的记忆。然而，有些夜晚，雨水溅在窗玻璃上的声音会渗进我的潜意识，他会在梦中造访我——这些梦以我在床上突然坐起而结束，想起看着他死的那一幕，我浑身冷汗直冒，手抖个不停。

“你真的明白这里是养老院，是吧？”洛格伦太太问道。

“这就是我来这里的原因,”我说,“这儿有些人经历了传奇的时代。”

“没错。”她说着靠在分隔我们的工作台上。距离很近，我可以看见从她眼角扩散出来的皱纹，她的嘴唇上也显出皱纹，像干涸的湖床。我可以闻到她说话时嘴里散发出的苏格兰威士忌的淡淡芳香。她继续低声说道:“人们住在这里是因为他们没法照顾自己。大部分人患有老年痴呆症，或者精神错乱，或者其他神经系统疾病。他们不记得自己的孩子，更别提他们生活中的细节。”

这一点我倒没有想到。看来我的计划要泡汤了。我怎么写得出一个战争英雄的传记，如果这个英雄都不记得他做了什么？“你们这里难道没人还记得事情？”我问道，声音听起来比我自己想象的更可怜。

“我们可以让他跟卡尔谈谈。”珍妮特说道。

洛格伦太太瞥了珍妮特一眼，当你瞪向恰好揭穿了你的完美谎言的家伙时，就是那种眼神。

“卡尔？”我问道。

洛格伦太太交叉双臂，从接待桌后面退了出来。

我催问道:“谁是卡尔？”

珍妮特看向洛格伦太太，寻求准许。洛格伦太太终于点头，这回轮到珍妮特靠在工作台上。“他的名字是卡尔·艾弗森。他是一个杀人犯,”她低声说，就像一个女学生冒失地讲出一个故事,“大约三个月前刑事局送他来了这里。他被从斯蒂尔沃特假释出狱，因为他身患癌症，命不久矣。”

洛格伦太太恼怒地说道:“显然，胰腺癌是再合理不过的报应。”

“他是一个谋杀犯？”我问道。

珍妮特环顾四周，确保没人偷听。“三十年前他强奸并杀害了一个十四岁的女孩，”她轻声说，“我在他的卷宗里读到的。杀害她后，他试图在他的工具棚焚烧掉她的尸体来毁灭证据。”

一个强奸犯和谋杀犯。我来希尔维尤是为了寻找一位英雄，却找到了一个恶棍。他当然是个有故事的人物，但我要写的是这种故事吗？我的同学们会写出祖母在肮脏的地板上生孩子的故事，或者祖父在酒店大堂看见约翰·迪林杰[1]，我却要写这样一个人，他强奸并杀害了一个女孩，还在工具棚里烧掉了她的尸体。起初采访一个谋杀犯的想法让我没法接受，但思之再三，我越发有了兴致。这项作业我已经拖了太久。九月快过完了，没几周我就必须要上交我的访谈记录。我的同学们已经让他们的马冲出了起跑门，我的驽马还在后面的谷仓里大嚼干草。卡尔·艾弗森将成为我的访谈对象——如果他同意的话。

“我想采访一下艾弗森先生。”我说。

“那人是个恶魔，”洛格伦太太说，“我不会让他称心如意。我知道这么说不人道，但是他就待在房间默默死去，是再好不过的事。”这番话让洛格伦太太自己也感到不愉快，这是一个人兴许会在心里想，而绝不会说出来的一番话，尤其当着陌生人的面。

“哎，”我说，“如果我能记录他的故事，也许……我说不好……也许我能让他承认他的错误。”终究我还是个推销员，我暗自想，“此外，他也有权让人探视，不是吗？”

洛格伦太太看上去有些犯难，她没有选择。卡尔不是希尔维尤的囚

[1] 约翰·迪林杰：20世纪30年代大萧条时期中，活跃于美国中西部的银行抢匪和美国黑帮的一员。

犯，他是这里的住户，跟其他人一样享有拥有访客的权利。她伸直手臂，再一次将手放在我们之间的工作台上。“我得去问问他，看他是否想要别人来看他，”她说，“他来这儿的几个月里，只有一个人来看过他。”

“我能自己跟卡尔谈谈吗？”我说，“也许我能——”

“艾弗森先生。”洛格伦太太纠正我，热切地要重新获得她的优越感。

“当然，”我耸耸肩表示歉意，“我能够向艾弗森先生解释一下这个作业的情况，也许——”

一阵丁当的电子乐声从我的手机中传出来，打断了我。“抱歉，”我说，“我还以为我把手机关了。”我从口袋掏出手机，看见上面显示着我母亲的号码，我的耳朵变红了，“失陪一下，”我说着背对珍妮特和洛格伦太太，显出需要隐私的样子。

“妈妈，我现在不能交谈，我——”

“乔伊，你得过来接我。”我母亲对着手机尖叫，因为醉酒，她说话含糊不清。

“妈妈，我得——”

“他妈的他们把我铐起来了。”

“什么？谁——”

“他们逮捕了我，乔伊……他们……那些蠢货。我要控告他们。他妈的我要找个最厉害的律师。”她冲着她身边的人吼道，“你听到没，你……你个蠢货！告诉我你的工号。我要让你干不成。”

“妈妈，你在哪？”我缓慢而大声地说道，想要把我母亲的注意力拉回来。

“他们给我戴上了手铐，乔伊。”

“有警官在吗？”我问道，“我能跟他谈谈吗？”

她对我的问题置之不理，不断地从一个难以理喻的念头跳到另一个。“如果你爱我，你就过来接我。我他妈是你妈，该死的。他们铐住了我……赶紧来……你从没爱过我。我……我没有……我就该砍掉自己的手。没人爱我。我那时都快到家了……我要起诉。”

“好的，妈妈，”我说，“我来接你，但我要跟警察谈一谈。”

“你是说蠢货先生？”

“没错，妈妈，蠢货先生。我要跟蠢货先生谈谈。把电话给他，我就来接你。”

“好，”她说，“嗨，蠢货，乔伊想跟你谈谈。”

“纳尔逊女士，”那位警官说道，“你该联系律师，而不是联系你儿子。”

“嘿，蠢货警官，乔伊想跟你谈谈。”

那位警官叹了口气，“你说过你想跟律师谈谈。你应该利用这个时间给律师打电话。”

“蠢货警官不跟你谈。”妈妈对着手机打起嗝来。

“妈妈，告诉他我请求他。”

“乔伊你得——”

“该死的，妈妈，”我轻声喊道，“告诉他我请求他。”

一阵沉默后，妈妈说：“好。”她把手机拿开，我几乎听不见她说话。“乔伊请求你。”

一阵长时间的停顿后，那个警官拿起了手机。

“你好，”我快速而平静地说道，“警官，发生这一切我十分抱歉，可我有个患自闭症的弟弟。他跟我妈妈住在一起。我需要知道我妈妈今天能否获得释放，如果她不能，我得回去照看我弟弟。”

“呃，事情是这样的。你母亲因为酒后驾车被逮捕。”我能听见我母亲在诅咒哀号，“我把她带到了毛尔县执法中心做呼吸测醉检测。在做测试之前，她要求行使给律师打电话的权利，因而她本应利用这个时间联系律师，而不是打给你要你来接她出去。”

“我明白了，”我说，“我需要知道她今天能否得到释放。”

“不能。”那位警官十分简省地答道，以免我母亲听到等待她的是什么。我暂且假装附和。

“她要去戒瘾所吗？”

“是的。”

“多少天？”

“两到三天。”

“然后她会被释放？”我问道。

“不。”

我想了一会儿，“从戒瘾所去看守所？”

“没错，直到她在法庭上露面。”

妈妈听到“法庭”这个词便又叫喊起来。由于醉酒与疲惫，她的话语像一座衰朽的索道桥一样颤颤巍巍。“该死的乔伊……赶过来。你不爱我……你忘恩负义……我是你的母亲，乔伊，他们……他们……赶过来。把我弄出去。”

“谢谢，”我对那位警官说道，“非常感谢你的帮助。在应付我妈妈上，祝你好运。”

“也祝你好运。”他说道。

我结束了电话，转过身看向珍妮特，洛格伦太太看着我，就像我是一个刚刚知道狗会咬人的孩子。“抱歉，”我说，“我母亲……她……不太好。我没办法去见卡尔——呃，艾弗森先生——今天我得去处理点事情。”

洛格伦太太的目光柔和了下来，她严厉的表情转化为同情。“没事，”她说，“我会跟艾弗森先生说说。把你的名字和电话留给珍妮特，我会告诉你他是否同意跟你见面。”

“非常感谢。”我说，我在一张纸上写下了我的信息，“我可能要把手机关一会儿，如果我没有接听，麻烦给我留言让我知道艾弗森先生是怎么说的。”

“我会的。”洛格伦太太说。

在离希尔维尤一个街区远的地方，我驶入一个停车场，用尽全力紧握方向盘然后猛烈地摇晃。“我靠！”我喊道，“靠！靠！靠！为什么你不能让我清静清静！”我的指节发白，一阵愤怒涌上心头，我颤抖不已。我深吸了一口气，等待着喉头的悸动消退，眼睛重回清明。等我平静下来后，我打电话给莫莉告诉她我没办法去守门。她不高兴，但她表示体谅。挂断电话后，我把手机扔到乘客座上，开启了往南去接我弟弟的长途奔程。

第一部

被恨之入骨的奸杀犯

一

大部分人很可能从未听说过明尼苏达州的奥斯丁市，而那些听说过这个城市的人知道它则是因为斯帕姆午餐肉，这种咸猪肉产品从不腐烂，世界各地的士兵和难民都食用它。它是荷美尔食品公司的核心产品，我的家乡也因此有了一个绰号——斯帕姆镇。在奥斯丁甚至还有一个专门展示斯帕姆伟业的博物馆。如果这没有将奥斯丁打上如同监狱文身式的标签，那么还有那场罢工。

罢工发生在我出生前四年，但是在奥斯丁长大的孩子们对这场罢工的了解就如同一些孩子了解刘易斯和克拉克远征[1]或者独立宣言。20 世纪 80 年代初的经济衰退让肉类加工业遭受重创，于是荷美尔要求工会大幅减薪。人们自然不堪承受，罢工开始了。在警戒线上的推撞导致了暴乱。这场暴乱引来了电视网，一个电视小组完工时在艾伦达尔附近的玉米地撞毁了一架直升机。最后州长派来了国民警卫队，之后这场暴力和怨恨给镇子留下一道痕迹，有些人会说给予了它特色。我却将之视为一道丑陋的疤痕。

和其他城镇一样，奥斯丁也有优点，尽管大多数人看不见粉刺旁

[1] 刘易斯和克拉克远征：1804—1806 年，美国国内首次横越大陆西抵太平洋沿岸的往返考察活动。

边的肌肤。它有公园，一个水潭，一个不错的医院，一个加尔默罗会的隐修院，自己的市立机场，并且奥斯丁离罗切斯特的著名梅奥医院仅咫尺之遥。奥斯丁拥有一所社区大学，我之前在那里上课，同时打两份零工。在三年内，我攒够了钱，也修够了学分，转学到明尼苏达大学上大三。

奥斯丁还有十三间酒吧，不算上酒店酒吧和福利俱尔部，拥有大约两万三千人口——在大明尼苏达州，奥斯丁的酒吧与居民的比率最高。这些酒吧我十分熟识，每一间在生命的某一时刻我都曾驻足。我还是个小毛孩，兴许不到十岁时，踏足了我人生的第一家酒吧。当时我母亲把我留在家里照看杰里米，她则外出喝酒。我比弟弟大两岁，他有自闭症——这让他极其安静——妈妈觉得我够大，可以照看小孩。

那天晚上，杰里米坐在起居室的一张扶手椅上看他最喜欢的录像《狮子王》。我有地理作业要做，于是我把自己关在他和我共用的那间小卧室里。这么多年以来，我们共用的大多数房间我都没有印象了，却独独记得那一间：墙壁跟脆饼干一样薄，涂上了世上每个公共泳池底部都覆盖的那种明亮的蓝色。我能听到从另一个房间传来的最轻微的声响，包括《狮子王》的歌曲，杰里米一遍又一遍地播放。我坐在双层床上——一个蹩脚的二手货，弹簧毫无用处，床垫不得不靠在一块胶合板上——捂住耳朵试图隔绝噪声，但这样做对于减轻从可渗透的墙传来的，冲击着我注意力，一刻不停且重复乏味的音乐收效甚微。我不清楚接下来发生的事情是真实的还是由于愧疚我记忆添枝加叶的，我要求杰里米把音量调低一点，但我可以肯定他反而调高了音量。一个人的忍耐是有限度的。

我愤怒地踩着重步进入起居室，把杰里米从椅子上推到一边，让他重重地在墙上磕了一下，他头顶上的一张照片被撞松，照片里是三岁的我抱着还是婴儿的他的影像。照片从钉子上松动，从墙上掉落，砸在杰里米金黄色的头发上，玻璃碎成无数尖利的碎片。

杰里米把他胳膊和腿上的碎片拂掉后，看着我。一块楔形的玻璃插在他的头顶，像一个超大的硬币卡在一个矮小的猪形储蓄罐的狭槽里。他眯起眼睛,不是出于愤怒,而是困惑。杰里米很少直视我的眼睛，但那一天他瞪着我，仿佛他就要解开一个重大谜题。接着，似乎他找到了答案，他的眼神突然变得温和，目光转向了积聚在手臂上的血滴。

我从浴室抓了条毛巾，小心地把玻璃从他头上拿走，还好玻璃没有像我担心的插得那般深，我用毛巾裹住他，就像包头巾一样。我用一块洗脸巾擦去他手臂上的血，等待着不再出血。十分钟后，血仍然从伤口往下滴，那条白色的毛巾染上了片片鲜红的血渍。我重新用毛巾包裹住杰里米的头，把他的手放在毛巾的末端保持不动，跑出门去找我们的母亲。

妈妈并不需要为我留下面包屑的踪迹。我们的车停在双拼式房屋的车行道上，两个轮胎是瘪的，这表明妈妈就在步行能到的地方。这框定了我只有几个酒吧可选。我母亲留下我独自照看患自闭症的弟弟而从不提她去了哪里，而我似乎本能就知道去酒吧找她，那时我并不认为这是件怪异的事。话说回来，童年时期我认为正常的大多数事情现在回顾时完全一团糟。我在第一家酒吧——奥德赛酒吧就找到了她。

我没料到那地方如此空寂。我总是想象我母亲趾高气扬地加入一大群说着笑话，大笑着，跳着舞的潮男型女中，就像电视广告中的人那样。但是这个地方只有从廉价的扬声器里发出的拙劣刺耳的乡村音乐,高低不平的地板,充满懒散无能的平庸之辈。我立马看到了我母亲,她正跟酒店伙计聊天。起初，我搞不清她脸上的表情是愤怒还是忧虑。不过她狠命地抓起我，把我拽出了酒吧，这让我不再有疑问。我们脚步轻快地回到公寓，发现杰里米在看电影，他的手还放在毛巾上同一个地方。妈妈看见沾染了血的毛巾时，吓了一跳。

“你究竟干了什么！老天。瞧这一团乱！”她把毛巾从他头上拉下来，拎住他的胳膊把他抬离地面，拖进浴室，放进空浴盆。血让他漂亮的金黄色头发缠结在一起。她把染血的毛巾扔进水槽，然后去起居室擦洗鼻烟色地毯上的三个小血点。

“你得用我的好毛巾,”她喊道,“你不能就拿块破布。看地毯上的血。我们可能会失掉押金。你没有停下来想一想吗？不，你从不思考。你把事情搞得他妈的一团糟，而我不得不来收拾残局。”

我走进浴室，部分为了摆脱我母亲，部分为了与杰里米待在一起，以免他受到惊吓。不过他没有害怕,他从没害怕过,或者说他感到恐惧,却从没表现出来。他看着我，在这世上的其他人看来，他的脸上毫无表情，但是我可以看出因为我的辜负隐藏在他眼中的那丝忧郁。不管我多么努力地想忘掉那个晚上，将它埋藏在心底的某个地方，让它消亡，杰里米看着我的那幅场景仍然不时在我的记忆中浮现。

如今杰里米十八岁了，能独自在公寓里待上几个小时，但几天则不行。那天晚上我把车驶入我母亲公寓的车道时，双城队与印第安人队在第三局一度僵持不下。我用备用钥匙打开了门，发现杰里米在看《加勒比海盗》，他新近最喜欢的电影。有一瞬间他显得有些吃惊，接着他看向我们之间的地板。

“嘿，老弟，”我说，“你好吗？”

“你好，乔。”他说。

杰里米开始上中学时，当局给他指派了一位名叫海伦·博林格的助教。她了解自闭症，理解杰里米对于模式和程序的需求，对独处的喜好，对于触摸和被触摸的反感，以及不太能理解本能的需求和白纸黑字的指示之外的事情。那段时期，博林格太太竭力带杰里米走出黑暗，我母亲则鼓励他乖乖听话不多嘴，这一角力持续了七年，结果是博林格太太赢了。到中学毕业时，他能够勉强进行一场谈话，虽然在我们交谈时，他不太敢看着我。

“我还以为你在学校里。”杰里米说，完全用那种断续的节奏，似乎他把每一个词都小心地摆放在传送带上。

“我回来看你。”我说。

“哦，好的。”杰里米转过身继续看电影。

“妈妈给我打了电话，”我说，“她要开会，暂时不能回家。”

对杰里米说谎很容易，他那轻信的性格没办法理解欺骗。我不是存心骗他，那是我对他解释事情的方式，免去真相带来的复杂情况或者微妙细节。我母亲第一次被送进戒瘾所时，我撒谎说她在开会。过后，每次妈妈跑去某个印第安赌场或者在某个家伙的家里过夜时，我就告诉杰里米妈妈在开会。杰里米从没问起过这些会议，从没纳闷为什么有些会议持续几个小时，另一些则要好几天，从没为这些会议出现得如此突然感到诧异。

“这次是长会，”我说，“你得去跟我待几天。”

杰里米不再看电视，眼神在地板上游离，眉毛上方出现一道细细的皱纹。我能看出他在努力跟我进行眼神接触，这对他来说不是自然而然就能完成的任务。“也许我能待在这里等妈妈。”他说。

“你不能待在这里，我明天要上课。我要带你去我的公寓。”

这不是他期待中的回答。我能看出来，因为他不再试图直视我，这表明他的焦虑在加剧。“也许你能待在这里，明天早上去上课。”

“我要去大学上课，大学离这里有几个小时的车程。我没法待在这里，老弟。”我语气仍然平静却十分坚定。

“也许我可以独自待在这里。”

“你不能待在这里，杰里米。妈妈让我来接你。你可以待在我在大学的公寓里。”

杰里米开始在右手的指节上摩擦左手的大拇指。当周遭的世界令他感到困惑时，他就如此。“也许我能在这里等待。”

我在杰里米旁边坐了下来。“一定会很有趣的，”我说，“只有你和我。我会带上 DVD 播放机，你可以看任何想看的电影。你可以收拾一个包裹，里面全部装上电影 DVD。”

杰里米笑了。

“但是妈妈会好几天回不来，我需要你去我的公寓。好吗？”

杰里米仔细想了一会儿，说：“也许我能带上《加勒比海盗》？”

“当然，”我说，“一定会很有趣。我们可以把它当作一次冒险。你扮演杰克・斯派洛船长，我扮演威尔・特纳，怎么样？”

杰里米抬头看着我，模仿起他最喜欢的杰克船长的一句话，“你们将永远记住这一天，因为你们差点儿就抓住了杰克・斯派洛船长。”

接着杰里米笑了起来，直到脸颊发红，我也笑了起来，每当杰里米开玩笑时，我总这样笑。我抓起几个垃圾袋，给杰里米一个来装 DVD 和衣服，并确保他收拾的东西足够持续一阵，以免妈妈不能获得保释。

我把车开出车道，边思量着我的工作和课程安排，努力寻找能让我照看杰里米的空隙。除此之外，另一些问题也在我脑中打转，让我有些走神。杰里米能在他不熟悉的世界——我的公寓里适应下来吗？我能从哪里找到时间和钱保释我母亲出狱？我他妈是怎么成为了这个破碎家庭的主心骨？

二

开车回双城的路上，我注意到我弟弟眼底的焦虑来回涌动，在他思索发生的事情时，他的眉头和前额皱起又张开。我们渐行渐远，杰里米才对我们的冒险更为自在起来，最终他深深地呼了口气，放松下来，我曾看见狗们在警觉让步于睡眠的时刻，就是如此呼气。杰里米——这个睡在我们双层床下铺，十八年来合用我的房间，我的衣橱和梳妆台的男孩——又跟我在一起了。在一个月之前，我们不曾分开过一两天，直到我搬进大学，将他留给一个在混乱中扑腾的女人。

从我有记忆开始，我妈妈就是一个喜怒无常的人——前一秒还在起居室笑啊跳啊，后一秒就在厨房摔盘子——据我所知，这是典型的躁狂抑郁症表现。当然这一诊断从未得到官方认可，因为我母亲拒绝接受专业帮助。她掩耳盗铃般地过着自己的生活，仿佛如果她从没听到那些词语，真相就不存在。雪上加霜的是分量日益增多的廉价伏特加——一种减轻内在恐惧却增强外在疯狂的自我医疗形式——你可以想象得到我母亲是什么样子。

她并非一直如此乖戾。早些年，我母亲的情绪波动是有限度的，不打扰到邻居和儿童保护服务机构。我们甚至有过一些愉快的时光。我记得我们三个去自然科学博物馆、文艺复兴节和山谷游乐园。我记得我努力做两位数的乘法时，她辅导我做数学作业。我有时能看到我们之间的那堵墙在慢慢裂开，记得当时她跟我们一起笑，甚至喜爱我们。当我努力尝试时，我能记得在世界不与她为难时，一个慈爱而温和的母亲。

我的外祖父比尔去世的那天，一切都改变了。我们的三口之家笼罩在焦躁之中，似乎他的死切断了维系我母亲稳定情绪的拴绳。他去世后，她不再克制自己，任凭她的情绪随意飘荡。她哭得更多，叫喊更多，一旦这世界让她不知所措，她就猛烈抨击。她似乎决意去寻找她生活的黑暗面，拥抱它们如同那是某种新标准。

打人是她更改的第一个规则。那是渐渐开始的，但是最后每当她的情绪如茶壶般开始沸腾，她就会给我一个耳光。等我年纪大些，对那些耳光不那么敏感后，她调整了目标，改为打我的耳朵。我讨厌她这么做。有时她会使用木勺或者金属丝蝇拍的把手等工具来达到目的。我上七年级时，有一次我不得不错过摔跤比赛，因为换上摔跤服后，我大腿上的鞭痕显而易见，她强迫我待在家里。很多年来，她没有让杰里米卷入我们的斗争，只选择将她所有的沮丧发泄在我身上。然而随着时间的推移，她对他也失控起来，冲他吼叫诅咒。

然后，有一天她做得太过分了。

我十八岁，从高中毕业的那天，回到家发现我母亲醉得十分厉害，一脸怒容，用一只网球鞋敲打杰里米的头。我把她拽进她的卧室，把她扔在床上。她起身试图打我。我抓住她的手腕，猛地将她转过身，又把她扔回床上。她又尝试两次起来打我，每次都以趴在床垫上告终。最后一次尝试后，她停下来歇口气，后来昏倒了。第二天一早，她表现得好像什么事也没有发生过一样，好像她不记得她的疯狂，好像我们的小家庭没有处在无可避免的崩溃边缘。我假装附和，但是我知道——我知道她已经到了有理由打杰里米的那一步。我还知道一旦我离开去上大学，事情会变得更糟。这些想法让我的胸口疼痛。正如我母亲酒醉昏迷后假装一切正常，我也将我的思绪埋在心底，掩盖起来。

不过那天晚上开车前往我的公寓的时候，生活还算不错。我们边开车，杰里米和我边听着双城队的比赛——至少我在听。杰里米听到了比赛，但是没法在很短的时间跟上。我跟他聊天，边开车边解释着比赛的情况，可他基本上没有回应。他做出反应，进入谈话时就仿佛刚从另一个房间进来。等我们开到35号州际公路，接近校园时，双城队把克利夫兰队打得落花流水，在第八局的下半场拿下四分，以六比四领先。每得一分我就大叫，杰里米模仿我大叫，因我的兴奋而笑。

我们到达后，我领着杰里米登上台阶来到我在二楼的公寓，手上拿着他的垃圾袋。我们迅速进入门内，打开电视刚好看到双城队扔出最后一球赢得比赛。我抬起手与杰里米击掌，但他缓缓地转了一个圈，看了看我狭小的公寓。厨房和起居室在同一个空间的两边；卧室只是比里面的那张单人床大一点，没有浴室，至少在这四面墙内没有。我看着杰里米审视着这间公寓，他的眼睛一遍又一遍地扫视同一个地方，似乎再看一眼就会看到一个隐藏的浴室门。

“也许我需要去一下浴室。”杰里米说。

“来吧，”我说着，对杰里米示意，“我指给你看。”

我的浴室在我的前门对面。这栋建于20世纪20年代的老房子原本是给世纪之交以超出婴儿死亡率的步伐生孩子的大家庭住的。20世纪70年代它被分隔成一楼的一套三居室公寓和二楼的两个单间公寓，二楼上面只有另一间公寓够大，有自己的浴室。因此在陡直、狭窄的楼梯上面，右手边是我的公寓，左手边是我的浴室，直走是二楼的另外一间公寓。

我从垃圾袋里掏出杰里米的牙刷和添加了味道的牙膏，穿过走廊去浴室，杰里米谨慎地保持距离跟在后面。“这是浴室，”我说，“如果你要进去，锁上门就好。”我给他示范怎么关上门锁。

他没有走进去，而是从相对安全的走廊仔细观察它。“也许我们应该回家。”他说。

“不行，老弟。妈妈在开会，记得吗？”

“也许她现在在家。”

“她现在不在家。她好几天都不会在家。”

“也许我们应该给她打个电话，看看她在不在家。”杰里米又在指节上摩擦起大拇指。我能看出由于焦虑，他有一丝战栗。我想把手放在他的肩头让他平静下来，但那只会加剧他的紧张。杰里米的自闭症就是如此。

杰里米朝楼梯走去，思忖着楼梯陡峭的斜度，大拇指更用力地在手背上按压，像面团一般揉捏着指节。我走过去拦住杰里米。他比我高两英寸，重整整二十磅[1]。在他快满十四岁时，他在身高、体重和外貌上都超过了我。他的金发卷曲在有一个旋涡的脑袋旁边，而我暗淡的金发像稻草一样竖起，如果我不拿发胶将它弄服帖的话；他的下颌

[1] 磅：1磅约合0.45公斤。

方正，末端有孩子气的酒窝，而我的下巴毫无特色。他笑时，眼睛闪出海洋蓝的光彩，而我的眼睛则是淡咖啡的浅褐色。尽管在外观上，他每一点都比我强，但他仍然是我的弟弟，容易受我的影响。我站在他下面的一级台阶上，手放在他的胳膊上，缓解他的情绪，试图将他的注意力从楼梯转回到我的公寓上。

我身后，在楼梯底端，我听见前厅的门打开又合上了，接着是女性有节奏的脚步声。我听出了她的脚步声，过去的这一个月，我每天听到她从我门前经过的声音。我只知道她叫 L. 纳什，这是贴在她信箱那条胶带上的名字。她身高五英尺两英寸，一头黑色短发在脸际飘拂，如同水花在石头上起舞。她有一双黑眼睛，短鼻子，喜欢独来独往，似乎拒人千里之外。她和我在走廊和楼梯上擦身而过多次。每当我试图与她交谈时，她礼貌地笑笑，得体地回应，但从不停步——总是尽量不显得无礼地忽视我的干扰。

她停在楼梯中央看着我拉住杰里米的手臂，力图不让他离开。杰里米看见了 L. 纳什，不再动了，两眼垂下看向地板。我退到一边让她过去，她经过时楼梯的墙壁挤压在一起，她身上沐浴露和爽身粉的香味冲击着我的鼻子。

“嗨！”我说。

“嗨！”她回应道，冲我们的方向竖起眉毛，继续往前走了几步到她的公寓门口。我想再说点什么，于是我把最先跳入脑中的愚蠢想法说了出来。

“事情不是你看到的那样，”我说，“我们是兄弟。”

“哦，”她说着用钥匙开门，“我相信这句话对杰夫瑞·达莫[1]也是适用的。”她走进她的公寓，关上了门。

她的讽刺让我一时说不出话来，我想要说出一句俏皮话来反驳，但是我的头脑像生锈的螺栓一样卡住了。杰里米并没有像我一样注视L.纳什。他静静地站在楼梯顶端，不再在指节上摩擦他的拇指。他的紧急状态过去了，眼中的倔强被疲惫取代。早就过了他平常的就寝时间，我领他去浴室刷了牙，然后回到卧室，我把我的旧电视机搬进去，这样他可以连上DVD播放器看电影。接着我抓了条毯子，去沙发上躺了下来。

我能听见杰里米在看电影，熟悉的对话和音乐催他入眠，缓解他在这个新环境下的不安全感。他并没有受楼梯顶端的戏剧性事件的影响，我不得不钦佩杰里米的适应力。即使是惯常程序中的一些小变动，比如新的牙刷或错误的早餐麦片，都会扰乱他的生活。但他现在在这里，在一个他以前从没见过的公寓，一个只有他称作家的那个地方一半大的公寓，一个连自己的浴室都没有的公寓，头一回在一张没有上铺的床上睡着了。

晚间早些时候我关掉了手机，以免接到来自我母亲无休无止的电话，现在我把手机从口袋里拿出来，打开，查看我错过的电话。有二十一个电话来自区号是507的一个号码，无疑是我母亲从戒瘾中心打来的。我完全能听到她冲我喊叫的声音，因为我关掉了手机，把她留在戒瘾中心和监狱——尽管这个决定跟我无关。

前面的九条语音信息来自我母亲。

“乔伊，我没法相信你竟然会如此对待你的母亲——”（删除）

[1] 杰夫瑞·达莫：美国著名连环杀手。

“乔伊，我不知道我做了什么竟会得到这种待遇——”（删除）

“好吧，现在我知道我不能指望你——”（删除）

“我知道我是一个令人讨厌的母亲——”（删除）

“乔伊，如果你不接电话，我就——”（删除）

“你不爱我——”（删除）

“对不起，乔伊，我真希望我已经死了，也许那时——”（删除）

“你以为你是什么了不起的大学——”（删除）

“他妈的接电话——”（删除）

“乔，我是希尔维尤庄园的玛丽·洛格伦。我打电话来告诉你我跟艾弗森先生谈过你的作业了……他同意和你会面讨论讨论。他让我说明他不是同意开始这个作业，请听清楚。他要先跟你见一面。你可以明天打电话给珍妮特看看什么时间适合过来。我们不想在客人们的用餐时间打扰他们。先给珍妮特打个电话。再见。”

我关上手机，闭上眼睛，脸上浮起一丝微笑，我马上要采访一个残忍的凶手，一个不经考虑就结束一个年轻女孩生命的人，一个在明尼苏达地狱般可怕的监狱里熬了三十多年的罪犯，这真是一种莫名的讽刺，不过我并不怕那场谈话，就像我不害怕再次见到我母亲。但我仍然感到脊背发凉，那是一个我认为对我有益的人，一个我希望能给我的英文课带来好分数的人。风帆张满，我或许能不再拖延开始这项作业。我倚在沙发上的那一刻，从没想过这样一阵风也许会是毁灭性的。那天晚上我最终入睡时，确实舒舒服服地裹在毯子里，相信我与卡尔·艾弗森的会面没有什么不好的影响，我们的会面会让我的生活更好更容易。事后想来，我真是太天真了。

三

卡尔·艾弗森被捕时没有穿鞋。我知道这一点，因为我找到了一张他的照片，光着脚，被押着穿过一个被烧毁的工具棚的废墟，前往等待在一旁的警车。他的双手被铐在背后，双肩前倾，一个便衣警察抓住他的一只胳膊，一个穿制服的警官抓住另一只胳膊。艾弗森穿着简单的白色 T 恤和蓝色牛仔裤。他鬈曲的黑发被挤压在脑侧，似乎警察刚把他从床上拖出来。

我在明尼苏达大学威尔逊图书馆深处一个玻璃墙的档案室找到了这张照片，那里存有大量拍摄在缩微胶卷上的报纸，有些可以追溯到美国独立战争时代。在图书馆的其他地方，架子上放满了英雄人物和名人的书籍，这里则不同，档案室里存放的文章，是由耳朵后面插着铅笔、胃里有溃疡的人写出来的，那是有关平凡老百姓——那些沉默寡言的人的文章。他们从来不会想到他们的故事会留存好几十年，甚至好几个世纪，来让我这样一个人阅读。档案室有一种神龛的感觉，成千上万的灵魂被收在缩微胶卷上，就像小罐子里的焚香，等着某个人来释放它们的香气与魂魄，再次被感知、品味和吸入，哪怕只是一瞬间。

一开始我在网上搜寻卡尔·艾弗森的名字，我点了成千上万条，只有一个网站有来自某份法律文件的一段摘录，提到了有关他的案子的一个上诉法庭判决。其中所有的法律术语我都不太明白，但它给出了谋杀发生的时间：1980 年 10 月 29 日。它还给出了被害女孩的姓名首字母：C.M.H。这就足够让我在报纸上找到相关报道了。

我快速地从一项工作转换到另一项工作，因为我弟弟突然出现在我生活中而不得不高效，与此同时我因为生活中多了一个球要抛接而实在有些手足无措。我想起了杰里米，不知道他在我的公寓适应得怎么样。我不知道我母亲的保释听证会是否会在星期五之前举行。星期五我得去莫莉酒吧工作，我不想自己去工作而将杰里米一人留下。我需要在周末前把他弄回奥斯丁。如果我再次旷工，莫莉很可能会把我开掉。

那天早上我在去学校之前叫醒了杰里米，给他倒了些麦片，把电视机放回起居室，再次示范教他如何使用遥控器。杰里米十八岁了，他并不是不会自己倒麦片。只是处在我的公寓这个陌生的环境，可能让他迷惑。他情愿饿着，也不愿意打开一个不熟悉的柜门寻找食物。我本来考虑逃课，但因为此前的拖延，我已经浪费了太多完成这项作业的时间。我摆出杰里米喜欢的一些 DVD，告诉他几个小时后我就回来。我希望他单独待上一段时间而不出问题，但是每过一分钟，我的担忧就越来越重。

我在那堆缩微胶卷里找到了 1980 年 10 月 29 日的明尼阿波利斯论坛报的卷盘，把它放进阅读器，反复察看第一版，没有看到相关报道。我翻到后面的版面，还是没有看到有地方提到一桩凶杀案，反正没有涉及一个十四岁女孩或者首字母是 C.M.H 的。我读完了整张报纸，一无所获。我靠在椅子上，用手梳理头发，琢磨着法庭判决上的日期兴许是错的。这时我明白了。要到第二天才会有相关报道。我向前转动卷盘到第二天的报纸。1980 年 10 月 30 日的头条新闻是有关洪都拉斯与萨尔瓦多之间的一份和平条约，用了半版的篇幅。在那下面我找到了我期待中的报道，一个女孩在明尼阿波利斯东北部被杀并被焚尸的故事。这篇文章在一张大火的照片旁边做了补充报道。这张照片显示消防员们在给一个单车车库大小的工具棚喷水。火焰喷出到离屋顶整整 15 英寸高的地方，这表明摄影者在拍这张照片时，消防员们刚刚开始灭火工作。文章中写道：

在皮尔斯街大火中发现人体残骸

昨天，在明尼阿波利斯东北部的温顿公园小区一个被烧毁的工具棚的废墟中，发现了烧焦的人体残骸，警方正在调查。消防员们于下午 4 点 18 分接到在东北部皮尔斯街 1900 街区发生火灾的报告，他们到达时发现那间工具棚已经被大火吞没。警察将附近房屋的居民疏散，只留下消防员。消防局长约翰·弗里斯汇报说侦查员们搜查废墟时在瓦砾中间发现了一具烧焦的尸体。这具尸体的身份尚未得到确认。警方没有排除谋杀的可能。

后面还有好几段不重要的细节描述，有关估计损失的情况和邻居们的反应。

我将这页印了一份，然后把线轴转到第三天的报纸的缩微胶卷。在一篇后续报道中，警方确认了前一天找到的尸体是十四岁的克丽斯特尔·玛丽·哈根。尸体被烧得面目全非，警方怀疑起火时她已经死亡。被烧毁的工具棚就在克丽斯特尔生前与母亲丹妮尔·哈根和继父道格拉斯·洛克伍德，以及同父异母的哥哥丹·洛克伍德同住的房子隔壁。克丽斯特尔的母亲丹妮尔告诉记者们就在一具尸体在工具棚被发现的消息传开后不久，他们就注意到克丽斯特尔失踪了。依据牙齿信息记录，克丽斯特尔被确认为死者。在这篇文章的结尾，作者指出三十二岁的卡尔·艾弗森被拘禁进行问询。艾弗森住在克丽斯特尔·哈根隔壁，发现哈根尸体的工具棚就属于他。

在这篇文章旁边我看到了那张两个警察逮捕赤足的卡尔·艾弗森的照片。我用缩微胶卷阅读器上的旋钮放大了这张照片。两个警察身着大衣，戴着手套，而艾弗森却身着T恤和牛仔裤。穿制服的军官看着摄影师后面的某个地方。从他眼中的悲伤可以看出，他或许在看向克丽斯特尔·哈根的家人，因为他们注视着那个杀死并烧毁他们女儿的禽兽被逮捕。那位便衣警察嘴巴张着，下巴有些歪，似乎他在说着什么，也许是在冲艾弗森喊话。

照片中的这三个男人，只有卡尔·艾弗森看着镜头。我说不好我想在他脸上看到什么表情。杀人后你是怎么撑下去的？你还能大摇大摆地经过烧毁她尸体的炭黑工具棚？难道你戴着若无其事的面具经过废墟，就如同你去拐角处的商店买些牛奶？或者你因为恐惧而发疯，知道你要被抓，知道你就要吸进最后一点自由的空气然后此生永远在一个牢笼里度过？当我对准卡尔·艾弗森的脸，对准他看着摄影师的眼睛，我没有看到得意，没有虚假的平静，没有恐惧。我看到的是困惑。

四

老旧的公寓楼里总是弥漫着一股气味。我小的时候，注意到了这气味对来拜访我母亲的人的影响，就在一刹那，如同腐烂的气味击中了他们的脸，他们的鼻子抽动，眼皮发抖，嘴巴嗫嚅。我小的时候，以为所有房子闻起来都是那种霉味。不是蜡烛或是刚出炉的面包的香味，而是肮脏的运动鞋和未洗的盘子的味道。等到我上初中，每当有人来到门口，我总是尴尬地扭头看向别处。我发誓等我长大后有了自己的公寓，我要一栋闻起来有旧木头味道的，而不是老猫味道的。

结果，就我的预算来说，这并不容易。我居住的这栋三层楼公寓有一间古老的地窖，它透过地板吸入潮气，让整个建筑充满由湿土和腐烂木材的气味混合而成的刺鼻味儿。这股强烈味道很快进入我们共用的前门，那里我们的信箱用螺栓固定在墙上。不出门厅，向右上楼梯通向我的公寓，左边的一扇门通往一楼的公寓，那里住着一户希腊人，科斯塔一家。有时浓郁的调味香料渗出那扇门，与地窖的恶臭相混，冲击我们的感官。

我尽可能保持公寓的整洁，每周用吸尘器清扫，饭后便洗刷餐具。我来这里时间并不长，就已经除过一次灰尘。无论如何我算不上一个爱干净的人。我只是不愿意任由我的公寓保持它本来的混乱状况。我甚至把空气清香剂接入了电插孔，每天喷出苹果和肉桂的香气流迎接我回家。但是那天我走进门时，吸引我注意力的不是让人愉快的人工空气清香剂，而是杰里米坐在我沙发上，旁边是那个我只知道她叫 L. 纳什的女人，他们在咯咯傻笑。

“那就是你所谓的讽刺。”L. 纳什说。

“那就是你所谓的讽刺。”杰里米重复道，跟 L. 纳什再次大笑起来。我记起这句台词来自《加勒比海盗》电影。这是另一句杰里米喜欢的台词。他们正在一起看这部电影。跟通常一样，杰里米坐在沙发中间，直对着前面的电视，他的脚平放在地板上，背笔直地靠在沙发上，手攥成拳头放在腿上，有需要时他可以摆弄它们。

L. 纳什坐在沙发的角落里，她双腿交叉，穿着牛仔裤和一件蓝色毛衣。跟杰里米一起笑时，她黑色的眼睛扑闪扑闪。我以前从没见她笑过，至少我们在过道相遇时，她顶多嘴角匆匆上扬一下。然而现在她的笑容让她变了样，仿佛她长高了，改变了头发的颜色或类似的什么。她的两颊现出了酒窝；在她一口白牙的衬托下，她的嘴唇似乎更红更软。该死的，她太可爱了。

杰里米和 L. 纳什看着我，如同我是闯入睡衣派对的家长。“你好？”我说道，我的语气显露出我的困惑。我想说的其实是“杰里米，你究竟是怎么让 L. 纳什进入我的公寓，坐在我的沙发上的？”

L. 纳什肯定看到了我脸上的困惑表情，因为她给出了解释。“杰里米看电视遇到了点困难，”她说，“于是我过来帮忙。”

“看电视遇到了困难？”我问。

“也许电视不能正常播放。”杰里米说，他的脸又回复到他平常的面无表情。

“杰里米按错了键。”L. 纳什说，“他错误地按了输入按钮。”

“也许我按错了按钮。”杰里米说。

“对不起，老弟。”我说。我自己也犯过好几次这种错误，无意中开启了从 DVD 到 VCR 的内输入，造成电视突然出现一片白色屏幕，发出静电噪音，这对于杰里米来说无异于灾难。“那么他是怎么……我是说谁……”

“也许莱拉弄好了。”杰里米说。

“莱拉。”我说，让这个名字在我舌尖停留了一会儿，这就是 L 所代表的意思，“我是乔，显然你已经见过我的弟弟杰里米。”

“是的，”莱拉说，“杰里米和我已经是好朋友了。”

杰里米的注意力又回到了电影上，对莱拉的在意不会比对他身后的墙更多。我像个傻瓜一样——通常有女性在场时这种情形更为恶化——觉得我的下一步行动应该是将莱拉从杰里米身边解救过来，引她在成人桌边就座，用我的风趣和魅力打动她，并且使她倾心。起码，那是我的计划。

“你对我不是一个连环杀手感到奇怪吗？”我说。

“连环杀手？”莱拉疑惑地看着我。

“昨晚……你，呃……说我是杰夫瑞・达莫。”

“哦……我忘了。”她微微一笑，我连忙寻找新的话题，没顾得上幽默应对。“你不修电视机时都干些什么？”

“我是一名大学生。”她一字一顿地从嘴里吐出这句话。她十分明了我知道她是一个学生。我们手上拿着课本在楼梯上相遇过多次。没错，这和我的开场白一样差劲，我却将之视为进展，因为我们在进行第一次真正意义上的谈话。我经常算好自己进出这栋公寓的时间，就为了与她的时间一致——至少碰面时不显得太巧合——而我无法让她跟我说话，如同我无法将阳光与阴影混合。但如今我们在进行一场谈话，一切只因为杰里米按错了按钮。

“谢谢你帮他的忙。”我说，“十分感激。”

“大家是邻居嘛，不用客气。”她说着站起身来。

她要走了，我不想她离开。“让我表达一下我的感谢，”我说，“也许我能请你出去吃个饭或者类似什么的。”我的话一出口就重重地落到了地上。

莱拉把一只手蜷进另一只手里，耸了耸肩，说：“不必了。”她的友善退去，像一个玩具没有电池，她的眼神不再轻灵，酒窝没有了，似乎我的话给她蒙上了阴影。“我要走了。”她说。

“你不能走。”

她朝门走去。

“我是说你不应该走。”我说，听起来比我本意更渴求，“职责要求我必须报答你。”我朝门走去，有点堵住她的路，“至少你应该留下来吃午餐。”

“我得去上课。”她说着绕过我，她的肩膀轻微碰触到我的胳膊。接着她在门边停住了，起码我认为她停住了。也许她在重新考虑我的邀请。也许她在寻我开心。又或许——很有可能——我的想象欺骗了我，她根本没有停下来。我，当然，宁可更鲁莽一点，继续向前推进。

“起码让我送你回家。”我说。

“只有八步远。”

“差不多十步。”我说，跟随她进入走廊，关上身后的门。我弱智的打趣没有取得任何进展，于是我改变了战术，打起真诚牌。“对于你为杰里米做的事情，我深表感激，”我说，“他有一点……我说不好，孩子气。你看他有……”

“自闭症？”她说，“是的，我知道。我一位表亲也有自闭症，他跟杰里米很像。”莱拉靠在她的门上，转动把手。

“今晚跟我们一起吃晚饭吧，”我说，不再含糊其词，“只是表达一下谢意。我打算做意大利面条。”

她走进她的公寓，回过头来看着我，她的表情突然变得严肃起来。“听着乔，”她说，“你看起来确实是个不错的人，但我寻求的不是一顿晚饭。现在不是。我现在什么也不要。我只想——”

“不，不，我明白。”我打断了她，“我觉得我得问一问，不是为我，而是为杰里米，”我说谎道，“离开家他还不太适应，他似乎喜欢你。”

“真的？”莱拉笑了，“你这样出卖你弟弟，就为了给我做一顿饭？”

“大家是邻居嘛。”我回笑道。

她开始关门，但是犹豫了一下，似乎她在脑中将这个念头转了好几次。“好的，”她说，“一顿晚饭，全是为了杰里米。”

五

这次我走进前门时，珍妮特，希尔维尤庄园的接待员冲我微笑，还好我提前打电话了解了艾弗森先生的用餐和午睡时间。她告诉我两点左右来，我准时来了，进门时还有点期待那浓烈的曼秀雷敦气味。那个戴着怪样假发的老妇人仍然坐在入口远远望着外面，我走过她身边时她根本没有留意我。离开我的公寓前，我把杰里米安顿在沙发上，放起他的电影，再一次教他按遥控器上的按钮，告诉他哪些按钮能按，而哪些是不能按的。如果一切顺利——艾弗森先生也同意做我的采访对象——我会刚好有足够的时间获得作业相关的一些背景知识。

“你好，乔。”珍妮特站起身，从接待处后面走了出来。

“我来的时间合适吗？”我问道。

“还好。艾弗森先生昨天晚上不太好。胰腺癌是很可怕的疾病。”

“那他可以……”

“他现在情况还好。也许有一点累。他腹部有时疼得厉害，我们不得不给他服用镇静剂，让他休息几个小时。”

“他在接受放射疗法，化疗，或者类似的什么吗？”

“我猜他可以进行这些疗法，但现在这个关头也没什么用。化疗能做的最主要的事情就是延长不可避免的痛苦。他说他不需要。他这么说情有可原。”

珍妮特和我一同走向客厅，指向坐在轮椅里的一个男人，他独自坐在大楼后面的一扇大窗子前面。“他每天坐在那里凝视那扇窗，天知道在看什么，那里什么也没有。他就坐在那里。洛格伦太太认为他被辽远通透的景色迷住了。”

我原本有点期待卡尔·艾弗森是个很危险、需要用皮带困在轮椅上的怪兽，或者有一双能做大恶事的疯子具有的冰冷锐利的眼睛，或者像一个声名狼藉的恶棍那样会给人很强的压迫感，但全然不是这样。卡尔·艾弗森应该六十多岁，如果我没有算错的话。然而看到他时，我感觉珍妮特搞错了，把我带到了另外一个人那里。几束稀薄的白色长发在他头顶摆动。脸上瘦骨嶙峋，纤薄的皮肤因为黄疸而显得发黄，脖子干瘦起皱，我确信我一只手就能环绕住它。有一道大疤痕横穿他的劲动脉和惨白的前臂，由于缺乏肌肉和脂肪，骨头上肌腱突起。我甚至觉得抬起他的手臂，就像一个孩子拿起一片叶子对着阳光，可以看到里面的每一根静脉和毛细管。假若我事先不知情，我会猜他将近八十岁。

“癌症晚期，”珍妮特说，“十分糟糕。我们试图让他舒服点，但我们能做的有限。他可以服用吗啡，但他拒绝了，说他情愿忍受痛苦，以便能够清醒地思考。”

“他还有多长时间？”

“如果他能撑到圣诞节，就是奇迹了，”她说，“有时我为他感到难过，这时我就会想起他是一个什么样的人——他做了些什么。我想起他杀死的那个女孩和她错过的一切：男朋友，恋爱，结婚和组建一个家庭。

如果他没有杀死她，她的孩子应该跟你一般大了。每当我为他感到难过时，我就想到这些事情。”

电话响了，把珍妮特拉回接待处。我等了一两分钟，希望她能回来，为我做介绍。她没有回来，我谨慎地走近谋杀犯卡尔·艾弗森的病弱的身体。

“艾弗森先生？”我说。

“嗯？”他本来在看窗外枯萎的短叶松树干上的一只蹦蹦跳跳的五子雀，这时收回了注意力。

“我是乔·塔尔伯特，”我说，“我想洛格伦跟你说过我要来。”

“啊，我的客人……来了。”卡尔低声说，中途停下来喘了口气。他朝旁边的一把扶手椅点了点头。我坐了下来。“这么说你就是那位学者。”

“不是，”我说，“不是学者，只是个学生。”

“洛格伦告诉我……”他紧闭上双眼，让一阵疼痛过去，“她告诉我……你想写下我的故事。”

“我要为我的英语课写一篇传记。”

“那么，”他说着扬起眉毛，朝我倾身，他的表情十分严肃，“最显然的问题是……为什么找我？我怎么会有……这个荣幸？”

“我觉得你的故事引人入胜。”我说出了闪进我脑海里的第一个词，这个回答并不真诚。

“引人入胜？何以见得？”

“人们不是每天都可以遇见一个……”我停了下来，寻找礼貌的措辞来结束这个句子：杀人犯，强奸孩子的罪犯？那么说太难听了，“一个进过监狱的人。”我说。

“用不着遮遮掩掩，乔。”他小心地慢慢说道，以免要停下来喘气。

“先生？”

“你并不是因为我进过监狱而对我感兴趣。你对我感兴趣是因为哈根的凶杀案。这就是你来找我的原因。你可以直说。这对于你拿到好分数有帮助，对吗？”

“我确实那么想过，”我说，“那种事情……杀人，我是说，呃，不是每天能遇见的事情。”

“也许比你认为的要更频繁，”他说，“在这栋楼里就有十到十五个人杀过人。”

“你觉得这栋楼里还有十个谋杀犯？”

“你指的是杀人还是谋杀？”

“有区别吗？”

艾弗森看着窗外，似乎在思考这个问题，但与其说是在寻找答案，不如说在考虑是否要告诉我。我注视着他下巴上的微小肌肉绷紧了好几次，之后他才回答。“没错，”他说，“有区别。两件事我都做过，我杀过人……我也谋杀过人。”

“区别在哪里？”

“区别在于希望太阳升起和希望太阳不再升起。”

“我不明白，”我说，“这是什么意思？”

“你当然不明白，”他说，“你怎么能明白？你只是个孩子，一个挥霍老爸的钱买啤酒追女孩的大学生，尽量保持不挂科，这样就可以再混几年。或许在这个世界上，你最关注的莫过于星期六之前是否有一场约会。”

这个瘦削老人的抨击让我毫无防备，坦率说，让我非常气愤。我想起待在我公寓里的杰里米，按下电视遥控器就能让他远离困境。我想起在监狱里的母亲，前一秒请求我的帮助，后一秒就诅咒我的出生。我想起我为是否能负担起大学学费而惴惴不安……我想将这个毫无生气动辄对人评头论足的鸟人从轮椅里扔出去。我感觉胸口气焰翻腾，但我深吸了口气，这是每次我因为杰里米感到沮丧时都学着去做的事情，我不去追究。

“你对我一无所知，”我说，“你不知道我去过哪里，我要做些什么。你不知道我来这里经历了些什么狗屎事。你是否要告诉我你的故事取决于你自己。那是你的权利。但是不要擅自评判我。”我努力克制住起身走出去的冲动，抓住椅子的扶手让自己仍然坐在座位上。

艾弗森低头扫了眼我紧抓住扶手的发白指节，接着注视我的眼睛。他的脸上浮过一丝微笑，比一片雪花还微妙，他点点头表示赞许。“很好。”他说。

“什么很好？”

“你了解在知道一个人的全部故事之前就下结论是多么错误的事情。”

我明白了他想要我接受的教训，但我过于生气而没有回应。

他继续说道：“我本来可以把我的故事告诉很多人。在监狱里我收到过不少来信，写信的人想要把我的人生转化成他们可以从中牟利的东西。我从没有回应，因为我知道我可以告诉一百个人相同的信息，他们则会写出一百个不同的故事。因而如果我要告诉你我的故事，如果我要把真相一五一十全告诉你，我需要知道你是谁，知道你不仅是为了轻松拿个分数的小混混，知道你会对我开诚布公，会公正地讲述我的故事。”

“你要明白，”我说，“这只是一份家庭作业。除了我的老师，没人会读它。”

“你知道一个月里有多少小时吗？”卡尔没头没脑地问道。

“我相信我算得出来。”

“11 月有 720 个小时。10 月和 12 月各 744 小时。”

“好的。”我说，希望他能解释他的离题。

“你瞧，乔，你能用小时来清点我的生命。如果我要从中拿出一些时间用在你身上，我需要知道你值得我花费时间。”

我倒没想过这一点。珍妮特认为卡尔会在圣诞节前过世。九月还剩下一个星期，卡尔还有三个月的时间可活。我在脑中粗略算了下，弄明白了。如果珍妮特说的没错，那么卡尔·艾弗森还剩下不到三千小时的生命。“你这么说有道理。”我说。

“我要说的是：我会坦诚地对待你。我会回答你提出的任何问题。我会像俗话说的是一本打开的书，但我需要知道你不会浪费我有限的时间。你也必须坦诚地对待我。这是我唯一的要求。你做得到吗？”

我想了一会儿，“你会完全坦诚？所有事情毫无保留？”

“完全坦诚。”卡尔伸出手来与我握手，表示达成协议，我握住了他的手。我能感觉得到卡尔手上的骨头在他纤薄的皮肤下面咯吱作响，似乎我握住了一袋大理石。“那么，”卡尔问道，“你为什么不写写你母亲或父亲的故事？”

“这么说吧，我母亲不靠谱。”

卡尔盯着我，等待着我说下去。“坦诚，记得吗？”他说。

“好的,咳！现在我母亲在奥斯丁的一个戒瘾中心。她明天会出来，然后她会待在监狱直到她由于醉驾指控在法庭上露面。”

“呃，听起来她有故事。”

“我不会讲述她的故事。”我说。

艾弗森点头，表示理解，“你爸爸呢？”

“从没见过他。”

“外祖父外婆？”

“我妈妈还未成年时，我外婆就过世了。我十一岁时，我外祖父过世了。”

“他怎么死的？”卡尔想都没想就问出这个问题，就如同人很自然地打哈欠，但他碰触到了我最深的伤口。他开启了一场我拒绝进行的谈话，即使和我自己都不行。

“我们要谈的不是我的事，”我说，语气中的尖刻在艾弗森和我之间形成一道裂痕，“我们要谈的也不是我外祖父的事，我们要谈的是你的事。我来这里是为了写出你的故事。记得吗？”

卡尔向后靠在轮椅上，打量着我，我尽量让脸上没有表情。我不想让他看到我眼神中的愧疚或者我紧绷的下巴显示出来的愤怒。“好的，”他说，“我无意触动你的痛处。”

“没有痛处，”我说，“你没有触及任何痛处。”我试图表现出我的反应只不过是出于些微的不耐烦。接着我向他抛出一个问题来改变话题，“好啦，艾弗森先生，让我问你一个问题。”

“说吧。”

“你只剩下几个月的生命，为什么你会同意花时间跟我交谈？”

卡尔在轮椅中挪动了一下，坐得更舒服些，凝望着窗外街对面堆放在公寓阳台上的干毛巾和烤肉架。我能看出他的食指敲击着轮椅扶手。这让我想起杰里米焦躁时就敲击他的指节。“乔，”最后他说，“你知道什么是临终宣言吗？”

我不知道，不过我猜了猜，“由一个临终之人所做出的宣言。”

“这是一个法律术语，”他说，“如果一个人说出杀害他的凶手的名字然后死去，这被视作可靠的证据，因为人们相信——认为——一个将死之人不会说谎。没有一种罪孽比不能被纠正的罪孽，比你永远没有机会悔过的罪孽更重。因此……与你的这场谈话……是我的临终宣言。我并不在意是否有人读你写的东西，我连你是否写下来都不在意。”卡尔噘起嘴角，目光越过眼前的风景向远处搜寻，他的嗓音有些打战，“我得把这些话说出来。我得告诉他人多年前发生的事情的真相。我得告诉他人我那时到底做了些什么。”

六

青春期的某个时候，我发现自己既不算帅也不算丑。我落入组成照片背景的芸芸众生的那片广阔海洋。我是备胎，在一个女孩发现自己真正想要约会的男孩已经邀请了另一个女孩后，她才会同意与我一起参加同学会活动。对此我没有意见。事实上，我认为帅气的外表用在我身上会是一种浪费。别误会，我在高中也约会过，但是我跟别人交往从没超过几个月——除了菲莉斯。

菲莉斯是我第一个女朋友。她有一头披散的棕色鬈发，就像海葵的触角。在我们第一次接吻之前，我一直认为她有点古怪。在那之后她的头发更加前卫，让我震惊。我们是高一新生，遵循着青少年恋爱的老路，试探着界限，躲在角落后面偷吻，在自助餐厅的餐桌下面拉手，所有事情对我来说都非常刺激。然后有一天，她坚持让我将她介绍给我母亲。

“难道你觉得我丢脸？”菲莉斯问道，“难道我只是你随便玩玩的对象？”虽然几经努力，我还是没法让她相信我是出于一片诚心，除非我带她去我家做正式介绍。如今回想起来，我应该干脆地跟她分手，让她认为我就是一个浑蛋。

那天我告诉我母亲放学后我要带菲莉斯过来。早上我一再讲起这次拜访，希望让我母亲明白她需要在那天的那一个小时展现出最好的一面。她只需要保持热情、清醒、正常，一个小时。有时我要求得太多了。

我们走上屋前的便道时，我能闻到厨房里烧焦的食物的味道，或者说食物残渣的味道。从学校到我家的这整段路，菲莉斯一直在笑，我们走得更近，她紧张得把手指交叉在一起。我在前门停了一下，听见我母亲在冲一个叫凯文的人吼叫。我不认识什么凯文。

“他妈的，凯文，我现在不能付你钱。”我能听见她说话含糊不清。

“好极了，”一个男人嚷嚷道，“我竭尽全力帮你的忙，我需要钱时你却戏弄我。”

“你没能保住工作不是我的错，”妈妈喊道，“不要怪到我头上来。”

“是的，但是我没拿到钱是你的错，”他说，“我不像你，有一个白痴孩子可以用来付账单。你欠我一百美元。我知道因为那孩子你领取了救济。快拿出来付给我。”

“操你妈！你这个烂人。滚出我家。”

“我的钱呢？”

“你会拿到你他妈的钱的。现在滚出去。”

“什么时候？我什么时候能拿到钱？”

“滚。我孩子要带个小讨厌鬼回来了，我要准备准备。”

“我什么时候能拿到钱？”

“在我打电话告诉警察你再次无证驾驶之前赶快滚。”

“你这个贱人。”

凯文从后门出来，把门砰地关上，与此同时厨房里烧焦的食物让烟雾报警器发出尖叫。我看向菲莉斯，发现她抱住头，尽管已经太迟而没法将这段必将成为未来心理治疗焦点的经历阻隔在外。我想道歉，解释，或者更好的，消失，从走廊木板间的缝隙钻进去。不过我扶她转过身，陪她走到角落里，最后一次向她道别。第二天在学校，在过道上她有意避开我，对我来说这不是问题，反正我也会避开她。那之后，我跟任何一个女孩的交往都没有超过两个月。我不能忍受带另一个女孩回家见我母亲的羞辱。

在我为与莱拉的晚餐做着面条时，我想起了菲莉斯。生平第一次，我会带一个女孩回家，而不用担心在门口迎接我的是什么。不过话说回来，我不是带一个女孩回家。这不是一次约会，虽然我花了很长时间准备，头发梳得整整齐齐，还用了除臭剂，喷了古龙香水，挑选出既说“看看我”又说“我不在意”的衣服。我甚至还让杰里米在对面的浴室洗了个澡。就为了一个对我不理不睬的女孩，我以一个中后卫球员的力量做了这么多努力。不过该死的，她的确可爱得很。

七点钟时，莱拉到了，还是穿着早上她去上课时穿的牛仔裤和毛衣。她跟我打了招呼，扫视了一下厨房，看见水已经沸腾，接着去找杰里米，他坐在沙发上。

“今晚看什么电影，帅哥？”她说。

杰里米有些脸红。“也许是《加勒比海盗》。”他说。

“真棒。”她笑了，“我喜欢这部电影。”杰里米尽可能地傻笑，拿遥控器对着电视机，莱拉按下按钮，电影开始播放。

看着杰里米和莱拉坐在我的沙发上，我涌起一股奇怪的嫉妒感，不过这正是我要求的。我用杰里米说服莱拉来我家，她过来看他，不是看我。我转过身去做意大利面条，不时瞥一眼莱拉，她的目光在电视和咖啡桌上我的一堆作业文件之间来回。

“你在研究萨尔瓦多内战？”她问道。

“萨尔瓦多内战？”我说着回过头。她在阅读我从图书馆复印来的报纸上的那篇文章。“这篇文章写的是萨尔瓦多与洪都拉斯签署了一份和平条约。”

“哦，那个，”我说，“不是的。看它下面的那一栏。”

“关于那个女孩的文章？”她说。

“对，我正在采访杀害她的人。”

她静静地阅读我从图书馆复印来的每篇文章。看到有关克丽斯特尔·哈根死亡的更多恐怖细节描述后，我注意到她的脸抽搐了一下。我边搅拌着意大利面，边耐心等待着她的反应。接着她说：“你在开玩笑，对吧？”

“什么？”

她再次翻阅那些文章，“你在采访这个变态？”

“有什么问题？”我问道。

“完全不对头，”莱拉说，“我很惊奇他妈的监狱是怎么管教人的。我知道一个女孩跟一个入狱的讨厌鬼订了婚，她发誓说他是无辜的——蒙受了不白之冤，等了他两年直到他得到释放。六个月后他因为殴打她而再次回到了监狱。”

“卡尔不在监狱。”我说着窘迫地耸了耸肩。

“他不在监狱？他对那个女孩做了那些后怎么能不在监狱？”

“他得了癌症快死了，在一家养老院。他只有几个月时间了。”我说。

“你采访他是因为……”

“我在写他的传记。”

“你在写他的故事？”她有些谴责地说道。

“这是我的英语课作业。”我说，似乎在进行辩护。

“你想让他声名远扬。”

“这是英语课作业，”我说，“只有一个老师，大约二十五个学生。很难称得上声名远扬。”

莱拉把文件放回桌上。她看着杰里米，低声说：“只是一门大学课程作业并不是问题所在。你应该写出他杀害的那个女孩的故事，或者假设他没有进监狱他会杀掉的女孩们的故事。她们才值得关注，而不是他。他应该悄悄地被处置掉，没有墓碑，没有悼文，没有关于这个人的记忆。你写下他人生的故事，你就是在创造一个本来不应该存在的标记。”

“别克制，”我说，“告诉我你的真实想法。”我从沸水里捞出一根意大利面扔向冰箱。它从冰箱门上弹开，落在地板上。

“你到底在搞什么名堂？”她问道，看着地板上的那根面条。

“测试意大利面。”我说，很高兴换了一个话题。

“通过在厨房到处扔面？”

“如果它粘在冰箱上，就大功告成了。”我弯腰捡起地板上的那根面条，扔进垃圾桶，“这根面条还没有熟。”

那天早些时候我离开希尔维尤的时候，对我的作业信心满满。艾弗森答应告诉我有关克丽斯特尔·哈根的死亡真相。我将是他的倾诉对象。我当时简直等不及与莱拉共进晚餐，好跟她说说卡尔。起码在我的想象中，莱拉会被我正在做的事情吸引，分享我的兴奋，想知道有关卡尔的一切。如今她这种反应，让我只想在今晚剩下的时光避开这个话题。

“他告诉你他做的事情没，或者他告诉你他是被人陷害的？”她问道。

“他还没有提这件事。”我从碗橱里拿出三个盘子，拿到起居室的咖啡桌上，我们将在那里用餐。莱拉起身，从碗橱里抓了几个玻璃杯，跟在我后面。我把我的背包、笔记和报纸文章从咖啡桌收走。“我们还没有进行到那一步，”我说，“到目前为止，他告诉我他在南圣保罗长大，家里的独子。呃……让我想想……他父亲经营一家五金店，他妈妈……”我在记忆中搜索，“在圣保罗市区的一家熟食店工作。”

“这么说你写这个家伙的故事时，你只准备简单写下他告诉你的任何事。”莱拉把玻璃杯放在桌子上那几个盘子旁边。

“我还得去找一些二手材料，”我说着走回厨房，“不过，至于他做了什么——”

“你所说‘他做了什么’是指强奸和杀害一个十四岁的女孩并且焚烧她的尸体。”莱拉补充道。

“是的……那件事情。至于那件事情，没有其他材料。我只能写下他告诉我的一切。”

“这么说他可以胡说八道，你也就那么写吗？”

“他的时间所剩不多，他为什么要撒谎？”

“他为什么不会撒谎？”莱拉有些怀疑地说道。我站在厨房柜台的尾端，手平放在塑料贴面上，她的胳膊伸直，手指张开。“站在他的立场想一想，他强奸了一个可怜的女孩，杀害了她，然后在监狱里告诉每一个愿意倾听他说话的狱友、守卫和律师说他自己是无辜的。他现在也不会放弃。难道你真的以为他会承认他杀害了那个女孩？”

“可他快死了。”我说，向冰箱扔出另一根意大利面条——它粘住了。

“这恰好证明了我的观点，而不是你的，”莱拉说道，那神气就像一个老到的辩手，“他让你写那篇小文章——”

“传记——”

“随便你怎么说。现在他在学术殿堂有一份记载，将他描绘成受害者。”

“他想告诉我他的临终宣言。”我说，把意大利面倒进过滤器冲洗。

“他想要告诉你他的什么？”

“他的临终宣言……他就是这么说的。那是一份真实的声明，因为人们不想在临死前还说谎。”

“而不是死前杀过人？”她说，“你没觉得很讽刺吗？”

“这不是一回事。”我说。至于为什么不是一回事，我说不出所以然来。我没法反驳她的逻辑。每一转弯处都现出另一条被阻塞的路，于是我把面条端到咖啡桌，装进盘子里，以此承认我的失败，无法回答她的话。莱拉拿起那盘番茄大蒜酱，跟在我后面。她开始倒酱时，突然站起身来，像圣诞前夜的“鬼灵精”[1]一样咧嘴大笑。“噢，我有一个主意。”她说。

“我不敢问是什么。”

[1] 鬼灵精：美国文学及电影作品中的人物，因受到伤害从而设计一系列的计划破坏人们的圣诞节，最终被一个小女孩感化。

“陪审团判定他有罪，对吧？”

“是。”

“这表明他受到了审判。”

“我想是的。”

“你可以查看他的审判卷宗。那会告诉你究竟发生了什么。它有所有的证据，而不仅仅是他的说法。”

“他的卷宗？我可以看吗？”

“我的姨妈是圣克劳德一家律师事务所的律师助理。她知道该怎么做。”莱拉从口袋里掏出手机，搜寻联系人找到她姨妈的号码。我递给杰里米一张纸巾用作餐巾，这样他可以开始吃，接着我听莱拉讲完电话。

“这么说卷宗属于当事人，而不是律师？”她说，“我怎么能找出来？——他们还留着吗？——你能把那个用邮件发给我吗？——太好了。多谢。我得挂了。——我会的。拜拜。”莱拉挂断电话，“很简单，”莱拉转向我说道，“他以前的律师会留着卷宗。”

“有三十年了。”我说。

“可这是一桩谋杀案，我姨妈说他们应该留着。”我拿起报纸上的文章翻阅起来，直到找到律师的名字。“他叫约翰·彼得森，”我说，“他是明尼阿波利斯的一名公共辩护律师。”

“干得好。”她说。

“但是我怎么从律师那里拿到卷宗？”

“妙就妙在这里，”她说，“卷宗并不属于那位律师。它属于卡尔·艾弗森。那是卡尔的卷宗，律师不得不给他。我姨妈会发给我一张表，他可以在上面签字索要卷宗。他们就得把卷宗给他，或者他派去取卷宗的人。”

“我要做的就是让卡尔签署这张表？”

“他会签的，”她说，“如果他不签，那么你就明白他全在胡说八道。要么他签署，要么他就是个说谎、杀人的恶棍，不想让你了解他真正做过的事情。”

七

我见过我母亲一早醒来，前一晚放纵之后的残留物仍然粘在她的头发上；我见过她跌跌撞撞地走进公寓，醉得成了斗鸡眼，一只手上拎着鞋，另一只手拿着卷成一团的内衣；但当她身着橙色的监狱连身衣，手上戴着手铐，脚踝上戴着脚镣拖着脚步进入毛尔县法院时，那种可怜的样子我从来没有见过。三天不化妆不洗澡的生活让她皮肤粗糙。她深棕发梢的金色头发低垂，沾满头皮屑和累积的油垢。她的肩膀往前跌，似乎手腕上的手铐把她压倒了。来法院等她露面之前，我把杰里米送回了妈妈的公寓。

她和三个同样穿着橙色衣服的人一起进来。看见我时，她向我招手让我去木制栏杆那儿，她在栏杆里边，站在有着舒服椅子的律师桌子旁，我在栏杆外的旁听席，有木制教堂长凳可坐。我靠近她时，一位执行官伸出一只手，示意我不要靠得太近，以免传递武器或者违禁品给身穿橙色衣服的人。

“你得保释我出去。”妈妈狂躁地说。隔得很近，我能看见监禁带给她的压力，让她布满血丝的眼睛下面形成深深的新月形眼袋。她看上去像是几天没有睡觉。

“你需要多少钱？”我问。

“狱警说大概需要三千美元保释金。否则我就得待在监狱里。”

“三千美元！”我说，“我需要那笔钱交学费。”

“我不能坐牢，乔伊，”我母亲哭了起来，“到处都是疯子。她们整晚喊叫。我没法睡觉。我也要发疯了。别让我再回到那里，求你了，乔伊。”

我张开嘴想说话，但是一个词也没有说出来。我为她感到遗憾——这是我的母亲，给我生命的女人。可如果我给她三千美元，下学期中途我就没钱了。待在学校的图景与处在最绝望时刻的我母亲的景象相撞击。我说不出话来。不管我说什么，都是错误的。这时两个女人从法官席后面的一扇门进入法庭，将我从两难中解救出来，那位执行官让每个人起身。我深吸了一口气，庆幸有人打断了我的思绪。法官进来了，吩咐大家坐下来，那位执行官护卫我母亲去陪审席与其他穿橙色衣服的人坐在一起。

书记员叫“在拘人员”入庭，我倾听着法官与律师之间来回的对话，那位律师是一位女性公共辩护律师，负责所有四位被告。这让我想起我的一位高中辅导员去世时，我参加过的一场天主教的葬礼弥撒。牧师和教民念了多次连祷文，对于我们这些外人来说，死记硬背的陈述显得单调乏味。

法官说：“你的名字是……你是住在……你了解你的权利吗？律师，你的当事人了解对其的指控吗？”

“是的，法官大人，我们放弃进一步宣读控告。”

“那你们希望怎样进行下去？”

“法官大人，我们放弃第八条的听讯，直接要求我的当事人具结悔过被释放。”

法官便会设定保释金额，让每一个犯人进行选择，交付高额的保释金，没有任何附加条件，或者低额的保释金——甚至没有保释金——前提是他们同意遵守法官提出的一些条件。

轮到妈妈出现在法官面前时，他们还是反复进行那套程序，法官设定了三千美元的保释金，但他接着说出了第二个选择。“纳尔逊女士，你可以付三千美金获得保释，但如果你保证在未来的所有审讯中露面并且遵守如下规定：与你的律师保持联系，遵纪守法，不私藏不消费酒，戴上酒精监测手镯，那么也可以不交这三千美金被释放。但对酒精的任何使用都将让你重回监狱。你明白这些条件吗？”

“是的，法官大人。”我母亲说，看起来完全就像狄更斯笔下的可怜角色。

“就这样。”

妈妈拖着脚走回穿橙色衣服的那队人里，她们所有人现在都站起身来，朝通往监狱的门走去。妈妈经过时，瞪了我一眼，宛如美杜莎的注视。“来监狱保释我出去。”她低声说。

“可是妈妈，法官刚刚说——”

“别跟我吵。”她生气地低声说道，离开了法庭。

“她回来了。”我喃喃低语道。我走出法庭，在人行道上停了下来，思考该往哪边转弯，左边去监狱见我母亲，右边去开我的车。法官说她可以离开。我听见了。她只需要不喝酒。一种不好的感觉在我全身涌动，就像被蛇咬了一口而中毒。我斟酌着我的决定，最终向左转，否定了离开的冲动。

进入监狱后，我把我的驾照交给防弹玻璃后的一位女士，她指引我去一个小房间，那里有一扇玻璃窗户将我与他们要带我母亲去的小隔间隔离。几分钟后，他们带我母亲去了小隔间，她现在没有戴手铐和脚镣。她坐在玻璃窗另一边的一把椅子上，拿起墙上的一部黑色电话。我做了同样的事情，把电话拉到我脸边时我做了个鬼脸，想象着许许多多不幸的人在我之前对着那部听筒说话。它有些黏。

“你付了保释金吗？”

“你并不需要我付保释金。靠你自己就能出来。法官说了。”

“他说如果我戴那个监测的东西才能出去。我不会戴他妈的监测器。”

“但你可以不花钱就出来，你只是不能喝酒。”

“我不会戴他妈的监测器！”她说，“你有足够的钱。你能救我出来，就这一次，行吗？我在这里一分钟也待不下去。”

“妈妈，我的钱刚刚够应付这学期。我不能——”

“老天在上，我会还你钱的。”

现在我们进入自己的连祷文模式了。我满十六岁后，得到了第一份工作，在镇里的一家加油站换油。我拿我的第一份工资买了衣服和一块滑板后，妈妈大发雷霆，狂暴得让楼上的邻居们打电话给了房东和警察。等她平静下来，她强迫我开一个储蓄账户。由于十六岁的人没法独自开户，他们也把她的名字写了上去。随后的两年里，每当她没法支付房租或她的车需要修理，她就从那个账户借钱——总是空泛地承诺说她会还给我，但从没还。

我满十八岁那天，用自己的名字独自开了账户。由于没法直接拿到我的钱，她不得不转换策略，从偷窃转为敲诈，毕竟，住她的房子，吃她的食物让她有权从我的账户勒索数百美元。于是我开始每周从总收入拿出一些，把钱藏在阁楼隔热材料下面的一个罐子里——我的大学基金咖啡罐。妈妈老是怀疑我藏了钱，但她从来没办法证明这一点，她从来没找到过。在她心中，我偷偷藏起来的几个钱增长了十倍。再加上我的助学贷款和得到的一些助学金，在我母亲看来，我的保险柜已经积累了一大笔钱。

“我们不能找个保释担保人吗？”我问，“这样你就不用付整整三千美元。”

“难道你认为我没有想到那一点吗？你认为我很蠢？我没有担保品。没有担保品，他们不会跟我谈。”

她的话里有一种我熟悉的使人透不过气来的尖锐，她的坏脾气与她的部分黑色发梢一样显露无疑。我决定有力地反驳一下，“我不能保释你出去，妈妈。我不能。如果我给你三千美元，我下学期就没法上大学。我没有办法。”

“那么……”她往后靠在那张塑料椅上，“我在这里的时候你得照顾杰里米，因为我不戴他妈的监测器是出不去的。”

这就是困难之处：她手中有一张最后的牌，证明她拥有同花大顺，她打败了我。我可以吹牛说我可以把杰里米留在奥斯丁，但这明显是虚张声势，我母亲知道这一点。她盯着我，如同一个下落的巨石一般坚定，她的眼神平静，我的眼睛因为愤怒而抽搐。我怎么能够照顾杰里米？我让他单独待了几个小时，他就需要莱拉的搭救。我去了大学来逃避这种种讨厌的事情。如今她把我拉了回来，强迫我在我的大学和我弟弟之间做选择。我想要把手伸进那扇加固的玻璃窗掐死她。

“我不敢相信你这么自私，”她说，“我说了我会还给你。”

我从后兜里拿出我的支票本，开起支票，同时一阵愤怒传过我全身。我微微一笑，想象着填写整张支票，然后把它拿到阻隔我们的厚玻璃前，撕个粉碎。然而，在内心深处，我知道这一事实：我需要她——不是一个儿子需要一个母亲，而是如同一个罪人需要恶魔。我需要一个替罪羊，我可以指着这样一个人说，“你为这件事负责，而不是我。”我需要满足我的错觉，那就是我不是我弟弟的监护人，这是我母亲的责任。我需要一个地方来让杰里米生存，得到护理，一个可以紧闭的盒子，然后告诉我自己杰里米属于这里——即使从内心我知道，这一切都是谎言。我需要那层貌似有理的浅薄说辞来减轻良心上的不安。那是我能离开奥斯丁的唯一方式。

我撕下支票，拿给我母亲看。她装腔作势地笑了笑，说：“谢谢你，亲爱的，你是一个天使。”

八

从奥斯丁回去的路上，我把车停在了希尔维尤，希望我的论文能取得一些进展，能让卡尔签署转渡表格允许我从那名公共律师的办公室拿到他的卷宗。我也希求拜访他或许能将我的注意力从我心中因我母亲而起的愤怒转移开去。我疲惫地走进希尔维尤，内疚让我心情沉重。我感觉似乎某种空洞的力量、某种不解的引力把我向后吸，拉我去南方，去奥斯丁。我本来以为逃去大学会让我妈妈够不着我，可我仍然离得太近，很容易就从我选择的低树枝上被拽回来。我怎样才能不再管我母亲——我弟弟？舍弃他们我需要付出怎样的代价？起码今天，我自言自语道，代价是三千美元的保释金。

我经过时，在接待桌后面的珍妮特对我微笑。我走向休息室，养老院里的人们大部分坐在轮椅里，一小群一小群地聚集成一堆，就像下了一半的棋子。卡尔坐在老地方，轮椅对着落地窗，他看着外面公寓楼的阳台护栏上挂着的衣物。我突然停了下来，因为我发现卡尔有一个访客，一个看上去六十多岁的男人，一头桀骜不驯的短发翘着靠向后脑勺，就像池塘的芦苇在风中往一边倾斜。老人的手放在卡尔的前臂上，他们说话时，他的脸也冲着窗户。

我走回接待桌，珍妮特在看一些文件，我向她打听那位访客的情况。

“哦，那是维吉尔。”她说，“我不记得他的姓了。他是卡尔唯一的访客……除了你之外。”

“他们是亲戚吗？”

“我觉得不是。我觉得他们只是朋友。也许他们是在监狱认识的。也许他们是……你知道的……特别的朋友。”

“我没觉得卡尔是同性恋。”我说。

“他在监狱待了三十年，也许那是他能找到的唯一性交对象。”珍妮特把手放在唇边，为从中泄露出的罪恶感咯咯直笑。

我也冲她笑，主要是为了讨好她而不是觉得她的话好笑。“你觉得我应该过去吗？我不想打扰他们，如果他们是……”我没有说完，不知道该如何结束这个句子。

“去吧，”她说，“如果你打搅了他们，他会告诉你。卡尔虽然像在煎锅里的雪人一样减重，但是不要低估他。”

我又回到卡尔身边，他正为另一个男人说的什么咯咯发笑。卡尔从没在我面前笑过，笑容让他瘦削的脸散发出神采。看见我来了，他的笑容消失了，就像他是一个刚从戏剧中被拉出来的孩子。“这就是那个年轻人。”他叹了口气。

跟卡尔在一起的那个男人用一种不友好也不热络的神情打量着我，伸出他的手让我握。“嘿，年轻人。”他说。

“别人叫我乔。”我说。

“好的，”卡尔说，“作家乔。”

“实际上是大学生乔，”我说，“我不是作家，这只是一份作业。”

“我是维吉尔……油漆匠。”那个男人说。

“油漆匠，画家还是油漆工？”我问道。

“大部分时间是油漆工，”他说，“我粉刷墙壁，但出于个人娱乐也画些油画。”

“别让他唬住了，乔，”卡尔说，“维吉尔只是一个普通的杰克逊·波洛克[1]。画得太糟他就粉刷起房子了。”卡尔和维吉尔都笑了，但我不明白里面有什么典故。过后，我在网上查找杰克逊·波洛克，他的画就像一个学步儿童乱发脾气时用一满盘意大利面条摆弄出来的。我才理解了那个笑话。

“艾弗森先生——”我说道。

“叫我卡尔。”他说。

“卡尔，我希望你能帮我签一份表格。”

“什么表格？”

“这是一份转渡表格，让我可以看你的审判卷宗，”我迟疑地说，“写传记，我需要一些补充材料。”

“啊，这个年轻人不相信我会对他坦诚，”卡尔对维吉尔说道，“他认为我会藏起潜伏在我体内的怪兽。”维吉尔摇摇头，转过脸看向别处。

“我绝没有不敬之意，”我说，“只是我一个朋友……嗯，与其说是个朋友，不如说是个邻居，她认为如果我看一下审判卷宗会更了解你。”

“你的朋友错得离谱，”维吉尔说，“如果你真的想了解有关卡尔的

[1] 杰克逊·波洛克：1912—1956年，美国画家，抽象表现主义绘画大师。1929年就学纽约艺术学生联盟，师从本顿。1943年开始转向抽象艺术。1947年开始使用“滴画法”，把巨大的画布平铺于地面，用钻有小孔的盒、棒或画笔把颜料滴溅在画布上。其创作不作事先规划，作画没有固定位置，喜欢在画布四周随意走动，以反复的无意识的动作画成复杂难辨、线条错乱的网，人称“行动绘画”。

真相，你绝不应该去看卷宗。”

“没事，维尔，”卡尔说，“我不介意，老天，那份旧卷宗积了三十年灰尘。也许现在不存在了。”维吉尔俯身向前缓缓站了起来，用他的胳膊支撑自己从椅子里起身，像是一个比他看上去老得多的人。抚了抚松弛肌肉上的褶皱，他抓起靠在身旁墙边的山核桃木手杖的磨损把手。“我去拿些咖啡。要吗？”

我没有回应，因为我估计他不是在跟我说话。卡尔抿着嘴唇，摇头表示拒绝，维吉尔用一种老练却怪异的步态走开了，他的右腿机械地弯曲又啪嗒挺直。他的裤腿窸窣作响，我看到本应该是脚踝的地方，清清楚楚显露出金属。

我转过头去看卡尔，感觉我欠他一个道歉，似乎我想通过卷宗来核查他的故事——这正是我计划做的，如同宣称他是个骗子。

“抱歉，艾弗森先生——卡尔。我并不想冒犯你。”

“没事，乔，”卡尔说，“维吉尔对我有点过分保护。我们认识很久了。”

“你们是亲戚吗？”我问。

卡尔想了一会儿，说道：“我们是兄弟……通过战火，而不是血缘。”他的视线转回窗户，迷失在记忆中，脸上不再有表情。过了一会儿，他说：“有笔吗？”

“笔？”

“签署你带来的文件。”我递给卡尔表格和一支笔，看着他签署转渡表格，他的指节戳着他的皮肤，他的前臂十分纤细，他签署时我能看到每一块肌肉的突起和收缩。他把文件递还给我，我对折起来，放进口袋。

“有一点，”他说着低头看向他的手指，现在放在他的大腿上，他眼睛没有抬，对我说，“你读那份卷宗时，会看到很多东西，可怕的东西，那会让你想要恨我。那确实让陪审团恨我。记住一点，那不是我故事的全部。”

“我明白。”我说。

“不，你不明白。”他柔声说，注意力转回对面公寓阳台飘动着的绚丽毛巾，“你不了解我。现在还不了解。”我等着他把话说完，但他只是凝视着窗外。

卡尔沉入他的回忆，我走向前门，维吉尔在那里等我。他伸出手，两个手指之间夹着一张名片。我拿走那张名片。维吉尔·格雷涂漆——商宅和住宅。“如果你想了解卡尔·艾弗森，你需要跟我谈谈。”

“你是他的狱友？”

维吉尔几近恼怒，说：“他没有杀那个女孩。你做的事情全是扯。”我在酒吧常听到他这种说话腔调的人，他们谈论他们的差劲工作或唠叨老婆时就这么说话——被激怒但限于环境，只好忍耐。

“什么？”我说。

“我知道你在做什么。”他说。

“我在做什么？”

“我告诉你：他没有杀那个女孩。”

“你当时在场？”

“不，我不在。别自作聪明。”

这回我被激怒了。我才刚刚碰到他，他就觉得足够了解我到能侮辱我。“在我看来，”我说，“只有两个人知道发生了什么：克丽斯特尔·哈根和杀害她的那个人。其他人所说的只是他们愿意相信的。”

“我并不需要在场就知道他没有杀那个女孩。”

“泰德·邦迪[1]也有人相信。”我不知道那是否是真的，但我觉得听起来不错。

“他没有杀人。”维吉尔厉声说道，他指着他名片上的电话号码，“你打电话给我。我们谈谈。”

[1] 泰德·邦迪：美国连环杀手。

九

我浪费了大半个星期的时间，打了八个电话试图从那位公共辩护律师的办公室弄到卡尔·艾弗森的犯罪卷宗。起初，接待员尽力理解我的需求，等她终于明白时，她说那份卷宗可能多年前就被毁了。“无论如何，”她说，“我没有权力将一个谋杀案的卷宗交给寻求这份文件的什么汤姆、迪克和哈里。”之后她就把我的电话转到了首席公设辩护人伯塞尔·科林斯的语音信箱，我的信息似乎落入了深渊。第五天我都没有接到科林斯的回电，于是我逃掉了下午的课程，搭乘公共汽车去了明尼阿波利斯市中心。

接待员告诉我首席很忙，我告诉她我会等，尽可能地在离她桌子很近的一个座位坐了下来，这样她讲电话时我可以听到。我阅读杂志消磨时间，直到她最后对某个人低声说我逗留不去。十五分钟后，她受不了了，领我去了伯塞尔·科林斯的办公室。伯塞尔是个皮肤白皙，顶着一头蓬松杂乱的头发，鼻子像熟透的柿子一样粗大的男人。他对我笑了笑，有力地握住我的手，似乎想卖给我一部汽车。

“你就是那个一直在骚扰我的孩子？”他问。

“我想你收到了我的电话留言。”我说，一瞬间他看上去有些不安，接着示意我就座。

“你得理解，”他说，“我们不常接到电话要求我们找一份三十年前的卷宗。我们把那些材料都存在了其他地方。”

“但你们仍然保有这份卷宗？”

“哦，是的，”他说，“我们保存着。我们依从法律无限期地保存谋杀案卷宗。昨天我让人把它拿了过来。就在那里。”他指向靠在我身后那堵墙上的一个箱子。我没想到会有那么多东西。我以为我会拿到一个装满文件的活页夹，而不是一个箱子。我计算着读完那份卷宗我要花的时间，这些数字注入我脑中的一个桶中。然后我又计入我其他课的作业、考试和实验项目需要的时间。我突然感到眩晕。我怎么能全部完成。我开始后悔来拿这份卷宗，这本来应该是一份简单的英语作业。

我手伸进口袋，拿出转渡表格，交给科林斯先生。“我可以拿走卷宗了吧？”我问道。

“不是全部，”他说，“现在还不行。有些文件可以拿走。在文件被拿走前，我们必须消除掉笔记和工作成果。”

“那要花多长时间？”我在椅子里挪动了下，试图找到一个位置，让座垫弹簧不硌我的屁股。

“正如我所说，有些文件今天可以取走，”他笑道，“我们有一个实习生在做这份工作。剩下的文件很快就会弄好，也许一到两个星期。”科林斯靠在他舒适的乔治王朝风格后翼椅里，我注意到它比房间里的其他椅子要高出整整四英寸，似乎舒服得多。我又调整我的坐姿，试图让血液流向我的腿。“你怎么对这个案子这么感兴趣？”他交叉双腿问道。

“这么说吧，我对卡尔·艾弗森的人生和生活的时代感兴趣。”

“为什么？”科林斯无比真诚地问道，“这个案子没什么东西。”

“你知道这起案件？”

“对，我知道，”他说，“那年我在这里做书记员。当时我还是法学院三年级的学生。卡尔的首席律师，约翰·彼得森做法律调研时带上了我。”科林斯停顿了下，目光越过我看向墙上的一个空白点，回忆着卡尔案件的细节，“我在监狱见过卡尔几次，审判他时我在旁听席。那是我经历的第一起谋杀案。嗯，我记得他。我也记得那个女孩，克丽斯特尔什么。”

“哈根。”

“没错，克丽斯特尔·哈根。”科林斯的表情变得冷肃，“我仍然记得那些照片——我们在审判时用到的照片。我以前从没见过犯罪现场的照片。那是我第一次看到。并不像你在电视上看到的神情那么安详，眼睛闭着，像是他们睡着了。不，一点也不像。她的照片残酷，摧人心肝。直到今天，我仍然记得她。”他微微打了个颤，继续说道，“要知道他本来可以进行一桩交易。”

“交易？”

“辩诉交易[1]。他们提出判处他二级谋杀罪，八年内可以假释。他拒绝了。如果被判一级谋杀罪，将会面临终生监禁，而他拒绝了二级谋杀罪的辩诉提议。”

---

[1] 辩诉交易：是指在法院开庭审理之前，作为控诉方的检察官和代表被告人的辩护律师进行协商，以检察官撤销指控、降格指控或者要求法官从轻判处刑罚为条件，来换取被告人的有罪答辩，进而双方达成均可接受的协议。通俗地说，辩诉交易就是在检察官与被告人之间进行的一种“认罪讨价还价”行为。

“这就带来了一个问题，这个问题一直困扰着我，”我说，“如果他被判终生监禁，他又是怎么得到假释的呢？”

科林斯俯身向前，擦擦下巴底部，抓了抓辛苦一天的后颈。“终生并不意味着到死为止，”他说，“在20世纪80年代，终身监禁意味着你必须待上十七年才有资格假释。后来，他们将之改到了三十年。他们再次更改，这样一来绑架杀人或强奸杀人的罪犯获得终生监禁后，就没有假释的可能。严格说来，他们是在旧的法规下给艾弗森定罪的，因此十七年后他就有资格假释。一旦立法机关明确表示他们想要谋杀强奸犯永远被羁押，艾弗森获得假释的希望几乎就没有了。实话告诉你，接到你的电话后，我在刑事局查看艾弗森的记录，看到他已经出去了，差点摔到地板上。”

“他处于癌症晚期。”我说。

“怪不得，”他说，“监狱安养院不能解决。”他的嘴角向下倾斜，点头表示理解。

“在克丽斯特尔·哈根去世的那晚发生了什么？卡尔是怎么说的？”

“没说什么，”他说，“他说不是他做的——说那天下午他醉得不省人事，什么也不记得。说实在的，他没做什么对辩护有利的事，就是坐在那里，看着审判，就像他在看电视。”

“他说他是无辜的时候，你相信他吗？”

“我相信什么不重要。我只是一个法官助理。我们英勇地战斗了一场。我们说凶手是克丽斯特尔的男朋友。那是我们的推测。他是她死前见到的最后一个人。他有所有条件，那是一场情杀。他想要跟她做爱——她不同意——事情失去控制。这是一个合理的推测：可以说是朽木雕成了玉器。可是到头来，陪审团不相信，这才是最要紧的。”

“有人认为他是无辜的。”我说，想起了维吉尔。

科林斯垂下双眼，摇了摇头，没有理会我的评论，似乎我是个容易受骗的孩子。“如果不是他做的，那么他是令人遗憾的替罪羊。她的尸体是在他的工具棚发现的。”他说，“他们在去往他后门廊的台阶上发现了她的一个手指甲。”

“他扯掉了她的手指甲？”我说，这个想法让我不寒而栗。

“那是一个假指甲，丙烯酸做的：几个星期前为了她的第一次校园舞会，她做了指甲。原告律师认为在他把她的尸体拖到工具棚的过程中，它脱落了。”

“你相信卡尔杀了她吗？”

“附近没其他人，”科林斯说，“艾弗森仅仅说他没有杀人，可是与此同时，他又说他醉得一塌糊涂，不记得那天晚上发生的任何事情。这是奥卡姆的剃刀。”

“奥卡姆的剃刀？”

“这是一条定律，意思是说在所有条件平等的情况下，最简单的解释往往是正确的。谋杀罪很少那么复杂，大多数谋杀者一点儿也不聪明。你见过他吗？”

“谁，卡尔？没错，他签署了这份让渡表格。”

“哦，好的，”科林斯皱起眉头，为没有注意到这么明显的结论表示不悦，“他跟你说了什么？他告诉你他是无辜的吗？”

“我们还没有谈到这起案件。我要慢慢谈。”

“但愿他能谈一谈。”科林斯用他厚实的双手梳理头发，一些头皮屑落在他肩上，“如果他真谈起来，你会想要相信他。”

“但是你不相信他。”

“也许那时候我相信他。我不确定。对像卡尔这样的家伙，很难判断。”

“卡尔这样的家伙？”

“他是一个恋童癖，没人能像一个恋童癖那么会说谎。他们最擅长此道。没有一个骗子比得过恋童癖。”我一脸茫然地看着科林斯，这促使他进行解释。

“恋童癖是我们中间的恶魔。谋杀犯、入室窃贼、小偷、毒贩，他们总能为自己的行为做出辩解。大多数犯罪的发生只是因为简单的情感，比如贪婪、愤怒，或者嫉妒。人们可以理解这些情感。我们不宽恕，但我们理解。每个人都曾经有过这些情感。见鬼，大多数人，如果他们足够坦诚，会承认在脑中构思过犯罪，犯下完美的谋杀而逃脱处罚。陪审团中的每一个人都感受过愤怒和嫉妒。他们理解在一个谋杀犯背后的基本情感，他们会为没有控制住那种情感而惩罚他们。”

“我想是的。”我说。

“现在想想一个恋童癖。他酷爱与孩子们发生性关系，谁能理解这个？他们没法为自己的行为进行辩解。找不到解释：他们是恶魔，他们知道这一点。但他们不会承认，即使是对他们自己。于是他们隐藏起真相，将它埋藏在心灵深处，开始相信自己的谎言。”

“但有些人是无辜的，对吗？”我问道。

“我曾经有一个当事人……”科林斯俯身向前，胳膊肘支在桌上，“他被指控强奸自己十岁的孩子。这个人说服我相信他的前妻把这个故事注入了孩子的头脑。我完全相信他。我准备了尖锐的盘问来谴责那个孩子。之后，距离审判还有一个月时，我们拿到了计算机取证。检察官把我叫到他的办公室看录像，里面将这个笨蛋做的整件事情都记录了下来，跟他孩子说的一模一样。我把录像放给我的当事人看时，他失声痛哭，像个他妈的孩子一样声嘶力竭，不是因为他强奸他的孩子并且被抓住了，而是因为他发誓不是他做的。检察官的录像带里有这个杂种，他的脸，他的声音，他的刺青，他还想要我相信那是某个长得像他的人。”

“因此你认为所有被控告有恋童癖的当事人都在撒谎？”

“不，不是所有人。”

“你认为卡尔撒谎了吗？”

科林斯停下来思考，“起初我想相信艾弗森。当初的我并不像现在这般腻烦。但是证据表明他杀了那个女孩。陪审团看到了证据，因此艾弗森进了监狱。”

“他们有关恋童癖在监狱里的说法是对的吗？”我问，“他们被挨揍什么的。”

科林斯抿嘴，点点头，“没错。监狱有自己的食物链。我酒驾的当事人会问，‘为什么他们偏要跟我过不去？我又没有抢劫。’谋杀犯会说，‘起码我不是一个恋童癖；我没有强奸孩子。’像艾弗森这样的人无处可去。没有比他们更坏的，这就将他们置于食物链的底端。更糟糕的是，他是在斯蒂尔沃特监狱坐的牢。没有比这更糟的了。”

我已经放弃了在这张破椅子里找到舒适坐姿的尝试，意识到这张椅子很可能是故意不让人舒适的——一种鼓励人们缩短拜访时间的方式。我站起身，按摩我的大腿后部。科林斯也站起身，在办公桌前转悠。他从箱子里拿出两个文件夹递给我。一个写着“陪审团选拔”，另一个贴着“判决”。“这些可以拿走。”他说，“我还可以让你拿走庭审记录。”

“庭审记录？”

“对，一级谋杀案有一个自动上诉。法院书记官准备一份庭审记录，一字不漏地记录说过的一切。他们在最高法院有副本，你今天可以拿走我们的这份。”科林斯走到箱子边，抽出六册平装书卷，一本接一本塞到我胳膊里，纸张堆起来有一英尺厚。“这会让你忙一阵了。”

我看着手中的书和文件夹，感觉着它们的重量。科林斯先生领我出门，在门口我转过身，“我在这些书里能找到什么？”我问道。

科林斯叹了口气，再次擦擦他的下巴，耸肩道：“也许没什么你不知道的东西。”

十

在回家的公共汽车上，我迅速翻阅那六卷庭审记录，咒骂出声。我为这份作业给自己弄来了这么多阅读材料，比我其他所有课程加起来要阅读的东西还多。为时已晚，我没法放弃这门课而不搞糟我的 GPA。我的访谈笔记和艾弗森传记的开篇章节马上要交——这排在我必须完成的所有家庭作业的首位——而我没办法及时看完所有材料。

经历了从公交车站到公寓的长途跋涉后，我背包里的庭审记录似乎跟石碑一般重。我掏出钥匙开门，但听到从莱拉的公寓传来西班牙吉他音乐时，我停了下来。庭审记录给了我一个去跟她打招呼的理由。毕竟，它们是她对这份不切实际的作业的贡献。此外，我确实想再见到她。她那种拒人于千里之外的态度吸引了我。

莱拉开了门，她赤脚穿一件宽大的双城队套衫和刚被 T 恤遮住了的短裤。我忍不住去看她的双腿，只是快速扫了一眼，却已经足够让她注意到。她看着我，竖起一条眉毛。没有“你好”，没有“什么事”，只是竖起一条眉毛。那让我紧张得手足无措。

“我……嗯……今天去了那位律师的办公室，”我结结巴巴地说，“拿到了庭审记录。”我伸手去背包里拿出证据给她看。

她仍然在门口一动不动，抬头看着我，既没有邀请我进去，也没有竖起眉毛之外的其他反应。反而端详起我，似乎在考量我的打扰，她耸了耸肩，走进公寓，让她身后的门嘎吱一下打开。我跟随她走进公寓，里面闻起来有隐隐的婴儿爽身粉和香草味道。

“你读过了吗？”她问道。

“我才拿到它们。”我把第一卷放在她的桌上，让它发出砰的一声来表明它的重量，“我不知道该从哪儿读起。”

“从开庭陈述开始。”她说。

“什么？”

“开庭陈述。”

“那应该就在前面，对吧？”我问，咧着嘴笑。她拿起一本记录，翻动起书页。

“你是怎么知道开庭陈述这些东西的？你念的是法律预科？”

“或许吧，”她说，语调完全是就事论事的，“高中时我参加了模拟法庭。指导我们的律师说开庭陈述应该描述案件的故事——讲述它，就像你跟朋友们一起坐在起居室里。”

“你参加了模拟法庭？”

“对，”她喃喃道，舔了舔她的手指翻动更多书页，“如果一切进展顺利，我不介意以后上法学院。”

“我还没有锁定一个专业，不过我在考虑新闻学。只是——”

“就是这个，”她站起身，把书页折起来，这样她能一只手拿记录，“你当陪审员。坐在沙发上，我当检察官。”

我坐在她的沙发中间，胳膊向两边摊开，放在靠背上。她站在我前面，给自己读了几行来进入角色。接着她挺起胸，肩膀向后收，读了起来。她读的时候，我发现那个小精灵不见了，取而代之的是一个自信沉着、吸引陪审员注意的女人。

“陪审团的女士们，先生们，本案的证据表明 1980 年 10 月 29 日，被告——”莱拉以一个游戏娱乐节目模特般的优雅挥动手臂，指向角落里的一把空椅子，“卡尔·艾弗森，强奸并谋杀了一个十四岁的女孩，她的名字是克丽斯特尔·玛丽·哈根。”莱拉边读边在我面前缓慢踱步，尽可能地从记录上抬起头，与我进行眼神接触，仿佛我是一个真正的陪审员。

“去年，克丽斯特尔·哈根是一个快乐、活泼的十四岁女孩，一个漂亮的孩子，受到家人的宠爱，为进入爱迪生中学啦啦队而兴奋。”莱拉停顿了一下，放低声音，以加强效果，“但是，女士们和先生们，你们将会了解到克丽斯特尔·哈根的生活并非一切顺心。你们会看到她日记的摘录，她写到了一个名叫卡尔·艾弗森的男人，这个男人就住在克丽斯特尔·哈根家隔壁。你们可以看到，在她的日记里，她称他为‘隔壁的性变态’。她在日记中说卡尔·艾弗森从他家的窗口盯着她看，注视她在后园练习啦啦队的动作。

“从那本日记里，她会告诉你她跟她的男友，她在高中打字班认识的，名叫安迪·费希尔，遇到的一件事情。有天晚上她和安迪把车停在克丽斯特尔家和卡尔·艾弗森家后面的小巷。他们把车停在小巷的尽头，避开窥探的眼睛，做爱，像孩子们那样。就在那时，被告卡尔·艾弗森像是恐怖片中的恶魔走向那辆车，透过窗户注视他们。他看见了克丽斯特尔和安迪……呃，让我们说他们正在进行性尝试。只有两三个小孩在附近闲荡。卡尔·艾弗森看见了他们，他注视着他们。

“也许事情并没有那么糟糕，但是对于克丽斯特尔·哈根来说，那就像是世界末日。要知道，克丽斯特尔有一个继父，一个虔诚的宗教徒，名叫道格拉斯·洛克伍德。他将出庭做证。洛克伍德先生并不同意克丽斯特尔当啦啦队队员。他不赞成她十四岁就约会。他给克丽斯特尔定了些规矩来保护这个家庭的名誉，并保持克丽斯特尔的端庄形象。他告诉她如果她不能遵守这些规则，她就不许继续做啦啦队队员。如果触犯得太严重，他会送她去私立的教会学校。

“女士们和先生们，那天晚上她在车里与安迪·费希尔做的事情打破了那些规则。

“证据表明卡尔·艾弗森利用那天晚上在小巷看到的事情胁迫克丽斯特尔，让她……呃……服从他。你们看，小巷那晚不久，克丽斯特尔在日记中说一个男人强迫她做她不想做的事情——有关性的事情。他告诉她如果她不按他的要求来，他就要泄露她的秘密。那时，克丽斯特尔不再明确说明卡尔·艾弗森是那个威胁她的人，但是当你看到她日记中的描述时，对她写的是谁将毫无疑问。”

莱拉放缓了说话节奏，声音放低到几乎耳语，创造出一种戏剧性的效果。我凑近听她说话，双手从沙发背伸到膝盖上。

“她被谋杀的那天下午，放学后安迪·费希尔送她回家。他们吻别后，安迪离开。克丽斯特尔一个人待在一间空荡荡的房子里，卡尔·艾弗森就在隔壁。安迪开车走后，我们知道克丽斯特尔死在了卡尔·艾弗森的房子里。也许她去那里与他对质，要知道，克丽斯特尔·哈根那天下午见了她的辅导员，了解到卡尔·艾弗森对她做的事情可以让他处以监禁。又或许她去那里是出于武力威逼，因为在克丽斯特尔出事的那天早上，卡尔·艾弗森买了一把军用手枪。我们还不清楚她怎么到艾弗森家来的，但她在那里，因为证据确凿，我马上就要讲到那里。她一到了那里，我们知道，对于克丽斯特尔·哈根来说，事情变得不可收拾。她有过计划化被动为主动，对艾弗森进行反击——送他去监狱，如果他不停止恐吓和强奸的话。卡尔·艾弗森，当然，另有计划。”

莱拉不再踱步，不再假装是检察官。她在我旁边坐了下来，目不转睛地看着庭审记录。她继续念下去，语气中似乎充满深深的悲伤，“卡尔·艾弗森强奸了克丽斯特尔·哈根。完事后——在他拿走可以从她身上拿走的一切后——他要了她的命。他用一根电源线勒死了她。女士们和先生们，勒死一个人需要花很长时间。这是一种缓慢而可怕的死亡方式。卡尔·艾弗森需要把那根线缠绕在克丽斯特尔·哈根的喉咙上，拉紧摁住不放至少两分钟。随着每一秒钟的过去，他都有能力改变他的主意。他却继续拉紧那根绳子，让它紧紧勒住她的咽喉直到他确信她不仅失去知觉，而是死亡。”

莱拉不再读了，痛苦地看着我，似乎我是卡尔的延伸部分，似乎我体内有他残暴的行为因子。我摇摇头。她继续阅读。

“克丽斯特尔为活下来进行了抗争。我们知道这一点，因为在搏斗中她的一只假指甲脱落了。那片指甲在出卡尔·艾弗森家门的台阶上被找到。那是卡尔·艾弗森把她的尸体拖到他的工具棚时掉落的。他把她的尸体扔在工具棚的地上，就像她只是一块垃圾。接着，试图掩盖他的罪行，他纵火焚烧工具棚，以为高温和火焰可以毁灭他的罪证。用火柴点燃那间旧工具棚后，他回到他的房子，喝了一瓶威士忌，直到不省人事。

“等到消防车赶到时，工具棚已经完全被大火吞没。警察在闷燃的瓦砾中发现了克丽斯特尔的尸体，他们敲艾弗森先生的门，但他没有回应。他们以为没人在家。特雷瑟探长早上带着搜查令回到现场，发现艾弗森仍然醉倒在沙发上，手中拿着一个空的威士忌酒瓶，另一只手旁边放着一把 45 口径的手枪。

“女士们和先生们，你们马上要看到会让你们恶心的画面。为你们将要看到的东西我提前道歉，但这是必要的，这样你们能够理解克丽斯特尔・哈根出了什么事。她身体的下半部分被严重烧毁，有些部分已经面目全非。工具棚屋顶的铁皮落到她身上，盖住了她的上半身，让这部分没有被大火烧掉。那里，在她的胸下面，你们可以看到她的左手——没有被烧毁。在那只左手上你们会看到曾让她喜不自胜的丙烯酸指甲，那是她为她第一次的校园舞会而做的指甲，舞会上她将与安迪・费希尔共舞。你们将看到有一个指甲不见了，那个指甲在她与卡尔・艾弗森的搏斗中脱落了。

“女士们和先生们，一旦你们看了本案的所有证据，我会回来这里与你们交谈，我会要求你们裁定卡尔・艾伯特・艾弗森犯有一级谋杀罪。”

莱拉把记录放在她的大腿上，她的回声渐渐消退。“这个令人恶心的混蛋，”她说，“我真不敢相信你能跟这个人坐在一起，而不想杀了他。他们应该永远不让他出监狱。他应该在最黑暗、最阴冷的牢房中腐烂。”我稍微朝她侧身，模仿她的姿势，将我的一只手放在她腿旁的垫子上。如果我张开手指，就可以碰到她。这一念想抹去了我脑中的其他念头，可是她根本没有注意。

“跟他讲话是什么感觉？”她问道。

“他是一个老人，”我说，“他病了，身体虚弱，瘦得像一根皮鞭。很难在他身上看到你读到的那些特质。”

“你写他的传记时，一定要讲述整个故事。不要只写快死于癌症的病糟老头。写下那个醉酒的精神病，他烧死了一个十四岁的女孩。”

“我做过承诺要写下事实，”我说，“我会的。”

第二部

一本充满神秘代码的日记本

一

十月份像下落的山溪快速而喧哗地过去了。莫莉的一个酒吧侍者辞职了，因为这个女人的丈夫发现她为了更高的小费与别人打情骂俏。莫莉要求我在她找到接替者之前暂代她的工作。我没法拒绝，我需要弥补我花费在妈妈的保释金上的那三千美元损失。因此，这个月里，我从星期二到星期四在柜台后面通宵工作，周末在门口工作。除此之外，我有经济学和社会学课程的期中考试。我养成了只看课本上被标出来的段落的习惯——但愿这些课本之前的主人能看出哪些是考点。

我在卡尔的判决文件夹中找到了一份文档，让人喜出望外。那是一份报告，细致讲述了卡尔·艾弗森在南圣保罗长大的经历：他的家庭，他的小缺点，他的喜好，他受的教育。报告简略触及了他的兵役，提到卡尔在参加越战后光荣退伍，被授予两枚紫心勋章和一枚银星勋章。我提醒自己要更深入地调查卡尔的兵役经历。十月份我拜访了卡尔两次，就在我的笔记和开篇章节要上交之前。依靠将从这篇报告获得的信息和我笔记中的细节两相混合——大量穿插我的个人创意，我完成了第一章。

把作业上交给老师后，我直到过完万圣节才去希尔维尤，我不喜欢万圣节。为了万圣节我精心装扮，跟十八岁以后的每个万圣节一样，在莫莉酒吧门口守门。那天晚上我只打了一架，当超人抓住破烂安的屁股——仿佛破烂安是个脱衣舞演员——这使得她的男朋友破烂安迪出手将这个“钢铁战士”打倒在地。我带破烂安迪冲出门。破烂安跟随我们出来，经过我们身边时腼腆地笑了一下，似乎这场打架完全在她的意料之中，当她把肥胖的身体塞进那件极小的戏装时，她就在期待这场打架。我讨厌万圣节。

十一月的第一天，我回到希尔维尤的那天，冷空气席卷而来。温度几乎不高过零度。枯死的叶子被风卷起，累积在建筑物的犄角旮旯和大垃圾桶旁边。不知道他的胰腺癌到底发展到了哪一步，那天早上我打了电话确保卡尔会起床见访客。我在老地方找到了卡尔，他正凝视着窗户，腿上盖着一条阿富汗毛毯，棉拖鞋下面是厚羊毛袜，蓝色长袍下面是保暖长内裤。他在等我，还让一位护士搬了把舒适的椅子到他的轮椅旁边。出于下意识，或是习惯，我坐下后握住了他的手，他细瘦的手指从我的手掌滑落，冰冷、无力，像死海草。

“以为你忘了我呢。”他说。

“这学期很忙，”我回答道，拿出我的小型数字录音机，“你不介意用这个吧？这比做笔记方便。”

“这是你的节目。我只是在消磨时间。”他为自己的幽默咯咯发笑。

我打开录音机，请卡尔接着上次的内容继续讲。卡尔讲述他的故事时，我发现自己将它们分解成零碎信息，四下散布开来如同桌上拼图玩具的碎片。接着我尝试重新组合这些碎片，以期解释一个恶魔的诞生和生活。在他的童年和青春期的什么东西播下了日后成为谋杀犯卡尔的种子？应该有一个秘密。卡尔·艾弗森出了点什么事，从而让他与其他人不同。我们第一次见面的那天他给予了我有关坦诚的训诫，现在他在讲述他受到呵护的养育，他一直在掩饰将他的世界转向一个别人没法理解的轴线的黑暗切面。我想要骂脏话。但在他把他的世界涂成蛋壳白时，我倾听、点头，鼓励他继续。

在我们谈话的第二个钟头里，他说，“就在那时美国政府让我去越南。”终于，我想到，来了件可以解释他成为恶魔的事件。由于一直在说话，卡尔变得虚弱，他把双手搁在大腿上，身体靠在轮椅上，闭上双眼。我看着血液流经他的颈动脉时，他脖子上的那条伤疤一起一伏。

“那条伤疤是你在越南时留下的？”我问道。

他摸了摸脖子，“不是，我在监狱里弄的。一个心理变态的雅利安兄弟想要砍掉我的头。”

“雅利安兄弟？他们不是白人吗？”

“是的。”他说。

“我还以为监狱里相同种族的人会互相支持。”

“当你猥亵孩子就不是这样了——而我刚好是。每个帮派都有权力处理自己种族的性侵犯者。”

“权力？”

“性侵犯者是监狱败类中的劣等人。如果你有气，把气撒在他们身上；如果你需要得到眼泪文身来表明你是一个厉害的人，为什么不杀了他们；如果你需要一个男同志……呃，你了解情况。”

我深感局促不安，但还是保持镇静，以免他察觉到我的反感。

“我进入斯蒂尔沃特大约三个月后，有一天我去吃饭。那是一天中最危险的时刻。他们一次派两百个家伙去食堂大厅。混乱中，有人拔出刀来。对于谁对谁做了什么，没有记录。”

“没有一个地方你能摆脱普通人群？哦……叫作……保护性监禁或者类似的东西？”

“隔离，”他说，“对，我本来可以请求隔离，但我没有。”

“为什么？”

“在我人生中的那个时刻，是否活着对我来说无所谓。”

“那么那条伤疤是怎么搞的？”

“有一个叫斯莱特里的大块头，他试图让我……呃，这么说吧，他十分孤独,想要寻求同伴。他说如果我不顺他的意,他会割断我的喉咙。我告诉他尽可以帮我这个忙。”

“于是他割了你的喉咙？”

“不，事情不是那么运作的。他是个老板，不是手下。他让一个小阿飞来做这件事，一个希望出名的孩子。我甚至没有看到它发生。我感觉一股热流从我肩头流下来。我把手放在喉咙上，感觉到血从我脖子往外喷。差点死了。他们把我草草包扎后，强迫我进入隔离监禁室。三十年中剩下的大部分时间我在那里度过，四周吵吵嚷嚷，一天中几乎每个小时都在混凝土墙内。那可以让一个人发疯。”

“你是在监狱碰到你兄弟的吗？”我问道。

“我兄弟？”

“维吉尔——是叫这个名字吧？”

“啊，维吉尔。”他深吸了一口气，似乎要叹气，一阵疼痛袭来，震动得他不得不在轮椅里坐直。他抓住轮椅的扶手，手指顿时没了血色。“我想……”他说着，吐出急促的呼吸，似乎他在生孩子，等着那阵疼痛过去。“那个故事……要改天……再讲了。”他招手让一个护士过来，请她拿他的药来，“恐怕……我马上……要睡了。”

我感谢他跟我交谈，拿起我的背包和录音机，往门口走。在前台我停了下来，从口袋里摸出钱包，找到了维吉尔·格雷给我的那张名片。我得听听这世上唯一相信卡尔无辜的人怎么说，这是唯一否认卡尔·艾弗森罪有应得的声音。我拿出名片时，珍妮特靠着接待桌，轻声说：“他今天没有吃止疼药。他希望你来时他头脑是清醒的。他明天或许整天都会神志不清。”

我没有回应珍妮特。我不知道该说什么。

二

距我接到那位公共律师办公室的电话告知我卡尔剩下的材料准备好，已经几个星期了。可我还没有去取，我对此感到抱歉。要不是维吉尔·格雷建议我们在市中心碰面，那个箱子很可能会一直放在那位公共律师的办公室里。就算不读那堆和我膝盖一般高的文件，我的作业就够花时间了。但我给维吉尔打电话时，他建议我们在明尼阿波利斯市政府大楼外的一个小院子见面。我在那里找到了他，他坐在院子边的一条花岗岩长椅上，他的手杖靠在他的那条好腿上。他看着我穿过长长的广场，没有向我挥手或者以其他方式对我打招呼。

“格雷先生。”我伸出手，他用一个人对吃剩的花椰菜可能会表现出的热情握了握我的手，“很感谢你能跟我见面。”

“你为什么要写他的故事？”维吉尔脱口而出。说话时他没有看我，他注视着院子中心的喷泉。

“对不起，你说什么？”我问道。

“你为什么要写他的故事？你能捞到什么好处？”

我在格雷先生旁边坐了下来，“我告诉过你，这是英语课的作业。”

“嗯，可是为什么写他？为什么写卡尔？你可以写任何人的故事。该死，你可以编一个故事。你的老师永远不会知道有什么差别。”

“为什么不能写卡尔？”我问道，“他有一个有趣的故事。”

“你是在利用他，”维吉尔说，“卡尔受到的不公正待遇比任何人都多。你这么做是不对的。”

“好，如果如你所说，他受到了不公正待遇，有人把这个故事讲述出来难道不好吗？”

“这就是你在做的事情？”他说，语气中充满讽刺，“这就是你要讲述的故事？你在写卡尔是如何受到不公正待遇，在写他是如何为没有犯过的罪而被判刑？”

“我还没有写任何故事。我还在试图弄明白这是个什么样的故事。这就是我来见你的原因。你说过他是无辜的。”

“他是无辜的。”

“呃，目前为止只有你一个人这么说。陪审团、检察官，该死，他自己的律师都认为他有罪。”

“这也不会让罪行成真。”

“可你没有在庭审时为卡尔说话。你没有做证。”

“他们不让我做证。我想做证，可他们不让。”

“谁不让你做证？”

维吉尔抬头看着烟灰色的天空。院子四周的树木脱落得只剩冬天时的骨架，一阵冷风扫过圆石路面，触及我的颈背。“他的律师，”维吉尔说，“他们不让我对陪审团讲他的故事。他们说如果我做证，那将是品格证据。我告诉他们我就是要给出品格证据。他们需要知道真正的卡尔，而不是那个检察官胡诌的那堆谎言。他们说如果我谈论卡尔的品格，检察官也可以谈论卡尔的品格，有关他整天喝酒，保不住工作，所有那些狗屁。”

“如果你出庭做证，你会说些什么？”

维吉尔转过脸，看着我的眼睛，再一次打量我，他冷淡的灰色虹膜映出密布的云彩。“1967 年，我在越南遇见卡尔·艾弗森。我们刚从新兵训练营出来。我跟他一起去了丛林——我们做的事情，看到的东西都没法向不在那里的人解释。”

“在那次服役中，你对他的了解足够深入，能够让你毫无疑问地说他没有杀克丽斯特尔·哈根？他是反战主义者吗？”

维吉尔眯起眼睛，似乎想打我一拳。“不，”他说，“卡尔·艾弗森不是反战主义者。”

“那么他在越南杀过人？”

“对，他杀过人。他杀了很多人。”

“我看出来为什么辩护律师不想要你出庭做证了。”

“那是一场战争。你在战争中当然得杀人。”

“我还是不明白告诉陪审团卡尔在战争中杀过人对他有什么帮助。我会觉得如果我在战争中杀过——如你所说……很多人的话，那么杀戮对于我来说会变得容易。”

“很多事情你不明白。”

“那么让我明白，”我有些沮丧地说，“我就是为这个来的。”

维吉尔想了一会儿，俯下身，手捏住他右膝边的卡其布裤子，卷起裤腿，露出我们第一次见面那天我看到的闪光金属假肢。这条假腿一直延伸到他的大腿中部，白色的塑料膝盖骨覆盖着一个拳头大小的用弹簧承载的铰链。维吉尔拍拍他的金属胫骨。“看见了吗？”他问道，

“这是卡尔的功劳。”

“卡尔让你失去了你的腿？”

“不，”他笑了，“因为卡尔，我才能在这里给你讲述有关我这条腿的故事。是卡尔让我活到了今天。”维吉尔把裤腿放下，探身向前，胳膊肘支在大腿上，“那是 1968 年的 5 月。我们驻扎在位于桂山谷地西北的一条山脊上的小火力基地。我们接到命令去搜查一个村庄，某个不知名的大堆茅舍所在地。情报发现越共在那片区域活动，于是他们派我们排去察看。我跟那个孩子……”一丝怀旧的微笑划过维吉尔的脸庞，“塔特·戴维斯打头阵。那个傻孩子老是像只巴吉度猎犬一样跟着我。”维吉尔又花了会时间去回忆，然后继续说，“我和塔特打头阵——”

“头阵？”我问道，“走在前面？”

“对，他们让一个或两个人先行走在队伍的最前头，那就是打头阵。这是一个操蛋计划。如果事情不对头，军队宁肯牺牲掉这两个家伙而不是一整个排。”

我看着维吉尔的腿，“我想事情不太顺利？”

“没错，”他说，“我们经过一座小山，道路斜穿过一座瘦石嶙峋的丘陵。在丘陵的下坡一侧，树木稀薄了些，能够看到前方的村庄。一看到那座村庄，塔特加快了步伐。但是有事情不对劲。我没法说我看到了什么特别的东西，也许那是一种感觉，也许潜意识里我看见了什么，但不管那是什么，我知道有事情不对劲。我举起手示意我们排暂停。塔特看见了，把他的来复枪准备好。我独自朝前走了二三十步。我正要说‘一切畅通’，突然从林里响起了炮火声。我告诉你，非同一般，我前面，我旁边，我身后，见鬼，那片丛林处处被炮火点燃。”

“我挨的第一颗子弹击碎了我的肩胛骨。与此同时，两发子弹击中了我的腿。一发打碎我的膝盖，另一发折断了我的股骨。我一枪没开就倒下了。我听见一个笨蛋中士，那个混蛋名叫吉布斯，命令我们排退到丘陵防守。我睁开双眼看到我的队友们匆匆奔逃，跳到岩石和大树后面。塔特竭尽全力奔跑，想回到队伍里。就在那时我看见了卡尔，正冲我跑过来。”

维吉尔不再说话，似乎透过眼睛里涌出的泪水看到了过去的那一幕。他从口袋掏出一块手帕，轻拭眼睛，他的手微微发抖。我扭头看向别处，给维吉尔保留一些隐私。身穿雅致平整衣服的人从我们身前穿过庭院，去政府大楼，或从政府大楼里出来，没人理会坐在我旁边的这位只有一条腿的老人。我耐心地等待维吉尔镇定下来，等他平静下来后，他继续说：

“卡尔从小路上跑过来，像个疯子一样尖叫，对着林木线上闪烁的炮火开枪。我能听见吉布斯冲卡尔喊叫，让他后退。塔特看见卡尔时，他不再撤退，跳进一棵大树后面。卡尔来到我身边，单膝跪地，身处我和大约四十架 AK-47 突击步枪之间。他待在那里,用步枪射击，直到快打完子弹。”

维吉尔缓慢吸了口气，又一次要落下泪来。“可惜你没看见他那时的样子。他射出最后一发子弹前，用左手拿起我的步枪，同时用两把枪射击。接着他把他的 M-16 丢到我胸口边，继续用我的步枪射击。我给他的步枪上了新的子弹盒，递给他，再等着及时给我的步枪装子弹。”

“卡尔中枪了吗？”

“他左胳膊的二头肌处中了一颗子弹，另外一颗子弹在他的钢盔上划了一道痕，还有一颗子弹打掉了他的靴跟，不过他一动也没有动。那是一幅值得铭记的景象。”

“我想是的。”我说。

自从维吉尔开始讲他的故事以来，他第一次看着我。“你看过那些老电影吗？”他说，“里面同伙中弹，他告诉那位英雄不要管他，先救自己。”

“嗯。”我说。

“呃，我就是那个同伙。我差不多快死了，我知道。我张开嘴想告诉卡尔救他自己，但是说出来的却是‘别把我丢在这里’。”维吉尔看着他的指尖，他的双手交叠放在他的大腿上。“我害怕，”他说，“比任何时候都怕。卡尔做的一切都是错的——从军事上来说。他在救我，他情愿为我而死，而我能做的则是告诉他‘别把我丢在这里’。我从没感到那么羞耻。”

我想说些安慰的话，或者拍拍他的肩，让他知道没有关系，但那会是一种侮辱。我不在那里。我没有权利评判什么有关系什么没关系。

“战争进行到最凶险的时候，”他说，“整个排猛烈开火。越共毫不留情地进行了还击。塔特、卡尔和我身在其中。我看见树上的碎叶和裂片像五彩纸屑般落下，曳光弹[1]在我们头顶纵横交错——红色来自我们的枪，绿色来自他们的枪——到处是喧哗、污垢和烟雾。这一切

[1] 曳光弹：一种装有能发光的化学药剂的炮弹或枪弹。

让人惊奇，我仿佛置身事外，不再有疼痛，不再有恐惧。我准备赴死。我看了看四周，发现塔特蹲伏在一棵树后面，尽全力对准目标开火。他的弹盒空了，去拿新的弹盒。就在那时，他脸部中了一枪，倒在地上死了。那是我失去意识之前记得的最后一件事情。”

“你不知道之后发生了什么事情？”我问道。

“别人告诉我我们得到了空中支援，他们在越共的方位投下了许多凝固汽油弹。卡尔像一块毯子一样覆盖在我身上。如果你仔细看，你还能看到他手臂和脖子后面被烧伤的伤疤。”

“对于你们两人来说，那是战争的结束吗？”我问道。

“对我是的。”维吉尔说着清了清嗓子。

“我们先是在火力基地得到包扎，然后就到了岘港。他们送我去了首尔，但是卡尔从没跨过岘港。他花了些时间康复，后来又回到了队伍里。”

“陪审团从没听过这个故事？”我说。

“一个字都没听到。”

“这是一个令人惊叹的故事。”我说。

“卡尔·艾弗森是个英雄——一个货真价实的英雄。他情愿为我牺牲自己。他不是强奸犯。他没有杀那个女孩。”

我迟疑了下才说出我的想法，“但是……这个故事不能证明卡尔是无辜的。”

维吉尔白了我一眼，让我头顶发麻，他紧紧地抓住手杖，似乎因为我的无礼要用手杖打我。我等待着他眼神中的愤怒退却，没有动，也没有说话。“你坐在这里，既温暖又安全，”他嘲笑道，“你根本不知道面对死亡是什么感受。”

他错了。我没有感觉温暖，他握住手杖把手的指节发白，也让我没有感觉特别安全，虽然他有关面对死亡的部分有道理。“人会变。”我说。

“一个人不会头一天跨越枪林弹雨，第二天就谋杀一个小女孩。”他说。

“可是他剩下的服役期，你没有跟他在一起，不是吗？你飞回家了，他还待在那里。也许出了一些事。一些事情拧动了他头脑中的一颗螺丝——让他成为会杀死那个女孩的那种人。你自己也说过卡尔在越南杀过人。”

“没错，他在越南杀过人，但那跟谋杀那个女孩不同。”

维吉尔的话让我想起我跟卡尔的第一次交谈，对于杀人和谋杀之间的区别他的回答十分隐晦。我想维吉尔或许能帮我理解一下，于是我问道：“卡尔说杀人和谋杀不一样。他那么说是什么意思？”我知道答案，但是在我跟卡尔谈这件事之前我想要听听维吉尔的解释。

“就像这样，”他说，“你在丛林里杀了一个士兵，你只是在杀人。那不是谋杀，就像在军队之间有一个可以互相杀戮的协议。那是被允许的。那是你要去做的事情。卡尔在越南杀过人，但是他没有谋杀那个女孩。明白我的意思没？”

“你欠卡尔·艾弗森一条命，无论如何你都会支持他。但是卡尔告诉我两件事他都做过。他杀过人，也谋杀过人。他说他为这两者感到愧疚。”

维吉尔看着地面，因为想到藏在脑中的一些事情脸色变得温和。

他用食指的指背擦了擦下巴上的胡子茬儿，点点头，似乎他默默得到了某个结论。“还有一个故事。”他说。

“洗耳恭听。”我说。

“这个故事我不能告诉你，”他说，“我对卡尔发过誓，绝不告诉任何人。我没有告诉过别人，也永远不会告诉别人。”

“不过要是有助于澄清——”

“那不是我的故事，是卡尔的。那是他的决定。他从没告诉别人，没告诉他的律师，没有告诉陪审团。我请求他在法庭上讲讲这件事，他拒绝了。”

“这件事发生在越南？”

“是的。”他说。

“它表明了什么？”我问道。

我的问题激怒了维吉尔，“出于某些原因，卡尔似乎喜欢跟你交谈。我不明白，不过他似乎愿意让你知情。也许他会告诉你他在越南发生的事情。如果他说起那件事，你就明白了。卡尔·艾弗森根本不会杀害那个女孩。”

三

跟维吉尔会面后，我顺道去了那位公共律师的办公室取剩下的文件，把它扛回家的路上，我的脑子里闪现着两个不同面向的卡尔·艾弗森。一方面，卡尔是一个在丛林中跪下，为朋友挡子弹的人。另一方面，他是一个变态的混蛋，为了满足他不正常的性需求，就剥夺了一个年轻女孩的生命。同一个人，两个面向。我肩上的箱子里，应该有第一个人如何变为第二个人的解释。我爬上公寓的楼梯，那个箱子沉重得让人难以置信。

到达最上面的台阶时，莱拉打开她的门，看见我，指着我肩膀上的箱子，问道："那是什么？"

"卡尔剩下的文件。"我说，"我刚拿到。"

她兴奋得两眼放光。"我能看看吗？"她说。

自从莱拉读了庭审记录里检察官的开庭陈述后，卡尔的案子成为我的诱饵，让莱拉进入我的公寓，让我可以与她共处。如果说我想深入挖掘卡尔·艾弗森的故事与我对莱拉的爱慕没多大关系，这是在撒谎。

我们进入我的公寓，在箱子里翻找起来，箱子里有几十个厚度不一的文件夹，每个上面标着不同的证人的名字，或者取证、照片、调查之类的标签。莱拉拉出一个标为日记的文件夹；我拉出另一个写着是尸检照片的文件夹。我记得那位检察官在开庭陈述里曾提醒说这些照片十分凶残。我还记得卡尔的公共辩护律师伯塞尔·科林斯说过的话，以及他第一次看见这些照片时的反应。我需要看看这些照片——不是我的作业需要；我需要理解克丽斯特尔·哈根到底怎么了。我需要将人名和脸对应上，看看她长什么样子。我需要测试一下我的勇气，看我是否承受得了。

验尸照片文档是箱子里最薄的，也许包含几十张长八英寸宽十英寸的照片。我吸了口气，闭上双眼，做好最坏的思想准备。我迅速打开文件夹封面，就像撕掉一个绷带，睁开眼睛看见一个漂亮的女孩冲我笑。那是克丽斯特尔·哈根的新生入学照片。她金黄的长发从中间分开，鬈曲在脸际，模仿法拉赫·福西特[1]，那时大多数女孩都如此。她的笑容甜美迷人，白色的牙齿在柔软的嘴唇后面闪闪发光，眼神里闪烁着一丝调皮。她是个漂亮的女孩，那种年轻男人想要去爱，老男人想要去保护的女孩。这应该是那位检察官展现给陪审团看的照片，以此让他们为被害者感到痛心。他应该还用到了另外一些照片来让他们鄙视被告。

我盯着克丽斯特尔的照片看了几分钟。我试着去想象活着的她，去上学，为分数、男孩子们或各种各样微不足道的事情而忧愁，对于一个青少年来说似乎难以抵挡，而对于一个成年人来说却相当平淡。我试着去想象成年后的她——从留着一头飘逸长发的新生啦啦队队员

[1] 法拉赫·福西特：美国好莱坞影星。

到有着干练头发开着小型面包车的中年母亲。我为她已经离世感到遗憾。

我翻到下一张照片，一时间心跳停拍，倒抽了一口气，啪的一声合上文件夹，等待呼吸平稳。莱拉在读她的日记——她读得十分入迷，没有注意到我的震惊。我只看了那图像一眼，就足以让它深深地烙在脑海中。我再次打开文件夹。

我预料到她的头发没有了；烧掉头发并不需要太高温度。我没有料到的是她的嘴唇也烧没了。她的牙齿，在她的新生入学照中亮白的牙齿，从她的颌骨突出出来，被火熏成了黄色。她向右侧卧，露出原本是她左耳、脸颊和鼻子的软化组织。她的脸不过是张绷紧的烧焦皮肤的黑色面具。由于她脖子上燃烧的肌肉萎缩，她的脸扭曲，用怪异的表情回头张望，像是在模仿尖叫。她的腿蜷曲成胎儿的姿势，她大腿和腿肚的肌肉熔化到骨头里，像牛肉干般干枯焦黑。她的两只脚烧得只剩下残根。她右手的手指蜷缩进手腕，塞进她的二头肌和胸部。大火的热量收缩了软骨和筋腱后，她所有的关节缠结在一起。

我能看出那张铁皮掉到她身体的位置，保护她的部分躯干免受大火侵蚀。我强忍住想呕吐的冲动，翻到下一张照片，显示的是克丽斯特尔被翻过身，身体缩成一团。法医把克丽斯特尔的左腕放在他戴了乳胶手套的一只手里。她的左手压在身体下面，肌肤被保护得好一些。法医的另一只手里，在他的拇指和食指之间，捏着那个破裂指甲的边缘，与她左手的其他指甲相匹配。这就是他们从卡尔家到他的工作棚的台阶上发现的假指甲。

我合上文件夹。

克丽斯特尔的家人看过这些照片吗？他们肯定看过。他们出席了庭审。这些照片是庭审证物，很有可能被放大到整间大法庭都能看到的尺寸。坐在法庭里看见这些照片，看到他们的漂亮女儿被烧得面目全非，是什么感觉？他们怎么不冲向隔开旁听席和被告的护栏，撕开那个男人的喉咙？如果这是我妹妹，一个拿着短棍的老法警绝对拦不住我。

我深吸了一口气，再次打开文件夹，看克丽斯特尔的那张入学照片。我感觉我的心率变得温和，呼吸回复正常。哇，我想到，我还从来没有对一张照片有过如此发自肺腑的反应。那个美丽活泼的啦啦队队员与烧焦尸体并置让我为卡尔在监狱里被幽禁几十年感到欣慰，让我为明尼苏达禁止死刑感到遗憾。如果这些照片对我产生了这样的影响，它们对卡尔的陪审团肯定也产生了类似的影响。卡尔不可能自由地走出那间法庭。为死亡的克丽斯特尔报仇，这是陪审团最起码可以做到的。

就在那时，手机响了，打断了我的思绪。我认出了奥斯丁的区号507，但不认识那个号码。

“你好？”我说。

“乔？”一个男人的声音说道。

“我是乔。”

“我是特里·布雷默。”

“你好，布雷默先生。”听见这个熟悉的名字，我笑了。特里·布雷默是妈妈和杰里米所居住的复式公寓的房主，我过去也住在那里。想到这里，我的笑容褪去了。“出什么事了？”

“出了点小事故，”他说，“你弟弟试图在烤箱里加热一块比萨。”

“他还好吧？”

“他没事，我想。他引爆了烟雾报警器。报警器响个不停，隔壁的艾伯斯太太过来察看。她发现你弟弟在房间蜷作一团。他真的吓坏了。他来回摇晃并摩擦他的双手。”

“我母亲在哪里？”

“不在家里，”布雷默说，“你弟弟提到她昨天去开什么会了。她还没有回来。”

我想要击打什么东西。我把手握成拳又缩回，眼睛注视着一片光滑的墙面，想打上一拳。但我知道那毫无用处，除了会让我的指节瘀伤，我的住房押金作废。那肯定不会让我的母亲成长。那也不会让杰里米免于惊慌。我深吸了一口气，低下头，松开拳头。

我转向莱拉，她一脸担心地看着我。她听到了足够多的对话，足以猜出发生了什么。“去吧。”她说。

我点点头，抓起我的大衣和钥匙，走出门。

四

特里·布雷默弓着腿站立，后口袋里装着一罐供咀嚼的烟草，他是个老顽童，在奥斯丁拥有一家保龄球馆、两间酒吧和几十间公寓。他本来可以执掌一个跨国公司，如果他拥有的毕业证是哈佛商学院的而不是奥斯丁高中的话。就房东来说，他很不错，亲切友善，反应积极。我的第一份保安工作就是他给我安排的，就在他名下简陋狭小的皮德蒙特酒吧里。那是在我十八岁之后的几个星期。他过来拿房租——我妈妈把房租挥霍在了前一个周末去印度赌场的旅行上。他没有冲我们大叫，威胁要赶我们走，而是雇佣我看门，收拾桌子，从地窖拿桶装啤酒。对于我来说这是桩好买卖，因为我口袋里有钱进账，还教会我如何应付愤怒的醉鬼和白痴。对于他来说也是桩好买卖，因为如果我妈妈挥霍掉了我们的租金，他可以直接从我的支票里扣除。

“我妈回来了吗？”我走进公寓，问道。

布雷默先生站在门里面，像一个等待换班的哨兵。“没有，”他说，“从物品来看，她昨天就不在附近。”他摘下帽子，用手掌拂了拂秃头的光滑表皮，“我得告诉你，艾伯斯太太要打电话给社会服务机构。杰里米差点把这个地方烧掉。”

“我知道，布雷默先生，他不会——”

“我不能遭到起诉，乔——你妈妈就这样把他一个人留在家里。要是他把这个地方烧了，我就会被起诉。你妈妈不能那样把一个弱智独自留在家里。”

“他不是弱智，”我打断道，“他是自闭症。”

“我不是随便说说，乔。你明白我在说什么。现在你去了大学，没有人来控制事态。”

“我会跟她谈谈。”我说。

“我不能让这样的事情再发生，乔。如果再发生这样的事，我就要赶走他们。”

“我会跟她谈谈。”我又说了一遍，有点坚持。布雷默先生穿上大衣，停下来似乎要继续谈话，来确保他说清楚了，接着又改变了主意，走出门去。

我在杰里米的房间找到了他。“嘿，老弟。”我说。杰里米抬头看我，想笑，却止住了，他低下头看向房间的角落，露出担忧的神色，每当生活中的事情令他困惑时，他就是这副表情。“我听说今天晚上你有点小兴奋。”我继续说道。

“嗨，乔。”他回应道。

“你想自己做晚餐？”

“也许我想做点比萨。”

“你知道不能在烤箱里做比萨，是吧？”

“也许妈妈不在家时我不能用炉子。”

“说到这里，妈妈在哪里？”

“也许她要去开会。”

“她是这么说的吗？她告诉你她要去开会？”

“也许她说她要跟拉里去开会。”

“拉里？谁是拉里？”

杰里米的目光又看回房间角落，这表明我问了一个他不知道答案的问题。我不再问。快十点钟了。杰里米喜欢在十点之前睡觉，于是我让他刷了牙，做好准备。他换睡衣时，我在他卧室的门口等待。他脱掉运动衫时，我看见他背上有一道瘀伤的轻微痕迹。

“等等，老弟。”我说着走近仔细观看那道伤痕。这道瘀伤大约六英寸长，一个扫帚把宽，就从他的肩胛骨下面延伸到他的脊椎处。“这是什么？”

杰里米看向房间角落，没有回答。我感觉脸上的血往上涌，深吸了一口气让自己平静下来，我明白如果我生气的话，杰里米会闭口不谈。我微笑地看着他，让他知道他没有惹上麻烦。“这道瘀伤是怎么弄的？”我问。他仍然看着房间角落，一言不发。

我在杰里米旁边坐了下来，把我的胳膊放在膝盖上，停顿片刻来确保我平静下来。“杰里米，”我说，“你跟我之间保持坦诚是十分重要的。我是你哥哥。我来就是为了你。你没有陷入任何麻烦。但是你不能对我保守秘密。你得告诉我发生了什么。”

“也许……”他竭力思考该怎么做,眼睛从一个定点瞥到另一个,“也许拉里打了我。”

我紧握双拳，但是我的表情保持镇静。“瞧，”我说，“你没有做错任何事。你没有惹麻烦。他怎么打你的？”

“也许他用遥控器打我。”

“他用遥控器打你？电视遥控器？为什么？”

杰里米再一次转移目光。我一个问题问了太多内容。我想把手放在杰里米的肩上，让他知道一切正常，但对杰里米不能这样做。我对他笑，告诉他好好睡上一觉，做个美梦。我打开他的电影，关掉灯，带上门。不管这个拉里是谁——我必须跟他谈谈。

五

第二天是星期六。我在杰里米起床之前，做了薄煎饼。吃完后，我们去市中心给杰里米买了一部手机，比较便宜的那种，需要时可以自己增加通话时间。回到公寓后，我把我的手机号码输入了他的通讯录，这成为他的通讯录上唯一的号码。我示范给他看如何给我打电话，如何打开，如何找到我的号码，如何按发送按钮。他以前从没有过自己的手机，于是我们练习了几次。我告诉他把手机藏在他的梳妆台后面。之后，我让他在西洋跳棋游戏中赢了我两次，将他的注意力从新手机上转移开去。我再让他去找那部手机并且给我打电话，确保他记得如何做。他做到了。

“如果有人要伤害你……”我说，“如果这个拉里打你，或者做类似的事情，给我打电话。你现在有一部手机。你给我打电话。好吗，杰里米？”

“也许我可以用我的新手机给你打电话。”他骄傲地微笑着说。

吃过午餐，我们又玩了好几盘跳棋，然后放了一部电影——他的电影。杰里米看着电影，我注视着街道，等待我母亲开车回来。我还注视着钟，七点钟我得去莫莉的酒吧上班。上一次我离开时，她告诉我不能再缺勤，如果我不出现，我就会被开掉。我妈妈把她的手机留在了她梳妆台的抽屉，我知道这点，因为我给她打电话时，从那里传出了手机铃声。算上开车去双城的时间，我需要在四点半前离开奥斯丁。看着钟的指针划过了三点，我问杰里米："妈妈说过她什么时候开完会回来吗？"

杰里米把注意力从电影上收回来，专心想了一会儿，他的眼睛缓慢地来回移动，仿佛在阅读书上的一行行字。"也许她没有说。"他说。

我找到了一副牌在咖啡桌上玩起来。我接连输了三盘，除了车道，我没办法把注意力集中在别的事物上。钟的指针慢慢接近四点，我开始在脑中盘算着所有可能的选择。我可以把杰里米带回我的公寓，可是我工作或者上课的时候，他在那里也会碰到麻烦，跟在这里一样。我可以请莱拉照看他，可他不是她要担负的责任——就此而言，他也不应该是我要担负的责任。我可以把他一个人留在这里，但是再出问题，布雷默会兑现他的话把他们赶出去。或者我可以再次对莫莉爽约，丢掉我的工作。我重新洗牌，摆出一盘新纸牌。

三点五十五分，我母亲把车开进车道。我调高电视机的音量来压倒将从前院传来的叫喊，走出门去。

"你去哪里了？"我咬牙切齿地说。

我不知道是否是我的口气，还是我出现在她的公寓，或者她双份伏特加的午餐让她困惑，但她瞪着我，就像刚从熟睡中醒来。"乔伊，"她说，"我没有看见你的车。"一个有着粗线似的灰白头发，身体像个保龄球瓶的高个子男人站在她身后，他撇撇上嘴唇，发出一声低吼。我认出了拉里。大概一年之前，在皮德蒙特酒吧，因为他醉酒，给了一个女人一耳光，我把他撵了出去。

“你把他一个人留在家里，”我说，“他差点把这个地方烧掉。你究竟去哪里了？”

“等一等，”拉里说，从我母亲身边擦过，“别用这种语气对你母亲说话——”拉里抬起他的右手，似乎想要戳我的胸部。这是完全错误的。在他的手指碰到我之前，我把右手猛地横在胸前，抓住他的手背，捏住他手掌的小指一侧，很快把他的手从我胸前拿开，顺时针转动他的手，让拉里跪在了地上。这个动作叫作扣腕摔倒。皮德蒙特的一位常客，一个叫斯迈利的警察，教会了我这个动作。它一贯是我的最爱。

用很小的力气，我把拉里蜷成一团，他的脸离地面只有几英寸，胳膊在他的背后向上翘起，手腕在我手中往前猛扭。我使劲忍着没有踢他。我趴在他身上，扯住一束他的头发。他的耳朵变红了，脸因为疼痛而抽搐、扭曲起来。我身后，我母亲鬼扯着什么这是一次偶然，拉里真的是一个好人。她的恳求在我身边的空气中消散，对我来说，并不比远处的交通噪声更重要。

我把拉里的鼻子和前额往人行道的砂砾里按压。“我知道你对我弟弟做了什么。”我说。

拉里没有回应，于是我更用力拧了下他的手腕，他哼了一声。

“你给我听清楚，”我说，“要是你再敢动杰里米，我会用你从没尝过的方式教训你。没人能动我的弟弟。你明白吗？”

“去你妈的。”他说。

“回答错误。”我说，把他的脸从混凝土上抬起，往下敲，力道足够留个痕迹，出点血。我说：“你明白吗？”

“明白。”他说。

我猛地把拉里拉起来，往街上推。他走向路缘，捂住流血的鼻子和额头，压低声音咕哝着什么，我没有听到。我把注意力转回我母亲身上。

“布雷默先生给我打了电话。”

“我们就去了下赌场。”她说，“我们只去了几天。”

“你是怎么想的？你不能让他一个人待上几天。”

“他现在十八岁了。”她说。

“他没有十八岁，”我说，“他永远不会十八岁。这才是重点。等到他四十岁时，他仍然会是一个七岁的孩子。你知道的。”

“我有权找点乐子，不是吗？”

“行行好，你是他的母亲，”我的话语中不无轻蔑，“你不能由着性子乱跑。”

“你是他的哥哥，”她反击道，试图在这场争吵中找到立足之处，“可你不一样跑了？不是吗，大学生？”

我不再说话，直到我心中的怒火强压下去，我凶狠而冷酷地瞪着我母亲，眼神就像冬天的金属一样冰冷。

“布雷默说要是他再接到一次电话，他会把你们撵出去。”我转身朝我的车走去，经过拉里身边时横了他一眼，等待有个借口再打他一顿。

我把汽车驶离路缘时，看见杰里米站在前面的窗口。我冲他挥手，但他没有挥手回应。他只是站在那里看着我。对于世界上的其他人来说，他或许面无表情，但是我了解他。他是我的兄弟，我也是他的兄弟。只有我可以看到他平静的蓝眼睛后面的悲伤。

六

第二天一早，一阵敲门声把我从噩梦中惊醒。

在梦里，我回到中学，苦苦应对一场比赛，试图采取一种简单的逃离策略。在我把那家伙的手从我肚子上拿开时，另一只手抓住了我的胸部，又有一只手拉住了我的胳膊。我好不容易把每只手弄松，结果又来了两只手，像一条九头蛇长出了一个又一个新的脑袋。很快我只能在那些手对我的撕扯牵拉的袭击下挣扎尖叫。就在那时我听见了响声，那叫醒了我。我花了一会儿工夫清除头脑中的睡意，从床上坐起来，不清楚我听到了什么，等待，倾听——接着，又是一阵敲门声。我不是在做梦。我穿上短裤和 T 恤，打开门，发现莱拉站在门外，拿着两杯咖啡和一个文件夹。

“我读了那本日记。”她说，经过我身边，递给我一杯咖啡，“你喝咖啡，是吧？”

“没错，我喝咖啡。”我说，随后从墙上的挂钩上拿起一顶棒球帽来盖住我的床头，接着跟在莱拉身后走到我的沙发边。两天前我冲出门去奥斯丁时，将装满文件夹的箱子留在了我的公寓，留给了莱拉。她拿了一些文件夹回家，包括标有日记的那本，在我不在的时候进行了梳理。

“昨天晚上我读了她的日记。”她说。

“克丽斯特尔的？”

莱拉看着我，仿佛我是个白痴。我要辩解的是，我仍然有点困。她回到她的思路上。“那本日记从1980年5月开始记录，”莱拉说着把她的笔记放在我前面的咖啡桌上，“最前面的几个月全是普通的青少年扯淡。头一天她为要上中学感到兴奋，第二天就有点害怕。大部分情况下她是个快乐的孩子。在六月和九月之间，她有十五篇日记提到了卡尔，通常称他为隔壁的性变态，或者怪异的卡尔。”

“她是怎么说的？”我问道。

莱拉用黄色标签给一些页做了记号。她翻到日记中的第一个标签，时间是六月十五日。

6月15日

我在后院练习，发现怪异的卡尔从他的窗口看我。我冲他竖中指，他仍然待在那里。真是个变态。

“跟那位检察官说的一样。”莱拉评论道，翻到下一个标签，“他又在看我。我做动作时他瞪着我。有一个……”她翻了几页，到另一个标注的段落。“这里。”

9月8日

怪异的卡尔又从窗口看我。他连衬衣都没穿。我敢说他也没有穿裤子。

莱拉看着我，期待我有所回应。

我耸耸肩。“我明白为什么那位检察官喜欢这本日记了。”莱拉想得到我更多的回应，但我转换了话题，“你还看到了什么？”

“八月份的大部分日记都十分平淡，”莱拉说，“学校开学时，她在打字班上碰到了那个家伙，安迪·费希尔。她写的全是她想要安迪邀请她去校园舞会的计划——他邀请了。然后在九月中旬左右日记变得沉闷。读读这篇。”

9 月 19 日

把车停在小巷，跟安迪一起。就在事情变得好玩的时候，怪异的卡尔走上前来，看向窗内，就像他在暗中潜伏。我真窘得要命。

“又一次，跟那位检察官对陪审团说的情况一样，”我说，“卡尔发现他们在小巷做爱。”

“两天之后她说有些不好的事情发生了，但是有些部分她是用代码写的。”

“代码？”

“没错。有几段克丽斯特尔用的是代码——写的是数字，而不是字母。”莱拉从文件夹里拉出一叠日记页面。她用绿色标签把有代码的日记标了出来。“看这里。”

9月21日

今天是可怕的一天。7，22，13，1，14，6，13，25，17，24，26，21，22，19，19，3，19。我要疯了。这真是十分十分糟糕。

“这是什么意思？”我问道。

“我说过这是一种代码？”莱拉说，“也许这是克丽斯特尔的方式，确保一旦她的继父发现了这本日记，她不会被送去私立学校。”

“是的，但这是一个十四岁女孩的代码，”我说，“你试过用字母与这些数字对应吗？”

“你是说像这样：A等于1，B等于2吗？”莱拉转动眼睛，拿出笔记本，上面她用字母对应了数字。“我试过字母正序，也试过字母反序，我也试过移动一下，让A从2开始，从3开始等等。我试过把出现最频繁的数字用E或T对应，因为这些是最常用到的字母。我在她的日记里寻找线索，最终得到的只是一些莫名其妙的话。”

“你试过在网上查找吗？”我问，“有些网站可以破解代码。”

“我也想到了，”她说，“克丽斯特尔在字之间没有留空格，只是一串数字。我在网上找到的东西不能解决这个。有80亿种数字和字母的可能组合。”

“八十亿？”我说，“哇。”

“千真万确。她肯定隐藏了一个要诀，或者她记住了一种将字母对应数字的模式。无论怎样，我破解不了。”

莱拉把那几页纸摊在桌上。“只有七篇有代码的日记，最后一篇写于她被谋杀的那天。我把它们放在一起了。”她说着把她自己的列表放在那几页日记上面。

9月21日

今天是可怕的一天。7，22，13，1，14，6，13，25，17，24，26，21，22，19，19，3，19。我要疯了。这真是十分十分糟糕。

9月28日

25，16，14，11，5，13，25，17，24，26，21，22，19，19，3，19。如果我不满足他的要求，他会告诉所有人。他会毁了我的生活。

9月30日

6，25，6，25，25，16，12，6，1，2，17，24，2，22，13，25。我恨他。我心烦意乱。

10月8日

25，16，12，11，13，1，26，6，20，3，17，3，17，24，26，21，22，19，19，3，19，9，22，7，8。他一直威胁我。2，3，12，22，13，1，19，17，3，1，11，5，19，3，17，24，17，11，5，1，2。

10 月 9 日

6，26，22，20，3，25，16，12，2，22，1，2，3，12，22，13，1，3，25。他强迫我。我想自杀。我想杀了他。

10 月 17 日

25，16，17，22，25，3，17，3，25，11，6，1，22，26，22，6，13，2，3，12，22，19，10，11，5，26，2，6，1，2，5，10，1。

10 月 29 日

6，1，19，10，22，18，3，25，16，19，10，22，18，6，13，26，17，3。泰特太太这么说。她说年龄差距意味着他一定会进监狱。到此为止。我很高兴。

“10 月 29 日是她被杀的那天。”莱拉说。

“我们怎么知道她说的是卡尔？”

“有几十页里她谈到卡尔是从窗口看她的变态。”莱拉说，“她跟安迪做爱的时候他偷偷接近她。威胁就从那件事之后开始，不是一个巧合。”

“这个代码可以改变一切。”

“有一些日记没有代码，”她说，“看 9 月 22 日的这篇，她跟安迪·费希尔被抓住的‘可怕的那天’的第二天。”

9月22日

如果他们知道了，我就完了。他们会送我去教会学校。再见了啦啦队，再见了生活。

“你不觉得这有点夸张吗？”我说，“我的意思是，教会学校也有啦啦队，不是吗？”

莱拉怀疑地看了我一眼。“你显然不懂一个少女的心思。遇到一点小事都像是到了世界末日。她们情绪化到要自杀。”她停顿了下来，似乎想起了什么事情，接着她继续说，“有些事情真的就像是到了世界末日。”

“谁是泰特太太？”我问道，看着最后那篇日记。

“你没有读庭审记录，是吗？”莱拉说，听上去有些恼怒。

“我读了一些，”我说，“但我不记得泰特太太。”

“她是学校的一位指导老师。”莱拉从箱子里拿出一卷庭审记录翻阅起来，直到她找到泰特太太的证词。“在这里。”她把记录递给我，我读了起来：

问：那天你与克丽斯特尔·哈根见面时，她关心的是什么事情？她说了些什么？

答：她有点含糊其词。她想知道口交是不是性交。我的意思是，她想知道如果一个人强迫另一个人进行口交，那能否称作强奸。

问：她有没有告诉你她为什么想知道这个问题的答案？

答：没有，她没有说。她一直说她是替一个朋友问的。这种情况在我的工作中很常见。我试图让她告诉我更多。我问她是否有人强迫她进行口交。她没有回答。她又问我如果有人用泄露一个你的秘密来威胁你做那件事，是否算得上强迫。

问：你怎么说的？

答：我说那可以被认为是强迫。接着她问我，“要是那个人比自己大呢？”

问：你是如何回应的？

答：作为学校的辅导员，我接受过关于这类事情的法律培训。我告诉她考虑到她的年龄，如果一个男人比她大两岁，是否是强迫并不重要，问题的关键不在于是否同意。如果一个大些的男人与一个十四岁的女孩进行性交，那就是强奸。我跟她说如果发生了这样的事情，她要告诉我，或者告诉警察，或者她的父母。我说如果发生了这样的事情，那个男人就要进监狱。

问：她听了后是什么反应？

答：她给了我一个大大的微笑。接着她谢了我，离开了我的办公室。

问：你确定这场谈话发生在去年10月29日？

答：这场谈话发生在克丽斯特尔被杀害的那一天。我确定。

我合上庭审记录，“这么说，克丽斯特尔回到家，写了一篇日记，接着就去卡尔家与他对质？”

“可能是那样，也可能她把日记本拿到了学校，”莱拉说，“这样合情合理，不是吗？克丽斯特尔知道她占上风，他的人生将会被毁掉，而不是她的人生。”

“因此就在那一天她决定让一切终结，卡尔就出去买了把枪？”

“也许他也打算让一切终结。”莱拉说，“也许他一直以来的计划就是那天杀死她。”

我盯着那些有代码的日记，它们隐含的真相逗弄着我。“希望我们能够破解这些代码，”我说，“真不敢相信他的律师没有多花点力气来破解它。”

“他做过努力。”她说。莱拉从文件夹中抽出一张纸递给我。这是给国防部的一封信的副本。信上的日期表明它写于庭审之前两个月，是由卡尔的律师约翰·彼得森签的名。在这封信里，彼得森要求国防部帮助破译日记里的代码。

“国防部有回复吗？”我问道。

“我没有找到，”她说，“没有任何关于代码是否被破译的文件。”

“还以为他们会竭尽全力在开庭之前破译代码呢。”

“除非……”莱拉看着我，耸了耸肩。

“除非什么？”

“除非卡尔已经知道那些代码是什么意思。也许他不想这些代码得到破译，因为他知道那将是他的催命符。”

The Life We Bury

第三部

越战中的英雄士兵

一

第二天我给珍妮特打了电话，约好晚上去见卡尔。我想问问他有关日记和代码的事情。我想知道为什么控方的案子中这么重要的部分没有得到质疑。等他告诉我是否知道克丽斯特尔·哈根日记中所说“到此为止”是什么意思时，我要看看他的表情。我想要考验他是否诚实。但首先我需要跟伯塞尔·科林斯谈谈。我试了好几次，每次都留言给他。他终于回电话给我时，我已经在去往希尔维尤庄园的路上。

“有什么我可以帮你的，乔？”他问道。

“谢谢你给我回电话，科林斯先生，”我说，“我在庭审文件中发现了一些奇怪的东西，想要问问你。”

“那是很久之前的事了，但我会尽我所能给你一个答复。”

“有一本日记，克丽斯特尔·哈根的日记，里面有代码。你记得这件事吗？”

科林斯在电话的另一端迟疑了一下，接着，用低沉而严肃的语气说道：“没错，我记得。”

“嗯，我找到了一封给国防部的信，从这封信来看，彼得森先生试图找人破译代码。”又是一阵停顿，然后科林斯回答说：“那封信是彼得森签的名，不过是我写的。这是我对这桩案子的一个贡献。在1980年，我们还没有个人电脑，至少跟我们今天拥有的设备没法相比。我们认为国防部有破解代码的技术，因此彼得森安排我去联系国防部。我花了好几个小时找人来接我的电话。几个星期后我找到了一个人，他说他来看看能做些什么。”

“然后呢？你有没有得到过答复？”

“没有。我们这边事情以光速进行，但是与国防部打交道就像在果冻里游泳。我不知道你是否在文件夹里看到了这个，艾弗森要求尽快进行审判。”

“尽快进行审判？这是什么意思？”

“被告可以要求他的案子在六十天内进行审判。我们很少这样做，因为一个案子拖得越久，对辩护就越有利。我们会有更多的发现；我们有时间进行全面彻底的调查。证人变得不那么可信赖。对于艾弗森来说，他没有任何理由要求尽快进行审判，但他就是这样做了。彼得森尝试劝他不要提这个要求，当时我也在场。我们需要时间准备。我们需要收到国防部的回复。艾弗森不在意。记得我说过他对自己的案子没起到什么作用，就像他在看电视节目。这就是我说的意思。”

“那么国防部怎么回事？为什么他们没有破解代码？”

“这不是他们要优先考虑的事情。那是在你出生之前，那一年，1980 年，伊朗人扣押了五十二名美国人质。那一年也是大选之年。每个人都在关注那场危机，我找不到人询问，找不到人给我回电。我寄给他们的包裹消失在了黑洞里。审判之后我给他们打电话告诉他们为时已晚，没必要再破解我们的代码。他们根本不知道我在说什么。”

“检察官有没有尝试破解代码？”

“我觉得没有，我是说，他怎么会去做这件事？所有的推断全指向艾弗森。他不需要找人破译代码。他知道陪审团会按照他的解读来解读。”

我把车开进希尔维尤的停车场，停好车后，把头靠在头垫上。我还有最后一个问题，但我犹豫要不要问。我的内心想相信他不是检察官所谈论的那个恶魔。“科林斯先生，我有个朋友认为卡尔不想日记得到破译，她认为他知道那会将矛头指向他。这样说对吗？”

“你的朋友十分敏锐，”他亲切地说，“三十年前我们有过同样的讨论。我认为约翰·彼得森跟你的朋友见解一致。我感觉约翰其实并不在乎代码是否得到破解，因此他把这件事交给我去做。那时我是一个无足轻重的书记员。我认为约翰想要用文件证明我们尝试过了，但是他并不真的想要收到结果，因为……呃……”科林斯深吸了口气，叹息道，“真相是，有时很难倾其所有为一个你明知谋杀了受害者的人辩护。”

“你问过卡尔有关日记代码的事吗？”

“当然。我之前说过，约翰试图劝说卡尔放弃尽快进行庭审的要求。我们的理由是——我们也许能从破解代码中得到一些有利的证据。”

“卡尔怎么说？”

“很难解释。大部分有罪的人会接受辩诉交易。他拒绝了二级谋杀罪的辩诉提议。并且，大部分无辜的人会尽量延长开庭来为他们的案子做好准备。他要求尽快审判。我们想要破解代码，而他似乎竭力反对我们。我得告诉你，乔，对我来说仿佛卡尔·艾弗森想要进监狱。”

二

我走向卡尔，在他旁边的躺椅里坐下，他斜瞥了我一眼，算是跟我打招呼。过了一会儿，他说："天气真好。"

"是啊。"我回答说。在进入谈话之前我有点迟疑。我不想从上次我们中止的地方开始——谈论他接到征兵令的那一天。我想谈谈为什么他要从速开庭，为什么他并不想要日记得到破译。我猜我选择的话题会毁掉卡尔这一天剩下的时光，但我还是尽力一步步把谈话引入主题。"我今天跟伯塞尔·科林斯谈了谈。"我说。

"谁？"

"伯塞尔·科林斯，他曾经是你的一位律师。"

"我的律师是约翰·彼得森，"他说，"他很多年前就去世了，至少我听到的是这样。"

"科林斯是你案子的法官助理。"

卡尔想了一会儿，显然试图记起科林斯，然后他说："我似乎记得有几次会面中有个小孩坐在房间里。那是很久之前的事了。他现在是律师吗？"

"他是明尼阿波利斯的首席公共辩护律师。"我说。

"真不错，"他说，"你为什么跟科林斯先生谈话？"

“我想要弄清楚克丽斯特尔·哈根的日记里那些代码是什么意思。”

他仍然盯着对面公寓的阳台。我提起那本日记，他似乎无动于衷，觉得我的宣告就像无足轻重的打嗝一般。“哦，”他说，“你现在成了一名侦探，是吧？”

“不，”我说，“不过我确实喜欢解谜游戏。这次似乎是个真正的挑战。”

“你想玩有趣的游戏？”他说，“看看那些照片。”

这可不是我期望中我们的话题走向。“我看过照片。”我说，克丽斯特尔·哈根的尸体图像闪过我的脑海，“它们差点让我呕吐。我没兴趣再看那些照片。”

“不……不，不是那些照片。”他说着转过身，自从我到来后第一次正对着我。一种病态的苍白覆盖着他的脸。“我……很抱歉你要看那些照片。”从他的表情我看得出来这么多年过去，他仍然记得庭审的照片，三十年的重压显露在了他的表情上。“那些照片很可怕。没人应该看那些照片。不，我说的是大火之前拍的那些照片，不是警察到来后拍的。你见过吗？”

“没有，”我说，“它们有什么特别之处？”

“你小的时候读过《聚焦》杂志吗？”

“《聚焦》杂志？”

“没错，你可以在牙医诊所和医生候诊室看到它们。那是给孩子们看的杂志。”

“说不准我见过。”我说。

卡尔笑着点点头。“好吧，杂志里有些照片，两张照片看上去一模一样，但是有些细微差别。这个游戏就是找出差异，找到不同。”

“没错，”我说，“我在小学做过这种事情。”

“如果你喜欢解决难题和猜谜，找出在消防部门到来之前和之后拍摄的照片，看一看。做那个游戏，看看你能否发现异常。很难看出来。我花了好些年才察觉到——话说回来，我没有你有的起跑线。我给你一个暗示，你在看的事物也许也在看着你。”

“你在监狱里看过这些照片？”

“我的律师给我寄了卷宗里大部分东西的复本。他们给我定罪后，我有的是时间来看这些东西。”

“为什么在他们给你定罪之前，你不多关注一下你的案子？”我问道。卡尔看着我，似乎他在注视着不寻常的一步棋。也许他看到了我的问题的走向——我的过渡并不隐晦。

“你这么说是什么意思？”

“科林斯说你请求尽快开庭。”

他想了一会儿说道：“没错。”

“为什么？”

“说来话长。”他说。

“科林斯说他们需要更多的时间，但你催着进行审判。”

“是的。”

“他认为你想要进监狱。”

卡尔什么也没有说，目光又回到窗口。

我继续道：“我想知道你为什么没有做出努力远离监狱。”

他犹豫了一会儿才回答，说：“我觉得那会终结噩梦。”

现在我们有进展了，我想。“噩梦？”

我看着他呼吸迟缓，艰难地咽了下唾沫。一个低沉平静的声音从他的灵魂深处传来，他说：“我做过一些事情……我以为我可以与那些事情共处……可我错了。”

“这是你的临终陈述，”我说，试图跳进他的思绪，促进他的宣泄，“这就是你告诉我你的故事的原因，把它从心里倾吐出来。”我看到了他眼中的屈从，想要告诉我他的故事。我想要对他嚷嚷，让他坦白，但为了不把他吓跑，我低语道：“我会听你说。我保证我不会评判。”

“来这里赦免我的罪，是吗？”他以几乎细不可闻的声音说道。

“不是赦免，”我说，“但是告诉我发生了什么或许有帮助。他们说忏悔对灵魂有所助益。”

“他们那么说的，是吗？”他的注意力缓慢转向我，“你同意他们所说的吗？”他问道。

“当然，”我说，“如果你遇到一些困扰自己的事情——跟别人说说是一件好事。”

“我们试试吗？”他说，“试试那个主意？”

“我们应该试试。”我说。

“那么跟我说说你的外祖父。”他说。

我感觉胸口受到一记重击，让我感到震惊。我转过脸不去看他，尽力平静下来。“我外祖父怎么了？”我说。

卡尔俯过身，仍然用那种柔和的声音说道：“我们见面的第一天，我只是顺带提到了他。我问他怎么死的，你僵住了。一些沉重的事情击中了你。我能从你的眼神里看出来。告诉我他出了什么事？”

“我十一岁时他死了。仅此而已。”

很长一段时间，卡尔一言不发，让这种虚假言辞的重压落在我的肩头。接着他叹气，耸肩道，“我明白，”他说，“我只是一份课程作业的志愿者。”

一个令人不安的声音在我的脑袋里打起转来，我的愧疚更加强了这种声音，这个声音对我耳语，敦促我告诉卡尔我的秘密。为什么不告诉他，这个声音说。几个星期之内他就会把我的秘密带进坟墓。此外，这会是我对他善意的回报，为他对我的坦白。然而另一个声音，一个更轻柔的声音，告诉我善意与我要告诉卡尔我的秘密毫不相关。只因为，我想要告诉他。

卡尔低头看着他的手，继续说道，“你不必告诉我，”他说，“那不是我们的交易——”

“我眼看着我外祖父死去。”我脱口而出。这句话从我脑中脱离，在我能阻止之前从我的嘴里发出。卡尔看着我，我的打断让他吃了一惊。

就像一个攀岩跳水者离开歇脚的安全之地，那勇敢或莽撞的一刻开启了我没法逆转的行动。我看向窗外，卡尔曾多次这么做，从我的记忆中搜集细节。等我的思绪足够清晰，我再次说话，“我从没告诉任何人，”我说，“但他是因我而死。”

三

对于我的外祖父比尔，我记忆最深刻的是他的双手，强壮的斗牛犬手，又短又粗的手指如同带耳螺母一般，而在他修理那些小工具时这手指动作又十分敏捷。我记得小时候他握住我的手，给我一种安心的感觉。我记得他用十足的耐心生活在这个世界上，集中注意力和意志去做每一件事情，不管是清洗他的玻璃杯，还是帮助我母亲熬过不愉快的一天。在我最初的记忆里，他随时给她提供帮助，他的低语盖过她的吼叫，他的手放在她的肩上能够驯服一场风暴。她一直以来狂躁抑郁——那不是你能像流感一样突然遏制的一种状况——但是我外祖父比尔在世时，波涛从来没有变为白浪。

他常常给我讲在明尼苏达河边钓鱼的故事，就在他长大成人的曼卡托附近，把许许多多鲇鱼和白斑鱼拖上来，我幻想有一天可以跟他一起去钓鱼。我十一岁时，那一天到来了。外祖父从一个朋友那里借来一条船，我们在贾德森码头下水，依靠缓慢而有力的水流沿河漂流，我们计划于傍晚前在曼卡托的一个公园登陆。

那个春天，河水涨出了堤岸，冰雪融水径流，不过进入七月，我们去钓鱼时，它平静了下来。洪水留下了零零落落从河底突出的死去的三角叶杨树，它们的树枝就像瘦骨嶙峋的手指般露出水面。外祖父让那只小渔船的引擎空转，这样需要时我们可以绕过树木。我偶尔能听到藏在水面下的树枝刮擦船体时，木头摩擦在铝制品上发出的吱吱声。起初这声音让我害怕，但外祖父表现得它就像跟风吹动我们身边的树叶发出的飒飒响声一般自然，让我放下心来。

在第一个小时里，我就钓到了第一条鱼，我快活极了，仿佛在过圣诞节。我以前从没钓到过鱼，那条鱼咬住钓饵，钓竿抽动，看见它跃出水面，蹦跳，扑腾，这种感觉让我激动不已。我是一个渔夫了。那一天渐渐过去，天空湛蓝，他钓了几条鱼，我钓到了更多的鱼。我认为有些时候他没有用钓饵，就是为了让我领先。

快中午时,我们钓到了好一串鱼。他让我抛锚,这样我们吃午饭时,也能把钓鱼线放在水里。那只锚被系在船头——我坐的地方——往河底拖了一点直到它最终钩住，把我们的船停在水中央。我们用水壶的水洗了手，外祖父从一个塑料购物袋里拿出火腿芝士三明治。我们吃掉了我生平吃过的最美味的三明治，用冰冷的瓶装根汁汽水送进肚子里。这是一顿极好的午餐，在完美一天的江心享用。

外祖父吃完后,把他的三明治袋子叠成一小块,小心地放进购物袋,那如今已经成为我们的垃圾袋。等他喝完他的根汁汽水，他同样小心翼翼地把空瓶放进袋子里。他把袋子递给我，让我效法他。“总是保持船内清洁，”他说，“不要到处扔垃圾，也不要把钓具盒打开不关。有些事故就是这样发生的。”我边小口喝着根汁汽水,边心不在焉地听着。

我喝光汽水后，外祖父让我起锚——又是一件我从没做过的事情。他把注意力集中在引擎上，用泵给气管里的一个小球打气，好让它准备启动。他没有看见我把我的空瓶放在船的地板上。我告诉自己，过会儿就把它扔掉。我抓住拴在锚上的尼龙绳，往上拉。锚一动也不动。我更用力，感觉到了船尾逆流而上，锚仍然没有动。这只船船头有平板艉，于是我把双脚抵在艄材上，双手交互拉，缓慢把船拉近锚，直到我渐渐停顿下来。外祖父看我吃力，指示我左右拉，把锚弄松，但是锚始终没有起来。

就在这时，我听见身后的外祖父在座位上动起来。我感到船在晃。我回过头去，看见他正要走过来帮我。他走到隔开我们的长椅时，脚踩在了我的空瓶上。他的脚踝扭伤了，脚扭向一边，身体一歪，向后倒去，他的大腿撞在了船的一边，手在空中摆动，他的躯干猛地扭过来面向水面落入水中。河水吞没了我的外祖父，溅起的水花湿透我全身。

他消失在幽暗的水中，我大喊着他的名字。我又喊了两次后，他冒出水面，想要抓住船，他的手还差一便士的宽度就抓住边缘了。他的第二次尝试没有那么近。水流将他吞噬，把他从我身边带走，而我愚蠢地坐在那里紧握那根锚索，完全没有意识到如果我松开绳索，船就可以顺流而下漂到我的外祖父身边，起码可以漂流大约二十英尺。等他恢复平衡时，他已经远超出了船的范围，即使我松开了锚索。

我叫喊，我祈祷，恳求他游泳。一切发生得太快。

之后一切演变到难以想象的糟糕层面。外祖父在水里翻来覆去，他挥动着胳膊，企图抓住水面，他的腿被藏在暗水中的什么东西绊住了。后来，警长告诉我妈妈他的靴子卡在了水下一棵枯萎的三角叶杨树的树枝上。

我看着水流没过他的头顶，他拼命把脸露出水面。他的救生衣没有拉上，它拉扯他的胳膊，在他的头顶缠结，他的上半身扯动着被缠住的靴子。那时我才想到松开我的绳索。我放开绳索，用我的手划桨，直到绳子在离我的外祖父三十英尺的地方啪嗒一声拉紧。我能看见他抓挠撕扯想摆脱救生衣。我不能移动,不能思考。我就站在那里,看着,喊着，直到外祖父不再动弹，在水流中瘫软地浮起来。

我把我的故事告诉卡尔，忍住泪水，不时停下来平复心情。直到我讲完，我才发现卡尔把他的手放在我的胳膊上试图安慰我。令我惊讶的是，我没有推开他。

“你知道，这不是你的过错。”他说。

“我不知道，”我说，“过去的十年，这是我一直试图对自己讲的弥天大谎。我本来可以把瓶子放进垃圾袋。我本来可以在他落水时松开绳索。我在钓具盒里有一把刀，我本来可以把缆索砍断救他。相信我，我在心里重温了一百万次。我本来可以做一百件不同的事。但是我什么也没有做。”

“你只是个孩子。”卡尔说。

“我本来可以救他，”我说，“我有两种选择：尝试或观看。我选错了。就是这么回事。”

“可是——”

“我不想再谈这件事了。”我打断道。

珍妮特拍了拍我的肩膀，我猛地转过身来。“抱歉，乔，”她说，“探视时间结束了。”我看了下墙上的钟，已经八点过十分了。整个拜访期间我一直在讲话，我感觉精疲力竭。有关那可怕一天的记忆，被卡尔·艾弗森割断系泊绳索，在我脑中自由地旋转晃动，让我头昏脑涨。

我感觉受骗了，因为我们没有抽出时间来谈论卡尔。但与此同时，将我的秘密告诉了他人，让我感到如释重负。

我站起身，为超过了允许时间对珍妮特道歉。然后我向卡尔点点头取代道别，离开了。走出休息室时，我停下来回头看向卡尔。他一动不动地坐着，面对着他在黑色玻璃上的影子，他的双眼紧闭，似乎在强忍住一种深沉的痛苦，不知道这次又是因为癌症还是别的事情。

四

为了平静下来，回去的路上我打开车内破旧的扬声器，放起摇滚经典，跟着那些昙花一现的“一曲歌手”[1]一首接一首地唱，直到将脑中的阴暗想法驱逐出去，代之以卡尔提到的有关游戏的主意。没错，做游戏的提议激起了我的好奇心，想到又有借口与莱拉待在一起让我感觉好了些。回到公寓后，我在箱子里找出了装有卡尔工具棚起火照片的两个文件夹。我花了半小时确定我找的图片是对的，然后我把文件夹夹在胳膊下，去莱拉的公寓。

“你喜欢做游戏吗？”我问莱拉。

“那要看情况，”她说，“你想搞什么？”

她的反应让我有点出乎意外，不过就在那一瞬间我捕捉到了一丝挑逗性的微笑，差点让我忘记我为何而来。我回了她一个微笑，结结巴巴地说道：“我找到了一些照片。”

她看上去有些困惑，然后点点头领我去她的餐桌。“大部分人带鲜花来。”她说。

“我不是大部分人，”我说，“我是特别的。”

---

[1] 一曲歌手：one hit wonder，指一位歌手或者一个组合只有一首成功的单曲，然后便销声匿迹。

“毫无疑问。”她说。

我把照片铺开，一共七张。前三张显示出的图景是火势失去控制，消防队员还未到场。这几张照片构图很差，任意运用光线，有一张失焦得厉害。第二组照片显示了消防员救火的情况，是由一个专业些的摄影师拍的。第一张显示消防员从卡车上扯下水龙带，背景是工具棚在燃烧。另一张显现水龙带里的水开始喷洒在工具棚上的情况。还有两张从不同的角度展现了消防员往火上喷水的情景，其中一张我在图书馆那篇报纸文章里看到过。

“游戏是什么？”她说。

“这些照片……”我说，指着最开始的三张。

“这几张照片来自一个名叫奥斯卡·里德的目击者。他住在卡尔和洛克伍德家的小巷对面。他看见了火焰，拨打了911。在等待消防车到来的期间，他抓起一个旧的傻瓜照相机，拍了几张照片。”

“而不是——唉，我不明白——抓起一个水管？”

“他告诉警探说他原以为他可以卖一张照片给报社。”

“一个真正的人道主义者，”她说，“那这些呢？”她指着另外四张照片。

“这是由一个真正的报社摄影记者奥尔登·该隐拍的，他经由自动旋转雷达天线听见了火灾报警，跑过去照了几张。”

“好的，”她说，“那么我要寻找什么？”

“记得在小学里，老师常常分发一些看上去很像实际上并不一样的照片吗？你必须找出它们的不同之处？”

“这就是游戏？”

“没错，”我说着一张挨一张地把照片排成一行，“你看到了什么？”

我们仔细地研究这些照片。在最初的几张照片里，火焰从工具棚对着小巷和摄影者的一扇窗户喷射而出。工具棚的屋顶完整无缺，浓重的黑烟从搭在墙上的小块椽木滚滚涌出。在后面的几张照片里，火焰呈螺旋形状上升，像来自屋顶一个洞口的旋风。消防员到了，刚开始用水浇灭火焰。该隐几乎跟里德站在同一个位置，因为照片的角度和背景十分相似。

“我没看出什么异常，”我说，“除了消防员在走动。”

“我也没有。”莱拉说。

“卡尔说去看每张照片里应该一样的东西，不要看火焰，因为随着火势蔓延它在变化。”

我们越发细致地去看这些照片，检查背景有没有任何细微的改变。除了由于火焰增长，光线更为明亮以外，每张照片里卡尔的房子看上去都一模一样。接着我看了下里德照片里的洛克伍德家：一栋标准的双层蓝领之家，带一个屋后小游廊，顶楼有一组三扇窗，后门的两边各一扇窗。我又看了下该隐拍的照片里的洛克伍德家。再一次，因为火焰它变得更明亮，但是除此之外没有任何不同。我来回从一张照片看向另一张照片，思忖着卡尔是否在戏弄我。

这时莱拉看到了。她把两张照片从桌上拿开，一张由该隐拍摄，一张由里德拍摄，审视它们。“那里，”她说，“洛克伍德家后门右边的窗户。”

我从她手中拿过两张照片，看着那扇窗，来回比对该隐拍摄的照片和里德拍摄的照片，直到最终看到了她看到的东西。后门右边的那扇窗有小百叶窗帘，从上到下覆盖了那扇窗户。在里德的照片里，百叶窗落到了窗户底部。在后面该隐拍摄的那张照片里，百叶窗被拉起了几英寸。我把照片拿得更近，看见了一个类似人头的形状，也许一张脸在透过缝隙观看。

“搞什么鬼？”我说，“那是谁？”

“好问题，”她说，“似乎有人从窗户底部向外偷看。”

“有人在房子里？”我说，“观看大火？”

“我看是这样。”

“谁？”

我能看出莱拉在回想洛克伍德家的证词。“只有几个可能。”

“更接近于技术老师[1]的手。”我说。

“技术老师的手？”莱拉一脸茫然地问道。

“你知道……他有些手指没了……因此选择性更少。”我勉强笑出声来。

莱拉转动眼睛，回到工作状态。“克丽斯特尔的继父，道格拉斯·洛克伍德，说他和他的儿子那天晚上在他的汽车经销店。他在处理文件，丹尼在清洗一辆车。他说直到火被扑灭后他们才回家。”

我把我记得的补充进来。“克丽斯特尔的妈妈在迪拉德的咖啡店上晚班。”我说。

“没错，”莱拉接着说道，似乎在炫耀她对于细节的把握更胜一筹，“她的老板伍迪肯定了这一点。”

---

[1]技术老师：a shop teacher，指在木工、金属加工、汽车修理等方面，给学生提供兴趣教学的老师。

“她的老板伍迪？你是现编的吧？”

“查一查。”她笑着说。

“那么剩下那个男朋友了，他叫什么名字？”

“安迪·费希尔，”她说，“他做证说放学后他把克丽斯特尔送回家，穿过小巷，把她放下车就离开了。”

“那么还剩下什么可能？”我说。

莱拉想了一会儿，数起她的手指，“我认为有四种可能性：第一，其实没人从窗户往外看，但我必须相信亲眼看见的，因而我排除这个可能。”

“我也看见了一个偷窥者。”我说。

“第二，那是卡尔·艾弗森——”

“为什么卡尔在自己家里杀死她后，要跑到洛克伍德家观看大火？”

“我没有说这个很有可能——只是有这种可能性。卡尔在放火后有可能跑到洛克伍德家。也许他知道那本日记，想找到它。虽然在寻找日记之前就放火有点说不通。”

“完全说不通。”我说。

“第三，有一个神秘人，警察想不到的人，这箱文件夹里没有的人。”

“第四个呢？”

“第四，有人对警方说了谎。”

“有人，比如……安迪·费希尔？”

“有可能。”莱拉说着，挑衅地吐了口气。我能看出来她想坚持她的看法，是卡尔·艾弗森谋杀了克丽斯特尔·哈根，但是我也能看出她在试穿这些新衣服，考虑这一可能性，即三十年前存在很严重的错误。我们一言不发地坐了一会儿，不确定怎么处理这一发现，没人提起透过地面传到我们脚下的一阵战栗。似乎我们都看见水坝的裂缝已经形成，但是我们不明白它的结果。不久之后这裂缝就要大开，释放出洪流。

五

再回到希尔维尤时，我已经完全从对我外祖父之死的忏悔中恢复过来，那些神秘的照片让我焕发了活力。卡尔欠我一个坦白，起码我是这么认为的。我强迫自己跟他说了我的故事，如今他必须真正回答几个问题了。

他看上去比之前要健康，穿着一件红色的法兰绒衬衣，而不是那件灰蓝色的长袍，并且他凹陷的双颊上长出了新的胡须，脸上挂着温和的笑容，是那种在晚会上碰到前女友会挂上的笑容。我认为他知道我们要谈些什么。轮到他敞开心扉了。我的写作任务中有一项论文马上要交。我要写写卡尔生命中一个重要的转折点，一周内上交给教授。到了把他深藏在心底的东西挖掘出来的时候了，他知道。

“你好，乔，”卡尔招呼我去他旁边的椅子上坐，“看那里——”他说着指向窗外。我扫了眼对面公寓混乱的阳台，没看出有什么变化。

“什么？”我问道。

“雪，”他说，“下雪了。”

来的路上我看见雪轻轻飘落，但我没有多加注意，只是担忧着我的车能否再次挺过明尼苏达的冬天。车身由于破损而满是破洞，每场雨后，潮湿街道上的水就会浸湿行李箱的地毯，让车内充满污浊的浴巾的味道。幸运的是，这次还没有积太多雪。“你高兴是因为下雪了？”我说。

“我在监狱里待了三十年，大部分时间在隔离关押室。我基本没有机会看下雪。我喜爱雪。”他的目光追随着一片片雪花飘过窗户，在微风中曲线上升，降落，消失在草地里。我给他几分钟的平静，让他享受此刻的降雪。最后，卡尔开启了我们的谈话。

“维吉尔今天早上过来了，”他说，“他告诉我你跟他深入谈了一次。”

“没错。”

“维吉尔说了什么？”

我从背包里拿出那个小录音机，放在我的椅子扶手上，足够近到可以录下卡尔的声音。“他说你是无辜的。他说你没有杀克丽斯特尔·哈根。”

卡尔考虑了一会儿这个说法，问道：“你相信他吗？”

“我读过你的法院卷宗，”我说，“我读了庭审记录和克丽斯特尔的日记。”

“我明白。”卡尔说，他不再看向窗外，而是盯着他前面褪色的地毯，“维吉尔有没有告诉过你为什么他坚决认为我是无辜的？”

“他给我讲了你在越南救他性命的故事。他说你一往无前地冲进敌人子弹的火力网——跪在他和那些想要杀他的人中间。他说你待在那里直到越共被击退。”

“你一定喜欢那个维吉尔。”卡尔小声笑道。

“为什么？”我问。

“因为那天发生的事情，他到死都会相信我是无辜的，虽然他完全搞错了。”

“你没有拯救他的生命？”

“哦，我确实救了他的命，但那不是我冲向那个位置的原因。”

“我不懂。”

卡尔开始回想在越南的那一天，他的微笑被一丝忧郁取代，“那时我是天主教徒，”他说，“我的教义禁止自杀。这是绝对不能被原谅的罪孽。神父说如果你自杀，毫无疑问，你直接进地狱。圣经也说没有比为救兄弟而献身更大的牺牲了，而维吉尔是我的兄弟。”

“于是那天你看见维吉尔倒下去——”

“我认为我的机会来了。我可以挡在维吉尔面前，挨冲他而来的子弹。这有点像一石二鸟。我可以救维吉尔的命，同时结束我自己的生命。”

“不大可行，是吗？”我说，鼓励他说下去。

“完全搞砸了，”他说，“我没有送命，他们反倒给了我奖章，一枚紫心勋章和一枚银星勋章。人人都认为我十分英勇。我只是想死。瞧，维吉尔对我的信任和忠诚都建立在一个谎言上。”

“这么说唯一相信你无辜的人错了？”我问道，用一种简单微妙的话语进入我预期的谈话。外面的雪从轻薄的小雪花转变为典型的雪团，爆米花大小的大片湿润雪花在打旋。我已经问了我想要问的问题，得到的是沉默而不是答案。于是我看着雪花，决意不再说话，给卡尔时间整理思绪，寻找答案。

“你在问我是否谋杀了克丽斯特尔·哈根？”他最后问道。

“我在问你是否谋杀了她，或者杀了她，或者以任何方式造成了她的死亡。没错，我问的就是这个问题。”

他再次停顿下来，我能听到我背后有一座钟滴答不止。“没有，”他说，声音几乎是耳语，“我没有。”

我失望地垂下了头。“我跟你会面的那天——你大言不惭地说着要坦诚相告的那些屁话——你说你是一个杀人者，也是一个谋杀者。记得吗？你说杀人跟谋杀不一样，而两件事你都做过。我以为这就是你的死亡宣言，你坦白交代的机会。现在你又告诉我她的死亡跟你无关？”

“我没指望你会相信我，”他说，“该死，没人相信我，连我自己的律师都不相信我。”

“我读了卷宗，我读了日记。那天你买了把枪。她称你为变态，因为你总是窥视她。”

“我非常清楚那些证据，乔，”他说，用融化一座冰川的耐心说着话，“我知道他们在法庭上用来指控我的证据。过去三十年里的每一天我都在重温那个故事，但是那不能改变我没有谋杀她的事实。我没有办法证明给你或别人看。我甚至不想去证明。我只是要告诉你事实。你相不相信，对我无关紧要。”

“那发生在越南的另一个故事呢？”我问道。

卡尔有些惊讶地看了我一眼，又似乎是要我亮出底牌，他说：“那是什么故事？”

“维吉尔说那是你的故事，他说那个故事可以证明你没有杀克丽斯特尔·哈根。”

卡尔靠在轮椅上，把手指放在他的唇边，他的手轻微发抖。有另一个故事，我能看得出来，于是我进一步说道："你说过你会告诉我事实，卡尔。除非是整个故事，不然不能算作事实。我想知道一切。"

再次，卡尔的目光越过窗口，越过公寓阳台，越过大雪。"我会给你讲讲在越南发生的事，"他说，"你来决定它能否证明。不过我答应你，我说的全是事实。"

接下来的两个小时，我没有说话。我只是在呼吸。我跟着卡尔·艾弗森回到他的记忆里——回到越南，好像亲身经历一遍他的故事。他讲完后，我起身，握了他的手，谢了他。接着我回家，写下了卡尔·艾弗森故事中标志着他人生转折点的那部分。

六

乔·塔尔伯特

英语 317

传记：转折点作业

1967 年 9 月 23 日，陆军一等兵卡尔·艾弗森生平第一次踏上异国的土地，从洛克希德 C-141 运兵飞机上下来，来到越南共和国的岘港。在给轮换部队住的临时兵营里，他遇见了另一个新兵——从明尼苏达包地特来的维吉尔·格雷。卡尔来自南圣保罗，他们差不多算得上是邻居，尽管要从包地特去南圣保罗等同于开车穿过东海岸的六个州。他们碰巧被分到同一个排，被送到同一个火力基地，位于桂山谷地西北山脊的一个布满灰尘的山顶，形状像狒狒的屁股。

卡尔的小队长，一个满口脏话的矮小初级士官，名叫吉布斯，他在他残暴的面具下面隐藏着严重的心灵创伤。他蔑视军官，征募他的同类，对命令说三道四，看待新兵就如同染上了瘟疫的老鼠。他把他最残忍的一面留给了越南人：那些东南亚佬。在吉布斯的世界里，他们是一切罪孽的根源，高级军官们对他们采取的折中的消灭办法受到了吉布斯的指责。

卡尔和维吉尔来到他们的新家时，吉布斯把他们拉到一旁，向他们解释约翰逊总统的消耗战意味着“我们杀死他们的人要多过他们杀死我们的人”。这是一种依靠死亡人数统计的战略。上将们对上校们眨眼示意，上校们传达给少校和上尉，而上尉悄声告诉中尉，中尉对中士点点头，中士反过来给步兵们下达常规命令。“如果你们看见一个东南亚佬逃跑，”吉布斯说，“他们要么是越共，要么是越共拥护者。不管怎样，不要干站在那里，射死那些小杂种。”

在越南待了四个月后，卡尔见证了足以影响一生的战争。他设了埋伏，看着越共士兵踩中了地雷起爆管熔化成血蒸汽，握住一个他不知道名字的家伙的手，那个人叫喊出最后一口气，他的腿被弹跳贝蒂地雷从腰部炸飞。卡尔已经习惯了蚊子嗡嗡不断的噪声，而仍不能习惯那些午夜随意向他们射来的迫击炮弹。他匍匐在一个掩蔽坑的巷道口庆祝他第一个没有雪的圣诞节。

卡尔·艾弗森世界的裂缝，那个导致他想死在越南的裂缝始于1968年2月上旬一个平静的冬日早上。薄云在太阳出来之前覆盖了地平线，四周山谷的宁静掩盖了即将发生的事情的丑陋。明亮的天空让卡尔想起他在北部森林里祖父的小屋里度过的一个早上，很久之前的一个早上，那时在卡尔的生活中还没有杀戮和被杀的概念。

战争压垮了卡尔，让他感觉老了。他靠在一堆沙袋上，把一根烟蒂扔进一个保温瓶大小的弹壳，点燃另一根烟，看着日出。

“嘿，卡尔。”维吉尔说着踏上那条泥土路。

“嘿，维吉尔。”卡尔仍然注视着地平线，看着琥珀色缓慢淡入天空。

“你在看什么？”

“阿达湖。”

“又来了？”

“我十六岁的时候在阿达湖看过同样的日出。我就坐在我祖父的小屋的后门廊上。我敢肯定那是同样的红色天空。”

“你离阿达湖有很远的距离，卡尔。”

“明白。非常明白。”

维吉尔在卡尔身旁坐了下来，“别让这事影响你，老兄。八个月内我们就要离开。一瞬间的事。我们就会离开这里。我们就要溜啦。”

卡尔坐在沙袋上，抽了一口烟：“你没感觉到吗，维吉尔？你没感觉到事情在变糟吗？”

“感觉什么变糟，卡尔？”

“我不知道该怎么解释，”卡尔说，“就像每次进入那片丛林我感觉自己站在一条线上，一条我知道不应该跨越的线。脑中充满一种尖叫，就像女妖精在我身边打转，拉我，逗弄我跨过那条线。我知道要是我跨过去了，我就变成了吉布斯。我会说，操他们，他们只不过是东南亚人，他们都是一群傻逼。”

“没错，”维吉尔说，“我知道，我也感觉到了。列维兹阵亡的那天，我想毁掉每一颗奶油生菜。”

“列维兹？”

“被那个贝蒂炸成两半的人。”

“哦……他叫这个名字？我之前不知道。”

“但是卡尔，一旦去了那里你就回不来了。”维吉尔说，“那个在祖父的门廊看日出的十六岁孩子，不会再在那里了。”

“有时我纳闷他现在是否还在那里。”

维吉尔转过脸来,眼神极为认真。“我们来这里不由我们自己决定,”维吉尔说,“我们多半也没法决定如何离开。但我们确实能够控制我们的灵魂有多少留在这狼藉里。别忘记了这一点。我们还是有一些选择的。”

卡尔伸出手,维吉尔紧紧握住了。“你找到了合适的伙伴,”卡尔说,“我们得让灵魂完好无缺地离开这里。”

“那就是我们要做的事情。”维吉尔说。

另一个人从厕所朝这堆沙袋走来。“嘿,兄弟们。”塔特·戴维斯叫道。

戴维斯,一个真正的田纳西志愿兵,圣诞节刚过就参了军,像一个失去母亲的鸭子一样黏着维吉尔。塔特这个小伙子,皮肤是桃色的,生了雀斑,耳朵从一侧脸凸起,像玩具土豆头先生。他的父母给他起的名字是里基,但是维吉尔叫他土豆头。全排都用这个绰号叫他,直到有一天里基在一场恶战中坚守阵地,之后他就变成了简单的塔特。

“上尉说我们马上要开溜了。”他说。

“别担心,塔特,他们会带上你一起走的。”卡尔说。

“没错,”维吉尔补充说,“上尉知道缺了你他们赢不了战争。”

塔特傻笑,颊骨高高的。“上尉说今天我们要去印第安人的村子是什么意思?”塔特问道。

卡尔和维吉尔心照不宣地交换了一个眼神。“你在学校没有学历史吗?”维吉尔说。

“我退学了。他们都是些怪人,说的东西我都不爱听。”

“你听说过谢里丹将军或者麦肯齐吗?”卡尔问道。

塔特一脸茫然。

“卡斯特呢？他在小比格霍恩河遭遇那场不幸的事故之前？”维吉尔补充道。

什么印象也没有。

卡尔说：“好，这么说吧，在西部开发之前，有另一群人住在那里，我们必须把他们赶走。”

“嗯，但那跟越南有什么关系？”塔特说。

“呃，上校认为我们需要扩展自由射击区，”维吉尔说，“唯一的问题就是有这样一个村子——我们叫它牛轭——我们得把那个村子转移走，这样它就在自由射击区之外了。我的意思是你不能让一个村子在自由射击区内部。自由射击区的全部意义是该区域内的任何移动物体都能射击。”

“那我们要把他们都赶走？”塔特说。

“我们鼓励他们为他们的村子找一个更好的位置。”卡尔说。

“跟我们对付印第安人的那一套有点像。”维吉尔补充说。

卡尔吸了最后一口烟，把烟头扔进105弹壳，站起身来。“我们不能让那些大人物等着。”三个人背起背包，把他们的M-16步枪往肩上一甩，朝打破宁静清晨、发出噪声的第一架直升机的旋翼走去。

“休伊”型直升机很快将士兵们带到着陆区，又快又低地飞行，在一块田野的边缘骤然停了下来，那里水牛和黄牛肩并肩地站在一起。在上游约莫一百码[1]处立着一座带牛槽披屋的小民房。又一百码开外

[1] 码：1码约为0.9144米。

是一大堆棚户，组成了代号为牛轭的小村庄。

“你们两个跟着我，”吉布斯指着卡尔和维吉尔，“第一队的其他人上路。把路上的一切清除掉。把那些东南亚人集中在牛轭的中心，等待马斯中尉。”

吉布斯带领卡尔和维吉尔朝田野中的那间小屋走去，带牛槽的那间，队伍里的其他人沿着那条泥土路往牛轭走。到达着陆区和那间小屋的中间点时，田野边的一片象草中有人影晃动。卡尔把枪托拿到肩上准备好，趴在晃动的草丛里。

“射击，艾弗森！”吉布斯叫道。

卡尔紧握手指扣动扳机，接着松开。一头黑发从高高的草堆里跳起，朝小屋跑去。

“他在跑！”吉布斯喊道，“他妈的开火！”

卡尔再次扣动扳机，当发现是一个少女从象草中冲出来，匆匆往她家里跑时，他再次松开。

“只是个女孩，中士。”卡尔说着放下他的武器。

“我是在命令你。”

“她是个平民。”

“她在跑，那意味着她是越共分子。”

“中士，她在往家里跑。”

吉布斯朝卡尔冲过来。“艾弗森，我他妈命令你。你要是再敢违抗命令，我要用子弹射穿你的脑袋。你听见没？”他冲卡尔发火，烟色唾液从他的嘴角滴落下来。那个女孩，不超过十五岁，跑回她的小屋，卡尔可以听到她跟屋内的一个人在说话，用他听过很多次的结结巴巴的奇怪越南土语，就像一首不可识别歌词但熟悉的曲子。吉布斯把注意力转向小屋，考虑了一会儿。

“你们两个把这些牛射死，”吉布斯喊道，“再烧掉谷仓。我来处理那间小屋。”

维吉尔和卡尔看着彼此。战场手册中有几页在现场毫无用处，除了可以用来擦屁股。但有一些指示应该尊重。其中一条要尊重的准则就是不要独自清除一间小屋。

“中士？”维吉尔问道。

“他妈的！”吉布斯对维吉尔喝道，“我又没有麻烦你，不是吗？我给了你命令。现在去射杀那些牛。”

“是，长官。”

卡尔和维吉尔走向田野，举起他们的来复枪，朝这些毫不提防的牲畜的头开火。不到一分钟，那些牛就死了，卡尔把注意力转向那间小屋。他能看见远处队伍里的其他人把村民们从他们的小屋驱逐出来，赶到那条泥土路上，往村子中心走。看不到吉布斯的身影。

“有些事情不对劲。”卡尔说。

“中士在哪里？”维吉尔回答道。

“我就是这个意思。不应该花这么久。”

两人朝小屋走去，他们的 M-16 步枪随时准备射击。维吉尔占据一个位置来掩护卡尔，卡尔悄悄走到门口，小心翼翼地踩在柔软的草地上，避免踩在夯实泥土的沙子上发出嘎吱嘎吱声。他稳住呼吸，听着从茅草墙的另一端传来的沉闷咕哝声。卡尔对自己点点头，从三开始倒计时，冲进了门内。

“天哪！”卡尔停下来时滑了一下，把来复枪的枪口拉起，差点往后跌出开着的门。“中士！搞什么鬼？”

吉布斯让那个女孩不能动弹，她的膝盖在木地板上，躯干被按在一张摇摇晃晃的竹床上，她的大部分衣衫已经被扯掉。吉布斯跪在她后面，他的军装挤在大腿处，他汗毛浓密的苍白屁股随着每次粗暴插入而收缩。

“我在审问一名越共拥护者。”他回过头说道。

吉布斯把她的胳膊扭到她背后，用一只手握住她的手腕，靠在她身上，用他的重量把她压在床上。她呼吸困难，他的腰把她的肺压平了。在小屋的角落，躺着一个侧身死去的老人，一个来复枪枪托大小的痕迹穿过他的鼻子和左边颧骨，血从他空洞的眼窝往下滴。

随着愤怒的一下，吉布斯结束了他的侵入，拉起他的裤子，那个女孩一动不动。

“轮到你了。”他对卡尔说。

卡尔一言不发，没法动弹。

吉布斯朝卡尔走了一步，“艾弗森，我让你去审问这个越共拥护者。这是命令。”

卡尔努力不发出干呕。女孩转过头看着卡尔，她的嘴唇因为恐惧，或者愤怒，或者两者都有而颤抖。

“你听见没有？”吉布斯吼道，从手枪皮套里拔出他的左轮手枪，往弹膛里上了一发子弹，“我说了这是命令。”

卡尔盯着那个女孩的脸，她的眼神中充满绝望。他听见吉布斯在他的 45 手枪里把一发子弹推上了膛，但是卡尔没有理会。他要违抗命令。他要带着他的灵魂离开越南，或者让灵魂完好无损地死去。

“不，长官。”卡尔说。

吉布斯的眼睛红了。他拿枪口戳卡尔的脑袋，“你不执行直接上级的命令。你死定了。”

“中士，你在做什么？”维吉尔从门口叫道。

吉布斯看着维吉尔，再看回卡尔。

“中士，不应该这样做，”维吉尔说，“好好考虑一下。”

吉布斯拿枪抵着卡尔的太阳穴，喇叭状的鼻孔不停吹气，像一匹拼命赶路的马。他往后退了一步，枪口仍然对准卡尔的脑袋。“没错，”他说，“有更好的处理方式。”他把手枪放进皮套，从系在腿部的枪套抽出一把刀。他转向那个女孩，她仍然裸身躺着，一半在床上，一半在地板上。他一把抓起她的头发，把她拉得跪倒在地。

“下次我下命令要你们射杀一个东南亚佬……”他把刀划过她的喉咙，深深地切进软骨组织，血喷到卡尔的靴子上，“你们他妈的最好服从。”血注入她的肺里，女孩猝然抽动了一下。她的眼睛转向前额，吉布斯让她无力的身体落到地板上。“现在烧了这间小屋。”吉布斯跨过尸体，脸抵住卡尔的脸，“这是命令。”

吉布斯离开了小屋，可是卡尔没法动弹。

“来吧，卡尔。”维吉尔把卡尔拽出小屋，“这不是我们的阿拉莫[1]，我们得保证我们的灵魂完整无损。记得吗？”

卡尔在他的衬衫袖子上擦了擦眼睛。维吉尔拿着打火机走向牛槽。

[1] 阿拉莫：美国得克萨斯州圣安东尼奥的天主教礼拜堂，1836年墨西哥战争期间一小群得克萨斯人在此被墨西哥军队包围，进行了一场历史性的抵抗，从而声名远扬。

在北边，整个村子燃烧起来，一排村民，现在可以称为难民，像被判罪的囚犯沿着那条泥土路行走，那条路将带他们走出自由射击区。卡尔从口袋里拿出打火机，点燃小屋干燥的棕榈树叶和象草。几秒钟后，火焰吞没了茅草屋顶，烟尘翻滚，像水一样黏稠。

卡尔从小屋退了出来，大火贪婪地从屋顶舔舐而下，覆盖地板上的两具尸体。就在那时他看见了什么，让他的胸膛冰冷。那个女孩的手张开着，她伸出手，向卡尔示意。女孩使劲伸出手，手指不停颤抖。这时熊熊燃烧的屋顶落在了她身上，她的手指缩回她的手心。

七

莱拉阅读我的作业时，我观察着她，读到吉布斯强奸那个女孩时，她的脸不由得抽搐了一下，读完燃烧的木屋落在女孩身上，她的手还在动那一段时，她难以置信地抬头看我。

“你可以看出来为什么维吉尔如此坚决地相信卡尔是无辜的。”我说。

“这是真的吗？”她举起我的作业。

“字字当真，”我说，“维吉尔确认了，他当时在场。他说自从那天之后卡尔再也不是之前的卡尔了。”

“哇，”莱拉低声说道，“你有没有发现越南的这个女孩被烧死在小屋里有点像克丽斯特尔被烧死在工具棚？”

“你从中得出的就是这个？”我说，“他的中士拿枪对着他的头。他情愿死也不愿意强奸那个女孩。这个故事说明的就是这一点。在越南的那个人怎么可能和杀害克丽斯特尔·哈根的是同一个人？如果他果真是一个强奸犯和谋杀者，他在越南的时候就会屈服于内心的阴暗面。”

“你认为他是无辜的？”莱拉问道，她的语调里更多是好奇，而不是谴责。

“我说不好，”我说，“我有点相信。我是说，有可能，不是吗？”

莱拉思考了很长时间，重新阅读我作业的最后一部分——卡尔拒绝执行吉布斯命令的那一部分，接着她放下论文，说：“为了讨论的方便，让我们假设一下，卡尔不是凶手，那意味着什么？”

我想了一会儿，“那意味着凶手另有其人。”

“那是当然，”她说，“可是，是谁呢？”

“谁都有可能，”我说，“可能是某个恰好经过看见她一个人在家的陌生人。”

“我不这么认为。”她说。

“为什么？”

“那本日记，”她说，“我认为有可能某个陌生人杀了她。但是如果那本日记有所意义，克丽斯特尔受到了威胁，有人强迫她做事情，那意味着克丽斯特尔知道她的袭击者是谁。”

“如果不是卡尔，”我说，“也不是某个陌生人，那么……”

“如果不是卡尔，”莱拉说，“这是一个重大的假设，那么剩下继父道格拉斯，继兄丹尼，还有男朋友安迪。”她用手指数着这些名字，“也有可能是我们不知道的某个人，克丽斯特尔认识的某个人，但是她没有在她的日记里提到这个名字，除非是在代码里。”

“我们有卷宗，”我说，“我们拥有这个案子的所有证据。也许我们可以搞清楚。”

莱拉在沙发上转过身来面对我，把她的脚缩进她的屁股下面，“这个案子是由警察、侦探调查过的，这些人可是靠此为生的。我们不可能弄清什么。过了三十年了。”

“假设说，”我说，“我们要调查杀害克丽斯特尔的凶手，我们应该从哪里入手？”

“如果是我，”莱拉说，“我会从那个男朋友开始。”

“安迪·费希尔？”

“他是最后看到她的人。”

“我们应该问他什么？”

“你一直说我们，”莱拉说，一丝怀疑的笑容划过她的脸庞，“没有我们。这是你的刑侦队。”

“我不知道你是否了解到这一点，但你是这里更聪明的那一位。”我开玩笑道。

“那么，你也是更漂亮的那一位？”她说。

“不，你是更漂亮的。”我说，等待她的反应——一丝笑容，也许一个眨眼，表示她听到了我的赞美。但什么也没有。

自从我在过道第一次看见莱拉，我就一直在她周围打转，试图越过她围砌起来的那道墙，那道让我敬而远之的墙，她跟杰里米头一次见面的那天她为他拆毁的墙。我想看她笑，跟我同乐，就像她跟杰里米在一起时那样。但是我所有隐晦的赞美和幽默尝试像潮湿的爆竹一般以失败告终。我在盘算用一种更为直接的方式，一种无论如何可以保证有反应的方式。我要邀请莱拉出去约会。在我开玩笑说她漂亮时，我想到这就是最佳时机。我起身走向厨房，不是为了什么，只是实施一种懦怯的拖延战术。一旦我们之间有了一点距离，我支支吾吾开口了。

“你知道……我一直在想……我是说……我认为我们应该出去。”

我脱口而出。她大感诧异，嘴唇张开似乎要说话，但停住了，似乎她不知道该说什么。

“比如，约会？”她说。

“我们不必叫它约会。”

“乔，我不是……”她低头看向咖啡桌，肩膀前倾，手指摩挲着她的运动裤，“那只是一顿意大利面晚餐，记得吗？没有其他的。”

“我们可以去一个意大利餐厅。那仍然是一顿意大利面晚餐。”

寂静充满房间。我屏住呼吸等待莱拉的回应。最后，她看着我说道：“为了美国文学课，我去看一场戏剧的话，可以拿到额外的学分。它在感恩节的那个周末放映。那个星期五我能拿到两张票。这不是一次约会，这只是额外的学分。就这么定了。你觉得可以吗？”

“我爱戏剧。”我说。事实上，我从没看过一场戏剧，除了高中戏剧俱乐部在赛前动员会上表演的幽默短剧和小品。“这部剧叫什么名字？”

“玻璃动物园。”她说。

“好的，”我说，“这是一次约会……我是说……这不是一次约会。”

八

我们通过安迪·费希尔曾就读中学的脸书页面上的校友录找到了他。安迪·费希尔，现在更常被称作安迪，从他的父亲那里继承了一个保险代理公司，在明尼苏达金色山谷东边的一个商业广场设立了一间办公室。

安迪·费希尔老得厉害。他男孩似的头发没有了，取而代之的是覆盖了大半个头的僧侣般的秃斑，从头后面一直蔓延到前面，只留下一小绺头发在他的前额鬈曲着，就像一个旧的尖桩围栏。他的腰围从超负荷的皮带凸出，眼睛下面的黑眼圈形成了暗沉不褪的新月形。他坐在一间廉价的镶板办公室里，墙上挂着一排狩猎和捕鱼的小型纪念品。

我们走进去的时候，安迪走到寂寥的接待区迎接我们，他伸出手和我握手。“我能为你们做些什么？”他说，带着一个推销员的热情，“不，等等，让我猜猜。”他往平板玻璃窗外瞄了一眼我那辆生锈的雅阁，笑了，“你想买辆新车，需要一个保险报价。”

“说实在的，”我直视他的眼睛说，“我们希望你能跟我们谈谈克丽斯特尔·哈根。”

“克丽斯特尔·哈根？”笑容从他的脸上消失，“你们是什么人？”

“我是乔·塔尔伯特。我是一名大学生，这是……呃……”

“我是他的同学，莱拉。”她说。

我继续说：“我们在写一个有关克丽斯特尔之死的故事。”

“为什么？”他说，“那是很久之前的事了。”一时间他看上去有些悲伤，接着他甩掉那些记忆，“那些我都忘了。我不想谈。”

“这很重要。”我说。

“这怎么会重要？”他说，“这是陈芝麻烂谷子了。他们抓到了那个家伙：卡尔·艾弗森。他就住在她家隔壁。我觉得你们可以离开了。”他背对我们，朝他的办公室走去。

“要是我们告诉你我们认为卡尔·艾弗森可能是清白的呢？”莱拉没有经过考虑地脱口而出。我们看着彼此，她耸了耸肩。费希尔站在他办公室门口，深吸了一口气，但是没有转过身来看我们。

“我们只需要你一点点时间。”我说。

“为什么总也摆脱不了这件事情？”安迪自言自语，走进他的办公室。我们没有离开。他坐在他的办公桌前，四周是无生命的动物头颅，他没有看我们。我们等待着，过了一会儿，他没有抬头，抬起两根手指招呼我们进去。我们走了进去，坐在他办公桌对面的客户椅子上，不知道该怎么开始这场谈话。这时他说：“有些晚上我会在梦中看见她，那个时候她……甜美……年轻。然后梦变黑暗，我们在墓地。她沉入地面，叫着我的名字。我就会浑身冷汗地醒来。”

“她叫你的名字？”我说，“为什么？你当时没有做错任何事？是吧？”

他冷淡地看着我，“那个案子把可怜的我的生活搞得一团糟。”

我本应该更有同情心，但是听见这个家伙悲叹“可怜的我”有点引起我的反感。“那也毁了克丽斯特尔·哈根的一生，”我说，“你不觉得？”

“孩子，”安迪竖起他的手指，用拇指比了一英寸的距离，“你们就差这点儿就要被赶出去。”

“对于你来说，那肯定是一段非常糟糕的时光。”莱拉用安慰的语气插话道，意识到蜂蜜对熊更有吸引力。

“那时我十六岁，”安迪说，“我没有做错任何事，这一点用也没有。人们对我避之唯恐不及。即使他们逮捕了艾弗森，谣言四起，说我杀了她。”安迪一阵激动，下巴上的肌肉抽动。“他们埋葬她的那天，我去给棺材上抛了一撮土……在他们把棺材放下去后。她母亲冷眼瞪着我，吓得我不敢动弹——仿佛克丽斯特尔的死是我的过错。”安迪的嘴角下撇，似乎要哭出来。他花了会儿工夫让自己打起精神。“我永远忘不了那个眼神——她眼中的指责。每当我想起埋葬克丽斯特尔的那天，我印象最深刻的就是她的眼神。”

“这么说人们认为你杀了克丽斯特尔。”我说。

“那些人是白痴，”他说，“此外，如果我真要杀人，我会杀死那个该死的辩护律师。”

“辩护律师？”我说。

“就是他造谣说我杀了她。他告诉陪审团我是凶手。狗娘养的。这上了报。老天，我当时才十六岁。”

“你是最后一个看见她的人。”我说，安迪眯起眼睛看着我，有一瞬间我以为我把事情搞砸了。“我们读了庭审证词。”我补充说。

“那么你们知道我把她送回家后就开车走了，”他说，“我离开时她还活着。”

“没错，”莱拉说，“你把她放下车，如果我记得没错的话，你说她独自一人在家。”

“我从没说她一个人,我说的是我不认为有其他人在家。这有区别。那个地方对我来说似乎空无一人，就是这样。”

“你知道当时她的继父在哪里吗？”莱拉问道，“还有她的继兄？”

“我怎么会知道那些？”他说。

莱拉看着她的笔记,假装去唤起自己的记忆。“嗯,根据道格拉斯·洛克伍德的证词——那是克丽斯特尔的继父——克丽斯特尔被害时，他和丹尼在他的二手车经销店里。”

“听起来没错，”他说，“那个老人经营一家二手车车行。他给克丽斯特尔的妈妈和丹尼都办了经销商许可证，这样他们可以驾驶车行里的任何车。他们只需要把经销商的牌照挂在车上。”

“丹尼也是经销商？”

“只是停留在纸面。一过了十八岁，他就拿到了经销商许可证。他是那种出生于两宫会切时辰的人。他的生日接近分界线，他可以是班上最小的孩子，或者他们可以让他留一级，他就成为班上最大的孩子。他们让他留了一级。”安迪靠在他的椅子上，“我一直觉得丹尼是个大傻帽。”

“为什么？”我问道。

“嗯，首先，这个家经常吵架。克丽斯特尔的妈妈和继父总是冲对方叫嚷，通常是为了丹尼。丹尼不愿意他的爸爸娶克丽斯特尔的妈妈。

按克丽斯特尔的说法，丹尼对她的妈妈糟透了——可以说是不惜大费周章地引起争执。还有那些车。”

“车？”莱拉问道。

“因为丹尼的老爸经营车行，丹尼总是在车行任意选择一辆车开到学校去。丹尼快毕业时，他爸爸送给了他一辆车——一辆樱桃色的格兰瑞斯——作为提前送出的圣诞礼物。那是一辆很好的车，但是……我是说——在自己购买并安装好的一辆车里耍酷是不错，那反映着你的某种品质。那是你的车——你赚来的。但是他开着他爸爸给他的那辆车四处转悠，好像自己很了不起。我说不好。从这一点来说他是个傻帽。”

“那个继父怎么样？”莱拉问道。

“一个真正的疯子，”安迪说，“他总是恪守宗教，但是在我看来他是拿《圣经》来支撑他的论点。有一次克丽斯特尔的妈妈发现这个老人一直造访一家脱衣舞俱乐部。他告诉她耶稣如何与妓女和收税员一起出去——好像那样他就可以往舞女穿的 G 带里塞美钞。”

“他跟克丽斯特尔相处得怎么样？”

安迪客套地耸了耸肩，仿佛他吃到了一条未煮熟的鲑鱼。“她恨他，”他说，“他常常用《圣经》中的句子贬低她。大多数时候，她不知道他在说什么。有一次，他说她应该为他不是耶弗他而欣慰。我们查了那个典故。”

“耶弗他……来自《圣经》？”

“没错，来自《士师记》。为了赢得一场战争，他把自己的女儿献给了上帝。我是说，谁他妈会对一个少女说这些？”

“你跟丹尼或者道格拉斯谈过那天发生的事情吗？”莱拉问道。

“我从没跟任何人谈过。我给了警察一份供述，之后便试图假装这件事没有发生。直到庭审我才再次说起这件事。”

“你观看了审判吗？”我问。

“没有。我提供了证词后就离开了。”他低头看着桌子，就像杰里米不想回答问题时把目光从我身上移开。

“你没有回去看看？”我催逼道。

“我看了结案陈词，”他说，“我逃学去看了审判结果。我以为陪审团会立刻裁决，就像电视上那样。”

我尽力回想我是否在庭审记录里读到了结案陈词。

“我猜检察官在结案陈词里提到了克丽斯特尔的日记。”

安迪一下子面无血色，脸变得跟水暖工的油灰一个颜色。“我记得那本日记，”他说，他的声音低到近乎耳语，“直到检察官对陪审团做总结时，我才知道克丽斯特尔写日记。”

“检察官认为艾弗森先生强迫克丽斯特尔做一些有关性爱的事情，因为他逮到你们俩……你知道的。”

“我记得。”安迪说。

“克丽斯特尔跟你说过这些吗？”我问道，“关于被逮到或者艾弗森先生威胁她？我一直觉得这件事有蹊跷。这件事检察官一直说个不停，陪审员相信了，但是你当时在现场。事情是这样吗？”

安迪俯身向前，拿手掌摩擦眼睛，手指伸到他的秃头上。他缓缓地用手指抚过脸，抚过眼睛，停在脸颊上，接着他折叠双手在嘴唇上组成一个尖顶。他来回看着莱拉和我，思忖着是否要告诉我们那件沉重地压在他心头的事情。“记得我告诉过你们我浑身冷汗地从梦中惊醒？”他说道。

“是的。”我说。

“就是因为那本日记，”他说，“检察官搞错了。他全搞错了。”

莱拉倾身向前，“告诉我们。”她用一种甜美而抚慰的声音说道，劝诱安迪吐露心声。

“我本来以为这并不重要；我是说……它本来就无关紧要。直到我去庭审看结案陈词，说艾弗森逮住了我们，克丽斯特尔跟我……”安迪不再说话。他仍然看向我们的方向，但是他挪开了视线，仿佛为他保守的秘密感到羞愧。

“克丽斯特尔跟你怎么了？”莱拉说。

“没错，”安迪说，“他逮到了我们。克丽斯特尔吓坏了。但是在庭审时检察官如此小题大做，说克丽斯特尔认为她的人生要被毁掉，因为我们被逮到在……呃，你们知道。他告诉陪审团她在九月二十一日时写了一篇日记，说她度过了十分糟糕的一天。他说她躁动不安是因为艾弗森先生要挟她诸如此类。那篇日记跟我们被逮到在做爱没有任何关系。”

“你怎么知道？”我问道。

“九月二十一日是我母亲的生日。那天晚上克丽斯特尔给我打了电话。她想要我去见她。我没有。我不能。为了庆祝我母亲的生日，我们开了一个派对。克丽斯特尔很恼火。”

“克丽斯特尔告诉过你她为什么躁动不安吗？”我问。

“是的。”安迪不再说话，把他的椅子转过去，从他后面的餐具柜取出一个平底玻璃杯和一小瓶苏格兰威士忌，往杯子里倒了三个手指深的酒，喝下一半。接着他把酒杯和酒瓶放在桌上，交叠双手继续说道。

“克里斯特尔继父的车行里有几辆真正的好车，特别需要指出的是一辆 1970 年的庞蒂亚克 GTO，青铜色，背部带气流偏导器。那是一辆漂亮的车。”他又喝了一口威士忌，“九月中旬的一个晚上，克丽斯特尔和我谈起那辆车。我告诉她我有多么想开开那样的车，生活对我多么不公平。你知道，平常的高中生会谈论的事情。她说我们可以开那辆 GTO 兜兜风。她知道她继父把备用钥匙放在办公室的哪个位置，车钥匙又放在办公室哪个位置。我们要做的就是把一切放回原位。于是我们把我那辆低劣的福特 Galaxy 500 开到她继父的车行，一切如她所说，我们找到了 GTO 的钥匙，开着它去兜风。”

“你当时念高二？”莱拉说。

“对。我也是出生于两宫会切时辰的孩子，像丹尼一样。那个八月过了十六岁后，我拿到了我的驾照。”

“偷汽车，”我说，“她就是为这件事情沮丧吗？”

“比这个更糟糕。”他说。他又深吸了一口气，随着一声叹息吐出来，“正如我所说，我拥有驾照才一个月左右，我从来没有驾驶过那么大动力的车。我忍不住全速行进，从一个红绿灯开到另一个红绿灯。我们十分开心，直到……”他喝完酒，舔掉唇上的最后几滴，“我正飞越中央大街，很可能时速七十英里——老天，我太蠢了。轮胎爆裂了。我想要补胎。但是我们跨过中线，滑到了一辆车的一侧。一辆巡逻警车——里面没人——停在一家熟食店前面。后来，我从报上得知警察在熟食店的后面处理一起入室偷窃事件，因而他们不知道我们撞到了他们的车上。”

“有人受伤吗？”莱拉问道。

“我们没有系安全带，”安迪说，“我们都撞得很厉害。我的胸部在方向盘上擦伤了，克丽斯特尔在仪表板上划破了脸。她的眼镜碎了——”

“眼镜？”我说，“克丽斯特尔戴眼镜？我看了庭审照片。她没有戴眼镜。”

“她通常戴隐形眼镜。但有时她的眼睛发炎，她就戴眼镜。就是这件可怕的事情让她躁动不安。她的一块镜片在事故中弹出去了，我们直到后来才意识到。事后她从地板上抓起她的眼镜，我们就没命地逃跑了。等我们意识到眼镜镜片不见了，已经太晚，不能回去。我们花了快一个小时才走回到我的车边。我想到一个主意，打破车行的一扇窗户，让它看上去像是有人破门而入偷了 GTO 的钥匙。第二天这条新闻就上了广播和电视。这是一件大事，因为我们撞了一辆警车。”

“克丽斯特尔就是为这件事情焦躁？”我说，“他们找到了她的眼镜？”

“不仅如此，”安迪说，“克丽斯特尔把那副破碎的眼镜藏了起来。我们要去买一副新的，要确保拿到的框架是一样的。但是她打电话给我的那天——我妈妈生日——克丽斯特尔说她的眼镜不见了。她认为有人找到了证据，证明我们偷了车，撞了警车然后逃跑了。因此她感到崩溃。”

“她把眼镜藏在哪里了？家？学校？”

“我真的不知道。她没说。之后她就变得古怪，悲伤而冷淡。她似乎不想理我。”他停下来又深吸了一口气，来平复心中升腾的情感。

“直到我听到结案陈词——听到她日记中的句子——我才知道她……嗯……你们知道。”

“你没有跟任何人提起日记被误解了吗？”莱拉说。

“没有。”安迪垂下双眼。

“你为什么没有告诉他的律师？”我说。

“那个蠢货让我蒙受耻辱。我宁肯吐唾沫在他脸上，也不会跟他说话。你们想象不到打开报纸看见一个辩护律师指责你强奸谋杀了自己的女朋友是什么感觉。就是因为那个浑蛋，我不得不去接受心理治疗。此外，我在高中精通三种运动。我足够优秀到可以拿棒球奖学金去曼卡托州立大学。我要是告诉别人偷车的事，我会遭到逮捕，被停学，再不能从事运动事业。我会失去一切。这件事情会把我搞得一团糟。”

“把你搞得一团糟？”我说，怒火中烧，“那么我厘清一下，为了不毁掉你的运动队夹克，你情愿让陪审员相信一个谎言。”

“有很多证据指向那个叫艾弗森的家伙，”安迪说，“他们误解了那本日记又有什么关系？我不会帮他的。他杀了我的女朋友……不是吗？”

安迪来回看向莱拉和我，等着我们回答。我们一个字也没有说。我们看着他吞下舌头上的尘埃。我们等待着，他的话碰到墙壁发出回声，又回到他身边，敲着他的肩头，仿佛爱伦·坡《泄密的心》。莱拉和我等待着，一言不发，直到最后他低头看着书桌，说："我应该告诉别人的。我明白。我一直明白。我猜我一直在等待合适的时间把这件事情说出来。我原以为有一天我会忘记这件事，但是我没有。我不能。正如我所说，我还是会做噩梦。"

九

电视上，人们去剧院时总是衣着光鲜，但是我没有什么像样的衣服。我去大学时就带了一个背包，里面装着牛仔裤、短裤和衬衣，大多数是无领的。因此戏剧上映的那个星期，我去了一趟旧货店，找到了一条卡其裤和一件带衣领扣的衬衫。我还找到了一双甲板鞋，不过右脚大脚趾上的线缝处破了。我把一枚回形针插进针脚所在的破洞里塞住裂缝，拧掉多余的部分。

六点半之前，我准备就绪，虽然我的手心不停出汗。莱拉打开她的门时，我大吃一惊。一件红套衫紧贴着她的身体和腰身，显出我之前没意识到的曲线，一件闪亮的黑色裙子包裹着她的臀部，像熔化的巧克力一般滑到她的大腿上。她化了妆，我以前没见她化过妆，她的脸颊、嘴唇、眼睛都在无声地要求我的关注，就像洗掉了一扇你根本没发觉是脏的窗户上的灰尘。我努力不笑出声来。我想抓住她，紧紧拥抱她，亲吻她。我最想做的事情就是跟她待在一起，一起走路，聊天，看戏剧。

“呃，你看上去很不错。”她说。

“彼此彼此。”我笑道，很高兴我身上这些别人穿过的旧衣服通过了检验。“我们走吧？”我说着，向走廊示意。这是一个适合散步的美丽夜晚，至少对十一月底的明尼苏达来说——零上五度，晴朗，无风，无雨，无雪珠，无雪——这是一件好事，因为去拉里格中心看戏剧要走十个街区。我们沿途经过诺思罗普购物中心，大学校园最古老最宏伟的部分，然后经过横跨密西西比河的步行桥。

学生们大都回家过感恩节了。我本来想回家看杰里米，但坏处似乎总是多过好处。我问过莱拉为什么她放假不回家。她只是简单摇了摇头，没有回答。我明白那是让我不要管。我选择去看积极的一面——学校如此空旷，显得我们的散步更为隐蔽，更像一次约会。走路时我把手放在大衣口袋里，胳膊歪向一边，以免莱拉想要挽我的胳膊。她没有。

那天晚上之前，我对《玻璃动物园》一无所知。要是我有所了解的话，我应该不会去——即使这意味着要错过我与莱拉的约会。

第一场，一个叫汤姆的家伙走上舞台，对我们说话。我们的座位刚好在剧场中间，他似乎从一开始就将我视作关注的焦点。起初，我觉得这样很棒，这个演员似乎在对我一个人讲台词。随着戏剧的展开，我们见到了他的姐姐劳拉，她令人头痛的内向性格对我来说异常熟悉，他的母亲阿曼达，活在幻想的世界里，等待着外来的拯救者——一位绅士——来把他们从自身困境中解救出来。我感觉自己一团糟的小家在舞台上晃动，胸口的汗珠直往下淌。

第一幕接近尾声时，我听见台上我的母亲，那个阿曼达，责骂着汤姆，“自己，自己，自己，你一直只想到你自己吗？”我能看见汤姆在他的囚笼、那间公寓踱步，对他姐姐的爱把他困在那里。随着每一句台词的说出，剧场就变得更暖和。幕间休息时，我需要去喝一些水，于是莱拉和我走向大厅。

“嗯，到目前为止，你觉得这部戏怎么样？”她问道。我感觉胸口发堵，但我礼貌地笑了。“非常好，”我说，“不知道他们是怎么记住那么多台词的。我永远当不了演员。”

“不仅仅要记台词，”她说，“你难道不喜欢那种代入感，让你感同身受？”

我又喝了一口水。“让人惊叹。”我说。关于这一点我有很多话可说，但我都埋在心底。

灯熄了，第二幕马上要开演，我把手放在我们之间的扶手上，我的手掌朝上，期待她或许想要握住它——这是徒劳。戏剧中，那位外来的绅士出现了，我希望有个完美的结局。我错了，一切破灭。那位绅士早已与另一个女人订婚。舞台上爆发出一阵阵愤怒和相互指责的呼喊，劳拉退回到她的玻璃小雕像的世界，她的玻璃动物园中。

扮演汤姆的演员走到舞台前，把双排扣短呢大衣的衣领拉了拉，点起一根香烟，告诉观众他如何离开圣路易斯，把他的母亲和姐姐留在家里。我感到喉头和胸口发紧，呼吸不畅。眼泪在我的眼眶里打转。他们只是演员，我告诉自己。这只是一个人在说他记好的台词。仅此而已。汤姆为他仍然听见劳拉的声音，在香水瓶的彩色玻璃中看见她的脸而感到悲叹。他说话时，我能看见上一次我开车离开时，杰里米从前窗看着我，一动不动，没有挥手告别，他的眼神指责我，请求我不要离开。

接着舞台上的那个混蛋直视着我说道：“劳拉，我试图离开你，但是我比自己想象的更有责任心。”

眼泪止不住地从我脸上滚落。我没有抬起手把它们擦掉，那会引发关注。我任它自由下落。这时我感觉到莱拉的手温柔地裹进我的手指里。我没有看她。我不能。她也没有看我。她只是握着我的手，直到舞台上的那个男人不再说话，我胸口的痛苦减退。

十

看完戏剧后，莱拉和我往七角区域走，那是校园西岸的酒馆和餐馆中心，以一组特别容易让人混淆的十字路口命名。去那儿的路上，我跟她讲述了我的奥斯丁之行，有关我把杰里米留给我妈妈和拉里，有关杰里米背上的瘀伤和拉里鼻子上的血。我感觉我需要解释一下为什么这出戏剧让我心情不佳。

莱拉说：“你认为杰里米安全吗？”

“我不知道。”我说。但我想我知道。那就是问题所在。那就是为什么这场戏剧的最后一幕让我心烦意乱。“我离开家不对吗？”我问，“上大学不对吗？”

莱拉没有回答。

“我的意思是，我不能永远待在家里。没人能要求我那么做。我有权利过我自己的生活，不是吗？”

“你是他的哥哥，”她说，“无论喜欢与否，那都意味着要有所放弃与承担。”

这不是我想听到的回答，“那意味着我得放弃大学和生活中我想要的一切吗？”

“我们都有自己要背负的包袱，”她说，“没人能安然度过一生。”

“你说得轻松。”我说。

她停下来，用一种通常在恋人的争吵中才有的深情看着我。“我说起来并不轻松，”她说，“一点儿也不轻松。”她转过身又走了起来，十一月的寒气让她的脸颊变得红润。冷空气要来了——那将宣告严冬的到来。我们默默地走了一会儿，她挽起我的胳膊捏了下，我想她是用这种方式告诉我她想换个话题，对我来说没有问题。

我们找到了一间还有几个空桌的酒吧，音乐的分贝能够允许我们交谈。我扫视了下房间，寻找最安静的那桌，找到了一个远离噪声的卡座。我们坐下后，我小心地寻找着聊天的话题。

“你上三年级吗？”我问道。

“不，我大二。”她说。

“可你二十一了，对吧？”

“上大学之前，我休了一年学。”她说。

女服务员过来点单。我要了杯杰克尼加可乐，她点了一杯七喜。“哦，你喝烈酒，对吧？”我说。

“我不喝酒，”莱拉说，“我以前喝，但现在不喝了。”

“一个人喝酒有点怪。”

“我不是一个禁酒的人，”她说，“我不反对喝酒。这只是我的一个选择。”

女服务员把我们的饮料端上桌后，从酒吧角落里爆发出一声吼叫，那儿一桌醉鬼在互相争斗，大声说着有关足球的愚蠢言论。那位女服务员翻了翻白眼。我扭头看了一眼那群人，他们无恶意地推搡，这在喝了太多酒后总会转变成一场斗殴。门口的保镖也看着他们。我坐回我的卡座。

女服务员离开后，莱拉和我讨论起了那部戏剧，大部分时间是莱拉在说。她是田纳西·威廉斯的狂热粉丝。我一口一口地喝着酒，听着莱拉说笑。我从未见她对什么事情如此动情。她的话在空中升腾，跳起阿拉贝斯克舞，与爵士乐曲相合。我沉醉于我们的谈话中，直到莱拉话说到一半突然停了下来，她的目光紧盯着我左肩后的什么东西。不管那是什么，那让她震惊到陷入沉默。

“哦，我的天，”我身后的一个声音说道，“那是下贱的纳什。”

我转过头，看见来自喧闹那桌的一个人站在离我们的卡座几英尺的地方，他的左手拿着一瓶啤酒，啤酒随着他一起摇晃。

他用另一只手指着莱拉，用一种咆哮的声音叫她。

“下贱的纳什。我他妈真不敢相信。记得我吗？”

莱拉的脸变得苍白，她的呼吸短促。她盯着她的杯子，握杯子的手颤动着。

“啊？不记得了？也许这能帮你。”他把一只手放在他的裤裆前面，手掌朝下似乎握着一只保龄球。他前后晃动起他的臀部，皱起眉头，咬住下唇，头往回扭。“哦耶！哦耶！干了下贱的纳什。”

莱拉开始发抖——出于愤怒还是恐惧，我分辨不出来。

“我们去记忆中的那条小路走一走怎么样？”那个烂人看着我，笑道，“我不介意分享，问问她。”

莱拉起身跑出酒吧。我不知道该去追她还是给她一些空间。这时那个烂人又开口了，这次对我说道：“你最好赶上她，哥们儿。她很容易搞定。”我感觉右手紧握成了拳。我松开了。

我最初在皮德蒙特酒吧工作的时候，一个叫罗尼·甘特的保安同事教会了我一招，他称为罗尼的伺机反攻，那像一个魔术师的魔术，主要靠把别人的注意力引开来完成。我从座位上起身，看着那个烂人，放声大笑。他离我三步远。我走向他，随意地向前走，有几个人向我打招呼，我的胳膊友好地伸展开来。他也对我笑了，似乎我们在分享一个圈内的笑话。这让他丧失警惕。

走到第二步时我冲他竖了一下大拇指，跟他一起笑，我的笑容消除了他的敌意，转移了他的注意力。他比我高三四英寸，重大概四十磅，脂肪主要堆积在他隆起的肚子上。他的眼睛聚焦在我的脸上，他喝啤酒喝糊涂了的大脑只把注意力集中在我们表面的热络上。他没有看到我的右手悄悄地移动到腰部，支起肘部。走到第三步时，我侵入他的私人空间，把我的右脚直接放在他的脚间。我把左手放在那个烂人的右腋窝，从肩胛后面抓住他的衬衣，收回右手，用尽全力朝他的腹部揍了一拳。我的拳头落在了每个人胸腔下面都有的柔软鲇鱼肚子上，力道大到我能感觉他的肋骨包裹住了我的指节。气息从他的胸膛发出，他的肺像气球一样爆炸。他想要弯身，但是我用左手抓住了他的衬衣和肩胛，把他拉向我。他的双膝一屈，我能听到他的肺部寻求空气而发出的吱吱声。

罗尼的伺机反攻的关键很微妙。如果我在他下巴上打一拳，他会后退，弄出巨大声响。他桌上的同伙会一瞬间都上来攻击我。他的几个朋友已经在看着我。但是对于一个局外人来说，我看起来就像一个好心人扶一个醉鬼坐下来。我把那个烂人拉到莱拉和我之前一直坐的卡座，扑通一声放下他，刚好看到他呕吐。

他的两个朋友朝他走来。保安也注意到我了。我做出喝多了的国际手语：拇指和小指伸开模仿一个啤酒杯的把手，拇指在唇边上下挥舞。保安点点头，过来处理呕吐的醉汉。我用出汗的手擦了擦裤腿，平静而从容地走出门，仿佛我已经厌倦了这个晚上。

一到外面，我就跑了起来。那个烂人很快就会呼吸顺畅，告诉他的朋友们发生了什么。毫无疑问，他们会来追我，以一敌多，太为悬殊。我朝连接学校东西岸的华盛顿大街步行桥跑去。在我转弯之前，两个人从酒吧出来，看到了我。

我领先一个街区的距离。其中一个家伙身体健壮如进攻前锋，块头大、强壮、迟钝，像泥土一样。他的朋友速度却很快，也许在中学是个边锋或者中后卫。他可能比较麻烦。他叫喊着什么，由于风的呼啸和耳朵受损，我没听见。

我立马看出我过不了步行桥，那个边锋肯定会在那条长长的直道上抓住我。此外，莱拉现在可能在步行桥上。如果他们看见她，他们或许会认出她转而去追她。于是我朝威尔逊图书馆四周的一群大楼跑去，到达第一栋楼汉弗莱中心时，我和那个边锋之间只有几百英尺。跑的时候我有点控制，让他以为我只能跑这么快。等我转过第一个路口，我加快了步伐，围着我到达的每一栋楼打转，先是海勒大厅，接着是布雷根大厅，社会科学楼和威尔逊图书馆。我第二次经过社会科学楼时，身后再看不到那个边锋，也听不到他的脚步声。

我找到了一个停车场，躬身躲在一辆小货车后面等待，我的肺部随着氧气的吸进吐出而一缩一涨。我躺在柏油路上喘气，竭力平静下来，在卡车下面凝视着几近空无的停车场，留意着我的追捕者。十分钟过后，我看见那个边锋在一个街区外，走上了十九街，往回走向七角区和酒吧。他走后，我深吸了一口气，起身擦掉身上的泥土和砂子，往步行桥和莱拉的公寓走去，但愿她在那里等着我。

十一

接近那栋楼时，我能看见从莱拉的公寓透出暗淡的光。我在前门廊停了下来稍作镇定，在一路小跑回家后，也让自己喘喘气。然后我走上狭窄的楼梯，沿着过道走到莱拉的门前，轻轻地敲她的门。没有回应。“莱拉，”我透过门说，“是我，乔。”仍然没有回应。

我再次敲门，这次确凿地听到固定锁被扭动发出的咔嗒声。我等待着门被打开，但是它没有，于是我拉开门几英寸，看见莱拉侧坐在沙发上，背对着我，膝盖蜷缩在胸前。她换下了毛衣和裙子，穿着件灰色的运动衫和相配的运动裤。我走进她的公寓，小心地关上身后的门。

“你还好吗？”我问道。她没有回答。我走向沙发，在她身旁坐了下来，一只手放在沙发靠背上，另一只手温柔地触碰着她的肩膀。我的触碰让她微微地颤动起来。

“记得，”她说，她的声音颤抖细弱，“我告诉过你我在上大学之前休了一年学？”她深吸了一口气试图平静下来再继续，“我经历了一段艰难的时光。在高中发生了一些事，一些我不能引以为傲的事情。”

“你不必——”

“在高中，我有点……放纵。我常常在派对上喝醉然后做蠢事。真希望我可以告诉你那是因为我碰到了一群坏蛋，但那不是事实。起初是像在桌上跳舞和坐在某人大腿上这种傻事。你知道的——打情骂俏。我猜我喜欢他们看我的那种眼神。”她停下来，鼓起勇气，吸了口气，颤抖着说道，“之后……不只是打情骂俏。读高三时，我把童贞献给了一个说我漂亮的家伙。他告诉每个人我水性杨花。再然后有更多的人，更多的故事。”

她的颤动变为不能控制的发抖。我搂住她，把她拉进我的怀抱。她没有反抗，把她的脸埋进我的袖子，痛哭起来。我的脸颊抵着她的头发，我抱着她。过了一会儿那阵颤动消退，她又深吸了一口气。

“我读四年级时，他们开始叫我下贱的纳什。不是当面叫，但我听到了。可悲的是……这并没有让我消停下来。我还是去参加派对，喝醉，最后上了某人的床，或者在某辆狗屎车的后座上。完事后，他们会把我踢到路边。”她揉擦着胳膊，像杰里米心烦时摩擦指节一样揉捏着。她再次停下来让自己颤抖的声音平静下来，继续说道：

“毕业典礼的那天晚上，我在一个派对上受到了伤害。有人在我喝的东西里下了药。第二天早上我在车的后座醒来，那是一块豆田的中央。我什么也不记得。一点儿也不记得。我很疼。我知道我被强暴了，但我不知道是谁干的，也不知道当时有几个人。警察在我的身体里找到了一种叫罗眠乐的药。这是一种迷奸药。它让你没法回击，并且消除你的记忆。其他人也不记得任何事。派对上没人能说出我是怎么离开，又跟谁在一起。我说我被强奸时，他们并不相信我。”

“一个星期后，有人通过一个伪造的电子邮箱给我发来了一张照片。”莱拉又开始颤动，呼吸变得短促，紧握住我的胳膊似乎要让自己不再晃动，“那张照片是我和两个男人……他们的影像被弄乱了……

他们……他们……”她控制不住地哭起来。

我想说点什么来带走她的伤痛，可我知道我没法完成这个任务。“你不必再说了，”我说，“这对我来说并不重要。”

她用袖子擦了擦眼泪，说：“我得给你看点东西。”她紧张地伸出手，拉下运动衫过大的衣领，露出六个细疤——剃须刀片划的直条纹——穿过她的肩头。她用手指拂过那些伤疤让我注意。接着她低下头埋进沙发靠背，似乎要尽可能地远离我。“上大学之前我休了一年……那段时间我在进行心理治疗。看，乔，”她说，嘴唇向上抽搐，挤出一个可怕的笑容，“我有问题。”

她的头发拂过我脸庞，让我有点痒，我用一只胳膊搂住她的腰，另一只胳膊放在她蜷缩的膝盖下，把她从沙发上抱起来。我把她抱到卧室，放在床上，卷起一条保暖围巾盖在她的肩上，弯腰吻了一下她的脸颊，她微微绽放一丝笑容。

“我不害怕问题。”我说，希望这句话使她平静下来，然后起身离开——虽然我非常不情愿离开。这时我听见她用我几乎听不到的声音说：“我不想一个人待着。”

我没有流露出惊讶的神色，犹豫了一小会儿，走到床的另一边。我脱掉鞋，躺在床上，温柔地搂住莱拉。她紧握住我的手，把我的手拉到她的胸前，就像她握着的是一只泰迪熊。我躺在她身边，呼吸着她的香气，体会着透过我的手指传来的她微弱的心跳，环抱住她。虽然我出现在她的床上是因为她的痛苦和悲伤，这仍然给我一种奇怪的幸福感，一种归属感，一种我从未有过的感觉，这种感觉如此强烈以至近乎痛苦。我陶醉于这种感觉直到进入梦乡。

十二

第二天一早，我醒来了，听见从莱拉的浴室里传来电吹风的嗡嗡声。我还在她的床上，还穿着我的卡其裤和衬衣，还是不确定我们之间是什么情况。我坐起来，核查了下嘴角的口水，爬下床，循着煮咖啡的香味走去。到达她的厨房前，我在一个海报框前停了下来察看我的形象。几绺头发从我头上向四面八方伸出，就像我被一个喝醉的小母牛舐过。我从厨房水龙头上弄了点水抹在头上让头发服帖一点，这时莱拉刚好从浴室出来。

“抱歉，”她说，“我吵醒你了吧？”她换上了另一套宽大套衫和一条丝质粉红睡裤。

“哪儿的话，”我说，“你睡得好吗？”

“我睡得很好。”她说。她走向我，手放在我的脸颊上，踮起脚，吻了我的唇，柔和、缓慢、温暖的吻，温柔得让人痛心。过后，她缓缓地后退几步，看着我的眼睛，说：“谢谢。”

在我说话之前，她转身去碗橱边，随意取出两个咖啡杯。她递给我一个，用手指转动着另一个杯子，我们一同等待着咖啡机完成它的魔术。她能看出她的亲吻仍然存留在我的唇上，她手指碰过我脸颊的地方绯红，她皮肤的香味像万有引力一样将我拉向她吗？她似乎并没有受到让我不能动弹的这股电流的影响。

咖啡机丁当作响，煮好了，我倒满我们的杯子，先倒她的，然后倒我的。“早餐吃什么？”我说。

“啊，早餐，”她说，“在这儿，莱拉家里我们有一份精美的早餐菜单。今日的特别推荐是脆谷乐。或者我可以让厨师马上来一份家乐氏麦片。”

“什么，没有煎饼？”我问道。

“如果你想要牛奶脆谷乐，你得去店里买点。”

“你有鸡蛋吗？”我问。

“有几个，但是没有相配的咸肉和香肠。”

“把鸡蛋拿过来，”我说，“我来做几个煎饼。”

莱拉从冰箱拿出鸡蛋，跟随我来到我的公寓。我从碗橱里拿出搅拌碗和原料，她走向咖啡桌，卡尔·艾弗森的作业成排摆放在那里。

“那么，我们要追踪的下一个人是谁？”莱拉说着翻阅起文件，并没有特别寻找什么。

“我们可以追踪那个坏人。”我说。

“那是谁？”

“我不知道。”我说着测量好煎饼粉倒进碗里。

“看这些材料时，我头疼。”

“嗯，我们知道克丽斯特尔的死亡时间是在她跟安迪·费希尔离开学校之后和消防队到达那里之间。我们知道那几篇日记有关一辆被偷的车，而不是卡尔在小巷看见克丽斯特尔和安迪·费希尔。因此，胁迫克丽斯特尔的人肯定知道他们撞了 GTO。”

“那就是一个很短的名单。”

“安迪知道，当然。”她说。

“对,但是他不会告诉我们他是否就是日记里提到的那个人。此外，那本日记显示其他人知道。”

“爸爸道格拉斯经营那间车行，”她说，“也许他并不相信整个偷车的骗局。”

“也可能安迪对别人吹嘘，也许无意中说出是他和克丽斯特尔撞上了那辆警车。我的意思是如果我做了件那样的事，我会忍不住告诉我的朋友。他是学校里的人物。”

“不，我不相信这么巧。”

“是啊，我也不相信。”我说。

“这堆材料里肯定有指明真相的东西。”

“这里。”我说。

“这里？”她俯身向前。

“没错。我们只需要破解代码。”

“很好笑。”她说。

一阵敲门声打断了我们的谈话，我调低了烤煎饼的温度。我的第一个念头是前一晚的那个烂人，或者他的一个朋友，找到了我。我从厨房抽屉拿出一只手电筒。我右手拿着手电筒，在门后站定，给出六英寸的回旋余地。莱拉看着我，仿佛我失去了理智。我没有告诉她我打了酒吧里那个家伙，以及那两个人追我的事。我打开门发现杰里米在过道里。

“嘿，老弟，怎么……”我把门开得更大，看见我妈妈在旁边。“妈妈？”

“嗨，乔。”她说着，轻轻地把杰里米推进门。

“我需要你照看杰里米几天。”她稍稍移动了一下，似乎要转身离开，但是看见莱拉穿着睡裤坐在我沙发上时，她停了下来。

“妈妈！你不能就这样——”

“现在我明白了，”她说，“我知道发生什么事了。”莱拉起身来迎接我母亲。“你在这里跟这个小美女同居，让你弟弟和我自生自灭。”莱拉退回沙发上。我抓住我母亲，她现在已经走进我的公寓，我把她拉回过道，关上身后的门。

“你在干什么？”我开口道。

“我是你的母亲。”

“那你也没有权利侮辱我的朋友。”

“朋友？现在你们都是这么称呼的吗？”

“她住在隔壁……我不需要向你解释。”

“很好，”她耸耸肩，“你想做什么就做什么，不过我需要你照看一下杰里米。”

“你不能就这样把他扔在这里。他不是一只你能到处扔的旧鞋。”

“那就是你不接我电话的后果。”她说着，转身离开。

“你要去哪里？”

“我们要去金银岛赌场。”她说。

“我们？”

她迟疑了，“拉里和我。”我还来不及责骂她还跟那个浑蛋在一起，她就下楼梯了。“我星期六回来。”她回过头叫喊道。我深吸了一口气让自己平静下来，然后微笑着走回公寓——为了杰里米。

我给我们三人做好煎饼，在起居室吃。我给他们端上早饭时，莱拉跟杰里米开玩笑，说我是管家吉夫斯[1]。虽然想到我母亲没有任何预兆地就把杰里米扔在这里让我恼火，但我不能否认他在这里跟莱拉和我坐在一起，给我们带来的乐趣，尤其看了那场让人内疚的戏剧之后。每当人们告诉我他们想家时，我过去常常翻白眼表示不屑。想念我母亲的阴冷公寓的念头跟为了好玩用脚踝敲钉子一样无法理解。但是那个早上，看着杰里米跟莱拉一起笑，叫我吉夫斯，吃着我做的煎饼，我意识到我在很大程度上是想家的，不是想念公寓，而是想念我弟弟。

吃完早饭后，莱拉去她的公寓拿来她的笔记本电脑做家庭作业。我没有 DVD，甚至没有跳棋棋盘，于是杰里米和我用一副改动过的扑克牌玩“钓鱼”，我们坐在沙发上，拿我们之间的坐垫当桌面。

在某一时刻，莱拉以一个钢琴演奏家的速度轻敲着她的电脑。杰里米不再玩牌，看着她，似乎被按键的快速跳动迷住了。过了几分钟，莱拉从她的键盘抬起头来，不再敲击。

“也许我认为你是一个好打字员，莱拉。”他说。

莱拉对杰里米笑道：“哦，谢谢你。你真贴心。你知道怎么打字吗？”

“也许我跟沃纳先生上过键盘输入课程。”杰里米说。

“你喜欢打字吗？”她问道。

“我觉得沃纳先生很有趣，”杰里米笑容满面，“也许沃纳先生让我打过‘那只敏捷的棕色狐狸跃过那条懒狗’[2]。”杰里米笑了，莱拉也笑了，我也笑了起来。

[1] 吉夫斯：美国作家佩勒姆·G. 伍德豪斯所著小说中的人物，现用来指理想的男仆。

[2] 那只敏捷的棕色狐狸跃过那条懒狗：the quick brown fox jumps over the lazy dog. 这是包含 26 个英文字母的最短句子。

“没错，”莱拉说，“那是你必须要打的。那只敏捷的棕色狐狸跃过那条懒狗。”莱拉说出这句话时，杰里米笑得更起劲了。

莱拉继续在她的电脑上做作业，杰里米回来继续玩我们的“钓鱼”游戏，一次又一次要同一张牌直到我抽出来。接着他会换到下一张牌，做同样的事情。

过了几分钟，莱拉不再打字，她的头快速摆动，仿佛她被一只虫子咬了或者突然有所顿悟。“这句话里包含字母表里的每个字母。”

“什么里包含什么？”我说。

“那只敏捷的棕色狐狸跃过那条懒狗。他们在键盘输入课里用这句话，因为它包含字母表里的每个字母。”

“是吗？”我说。

“克丽斯特尔·哈根在1980年9月开始使用代码……中学一年级……她当时和安迪·费希尔在上打字班。”

“你不是认为……”我说。

莱拉拿出一个笔记本，写下那句话，划掉第二次出现的字母。接着她在每个字母下面写上一个数字。

T	H	E		Q	U	I	C	K		B	R	O	W	N		F	x	X
1	2	3		4	5	6	7	8		9	10	11	12	13		14		15

J	x	M	P	S		x	V	x	x		x	x	x		L	A	Z	Y		D	x	G
16		17	18	19			0								21	22	23	24		25		26

我找出克丽斯特尔的日记，把我看到的第一页有代码的日记递给

莱拉，9 月 28 日的日记。莱拉用字母代替那些数字。D-J-F-O……我耸了耸肩；又一个死胡同……U-N-D-M……我坐直了些，起码看出了一个完整的词……Y-G-L-A-S-S-E-S。

“DJ 找到了我的眼镜（DJ found my glasses）！”她喊道，把她的笔记塞给我。“这句话说 DJ 找到了我的眼镜。我们破解了——杰里米破解了。杰里米，你破解了代码。”她跳了起来，抓住杰里米的手，把他从沙发边拉起来。“你破解了代码，杰里米！”她上蹿下跳，杰里米也上蹿下跳起来，笑着，不知道他为什么兴奋。

“谁是 DJ？”我说。

莱拉不再跳了，我们同时把手伸进卷宗箱，抽出庭审记录。她抓着道格拉斯·洛克伍德的证词，我抓着丹尼的证词。在每个证人证词的开始，他们被要求给出他们的全名，出生日期，姓的拼写。我狂乱地翻阅着证词，直到找到丹尼的直接讯问。

“丹尼尔·威廉·洛克伍德（Daniel William Lockwood），”我读道，合上我的庭审记录，看着莱拉，“他的中间名是威廉。不是丹尼。”我说。

“道格拉斯·约瑟夫·洛克伍德（Douglas Joseph Lockwood）。”她说，她笑容满面，难以抑制自己的兴奋。我们看着彼此，试图理解我们刚刚得知的事情的重大性。克丽斯特尔·哈根继父的姓名的大写字母是 DJ。DJ 就是找到克丽斯特尔·哈根眼镜的人。找到克丽斯特尔眼镜的人强迫她发生性关系。强迫她发生性关系的人就是杀害她的人。这是简单推论就能得到的事实。我们找到了凶手。

第四部

暴风雪中的绑架

一

由于要照看杰里米，莱拉和我一直等到星期一才把我们获取的信息向警方汇报。在这个期间，我们三人庆祝了我们的小型感恩节，品尝了土豆泥、蔓越莓、南瓜派和考尼什雏鸡肉，我们告诉杰里米那是小火鸡。这大概是他和我度过的最棒的感恩节了。到星期天晚上，我妈妈在赌场花光了钱过来接杰里米。我能看出他不想走。他坐在我的沙发上，不理睬我母亲，直到她最后厉声命令他起身。他们走后，莱拉和我整理了我第二天放学后要带到警局的日记和庭审记录页。我们极为兴奋，简直按捺不住。

明尼阿波利斯警察局凶杀重案组在市政厅有一间办公室，那是市中心的一栋像城堡一般的旧建筑。装饰华丽的拱道给大楼入口带来一种古典的理查森式建筑风格，在过道风格一变，更让人想起罗马浴场而不是古罗马式建筑。墙壁上镶嵌着五英尺高的大理石板，上面有人给灰泥涂上了融合了紫红的如番茄汤的颜色。过道有一个街区长，左转，又是半个街区左右的长度，然后是 108 房间，凶杀重案组办公室。

莱拉和我把我们的名字报给坐在防弹玻璃后面的接待员，然后我们坐下来等待。过了约莫二十分钟，一个男人进入等待区，右臀上别着一只 9 毫米口径的格劳克手枪，左边的腰带上别着徽章。他很高，胸膛和二头肌厚实，仿佛他在监狱院子里举重。不过他有一双深情的眼睛，这缓和了他强壮的外表，声音柔和，比我想象中要柔和一点。只有莱拉和我在等候区。“乔？莱拉？”他问道，伸出他的手。

我们挨个握了他的手。“你好，长官。”我说。

“我是麦克斯·鲁珀特探长，”他说，“我听说你们有一起凶杀案的情报。”

“是的，先生，”我说，“有关克丽斯特尔·哈根的凶杀案。”

鲁珀特探长移开目光，似乎在读取他脑中一个名单上的姓名：“对这个名字没有印象。”

“她是在 1980 年被杀的。”莱拉说。

鲁珀特努力眨了几下眼，微微偏着头，就像一只狗听到了不同寻常的声音：“你是说 1980 年？”

“我知道你也许认为我们两个是疯子，但请给我们两分钟时间。如果两分钟以后你认为我们满嘴胡言乱语，我们就离开。如果我们说的有道理，即便有一点讲得通，那么或许有一个谋杀犯仍然逍遥法外。”

鲁珀特看了下表，叹了口气，挥了挥手，示意我们跟他走。我们走进一间满是隔间的房间，进入一个只有一张简单的金属桌和四张木凳的地方。莱拉和我坐在桌子的一边，打开我们用红绳系好的文件夹。

“两分钟，”鲁珀特说着指指他的表，“说吧。”

“嗯……唔，”我没想到他当真只给我两分钟，这让我一开始就紧张不安，我整理好思绪，说道，“1980 年 10 月，一个叫克丽斯特尔·哈根的十四岁女孩被强奸和谋杀。她的尸体在她隔壁邻居卡尔·艾弗森的工具棚里被焚烧，卡尔·艾弗森被宣判为杀害她的凶手。有一项关键证据是一本日记。”我指着那个红绳文件夹，莱拉把日记拿出来。

“这是克丽斯特尔的日记。”莱拉说着，把手放在页面中，“检察官利用日记中的一些段落来表明卡尔·艾弗森盯她的梢并且强迫她与他发生性关系。他用这几则日记来给艾弗森定罪。但是这本日记里有几行是代码。”莱拉打开日记，翻到第一则代码信息。

“这个你们是从哪里弄来的？”鲁珀特拿起日记翻阅起来。“看见这些数字没？”他指向每页底端印着的一个数字。“这些是贝茨编号。”他说，“这是案件的证据。”

“我们正要告诉你，”我说，“我们是从艾弗森的律师那里拿到的。它们来自庭审。”

“看这个代码，”莱拉说着把有代码的那几页给鲁珀特看，“1980年9月，克丽斯特尔开始用代码写日记。不多，只是偶尔。他们没有破译代码就进行了审判。”鲁珀特看了下日记，停留在有代码的日记页面上。“好的……然后呢？”他说。

“然后，”我看着莱拉，“我们破译了代码。实际上，她破译了代码。”我指着莱拉，她从文件夹拿出一页纸，上面列了所有有代码的日记，后面是破译后的文本。她利索地把那张纸放在鲁珀特探长前面。

9月21日

今天是可怕的一天——7，22，13，1，14，6，13，25，17，24，26，21，22，19，19，3，19。我要疯了。这真是十分十分糟糕。

↓

9月21日

今天是可怕的一天——找不到我的眼镜。我要疯了。这真是十分十分糟糕。

9月28日

25，16，14，11，5，13，25，17，24，26，21，22，19，19，3，19。如果我不满足他的要求，他会告诉所有人。他会毁了我的生活。

↓

9月28日

DJ找到了我的眼镜。如果我不满足他的要求，他会告诉所有人。他会毁了我的生活。

9月30日

6，25，6，25，25，16，12，6，1，2，17，24，2，22，13，25。我恨他。我心烦意乱。

↓

9月30日

我跟DJ手交了。我恨他。我心烦意乱。

10月8日

25，16，12，11，13，1，26，6，20，3，17，3，17，24，26，21，22，19，19，3，19，9，22，7，8。他一直威胁我。2，3，12，22，13，1，19，17，3，1，11，5，19，3，17，24，17，11，5，1，2。

↓

10月8日

DJ 不把眼镜还给我：他一直威胁我。他想我为他口交。

10月9日

6，26，22，20，3，25，16，12，2，22，1，2，3，12，22，13，1，3，25。他强迫我。我想自杀。我想杀了他。

↓

10月9日

我满足了 DJ 的要求。他强迫我。我想自杀。我想杀了他。

10月17日

25，16，17，22，25，3，17，3，25，11，6，1，22，26，22，6，13，2，3，12，22，19，10，11，5，26，2，6，1，2，5，10，1。

↓

10月17日

DJ 又强迫我做了一次。他十分粗暴。很疼。

10月29日

6，1，19，10，22，18，3，25，16，19，10，22，18，6，13，26，17，3。泰特太太这么说。她说年龄差距意味着他一定会进监狱。到此为止。我很高兴。

↓

10 月 29 日

这是强奸。DJ 强奸我。泰特太太这么说。她说年龄差距意味着他一定会进监狱。到此为止。我很高兴。

“丢失的眼镜是怎么回事？”鲁珀特问道。

我把我们跟安迪·费希尔的谈话告诉他，有关他跟克丽斯特尔怎么偷了那辆车，怎么出的事，又怎么留下了克丽斯特尔眼镜的镜片这个证据。“瞧，”我说，“找到眼镜的人肯定知道车被偷和镜片的事情。他知道他握有她的把柄，可以强迫她……你知道的，服从。”

鲁珀特靠在他的椅子上，抬头看着天花板，“这么说这个叫卡尔的家伙被判刑，部分依据这本日记？”

“没错，”我说，“检察官告诉陪审团艾弗森抓到克丽斯特尔在做爱，以此威胁克丽斯特尔与他发生性关系。”

莱拉补充道：“不破解代码，就没有办法确切地知道谁强奸了她。”

“你们知道谁是 DJ 吗？”他问道。

“女孩的继父，”莱拉说，“他的名字是道格拉斯·约瑟夫·洛克伍德。”

“你们认为是他，就因为他的名字是道格拉斯·约瑟夫？”鲁珀特说。

“这个，”我说，“以及他是那家车行的车主，克丽斯特尔从车行偷的车，因此他肯定知道镜片的事情。调查盗窃事件的警察来车行时肯定提到了这一点。”

“我们还有这些照片。”莱拉说着拿出表明百叶窗关着的照片，以及表明有人从窗口窥视的第二张照片，那时应该没人在房子里。

鲁珀特仔细察看这两张照片，从抽屉里拿出一个放大镜细看。接着他把照片放在桌子上，双手十指交叉，敲着手指说道：“你们知道艾弗森在哪个监狱吗？”

“他不在监狱，”我说，“他得了癌症快死了，他们假释他去了里奇菲尔德的一家养老院。”

“那么你们不是想把这个家伙弄出监狱？”

“鲁珀特先生，”我说，“卡尔·艾弗森活不过几个星期了。我想在他死之前洗清他的罪名。”

“事情没有这么简单，”鲁珀特说，“我不认识你。我不了解这个案子。你带着一本日记和代码的故事进来，想要我赦免艾弗森的罪行。我不是教皇。有人要从地下室找出卷宗，仔细搜查，证实你说的是否是事实。即使是事实，谁又能确定这个 DJ 就是你说的那个人。我不知道有没有其他证据。也许这本日记无关紧要。也许这张照片有一个合理的解释。你在要求我重新调查一个三十年前的案子，那个家伙已经由陪审团排除了合理怀疑后定罪。不仅如此，这个家伙不在监狱了。他在一家养老院。”

“可如果我们是对的，”我说，“三十年前有一个谋杀犯在逃。”

“你读报吗？”鲁珀特问道，“你知道今年我们处理了多少起凶杀案吗？”

我摇了摇头。

“迄今为止我们处理了三十七件，今年三十七件凶杀案。去年我们处理了十九件。我们没有足够的人力去侦破三十天前发生的谋杀案，更不用说三十年前。”

“但是我们已经破解了这个案子，”我说，“你只需要核实一下。”

“没有那么容易。”鲁珀特开始把文件堆叠起来，似乎在示意我们的会谈结束了，“证据要足够有力到说服我的上司重新审理此案。然后我的上司必须让县检察官认识到他们三十年前错判了一个人。之后，你们必须进法院说服法官重新审判还他清白。现在你们说这个艾弗森只有几个星期的寿命了。即便我相信你们——我没有说我相信——也没有办法在他死之前还他清白。”

我简直没法相信我的耳朵。破解代码时莱拉和我异常激动。真相从纸页上跳了下来对我们叫喊。我们知道卡尔是无辜的。我怀疑鲁珀特探长也知道这一点，这让他的“我们太忙了”的理由难以被人接受。我十分熟悉卡尔的卷宗，知道在认为卡尔有罪时他们投入了大量资源。而现在——现在我们可以证明他是无辜的——整个系统却荒废了。这似乎不公平。鲁珀特把那叠文件还给我。

“这不对，”我说，“我不是个疯子，我不是在谷物碗里看到了一个幽灵或者跟一只狗说过话，跑过来告诉你他是无辜的。我们带来了证据。而你不会采取任何措施——因为你们人手不足？简直是胡说八道。”

“现在，等一下——”

“不，你等一下，”我说，“如果你认为我满口废话，撵我出去，我会理解。但是你不调查一下就是因为工作太多？”

“我没有那么说——”

“那么你要调查一下？”

鲁珀特抬起一只手示意我不再说话，他凝视着我前面的文件夹。接着他放下手，靠在桌子上。“这么办，”他说，“我有个朋友在无罪项目工作。”鲁珀特伸进口袋，拿出一张他的名片，在后面写了一个名字。

“他叫包迪·桑登,是哈姆林法学院的法律教授。”鲁珀特把名片递给我。“我会从仓库找出旧卷宗，假设它还在那里的话，你联系包迪。也许他能帮忙。我这边我会尽我所能，但是不要抱太大希望。如果你说的这个人是无辜的，包迪能帮忙拿到重回法庭的证据。”

我看着那张名片，一边有鲁珀特的名字，另一边写着桑登教授的名字。“让包迪给我打电话,”鲁珀特说，“我能告诉他卷宗里有什么，如果有的话。”

莱拉和我起身准备离开。

“乔,”鲁珀特说,“如果这是白费心机，我会找你。我不喜欢被戏弄。明白吗？”

“明白。”我说。

二

卡尔没想到那天我会去拜访他。

跟鲁珀特探长会面后，我把莱拉送回公寓，然后开车去希尔维尤告诉卡尔这个好消息。我本来以为会在窗边找到坐在轮椅上的卡尔，但是他不在。一整天他都没有下床，他没法下床，癌症让他虚弱到需要通过管子输入氧气和食物。

起初洛格伦不愿意让我见卡尔，但是我把我们取得的进展告诉她后，她心软了。我甚至给她看了有代码的那几篇日记和破译后的版本。我向她解释卡尔是无辜的，她变得悲伤。“恐怕我不是一个好基督徒。”她说。

她让珍妮特去看看卡尔的情况，看他是否愿意接待我。一分钟后，她们领我去了他的门口。卡尔的房间里有一张床、一个茶几、一把木椅、一个带嵌入式梳妆台的壁橱、一扇看不到风景的小窗。青苔色的墙壁没有任何装饰，除了一张有关保持清洁的指示布告。卡尔躺在床上，一根塑料管往他的鼻子里输送氧气，另一根塑料管扎在胳膊上输入维持他生命的营养物质。

“抱歉打扰你，”我说，“不过我找到了些你应该看看的东西。”

“乔，”他说，“见到你很高兴。今天要下雪吗？”

“我不这么认为。”我说，看着窗外蓬乱的紫丁香丛枯萎的树枝，它们遮住了他的视线，“我今天去见了一位探长。”

“希望能下雪，”他说，“在我死之前下一场大雪。”

“我知道谁杀死了克丽斯特尔·哈根。”我说。

卡尔不再说话，看着我，似乎他要转换他的思绪。“我不明白。”他说。

“记得那本日记吗？检察官用来证明你有罪的那本日记？”

“哦，是的，”他说，露出惆怅的笑容，“那本日记。我总是想起她是那么甜美的一个女孩，在后院练习她的啦啦队动作。她一直认为我是个性变态——一个儿童性骚扰者。是的，我记得那本日记。”

“你记得日记里有些行里有数字吗？代码？我破解了——嗯，我们破解了代码——我弟弟，我，还有那个叫莱拉的女孩。”

“啊，”卡尔笑了，“你们真聪明！代码说了些什么？”

“她说的全是被胁迫发生性关系，受到威胁，她根本没有说到你。她说的是一个叫 DJ 的人。”

“DJ？”他说。

“道格拉斯·约瑟夫·洛克伍德。”我说，“她说的是她的继父，不是你。”

“她的继父，可怜的女孩。”

“如果我能让警察重新审理这个案子，我能证明你无罪。”我说，“如果他们不调查发生了什么——我将亲自调查。”

卡尔叹了口气，头更深地陷入枕头里，注意力转回那扇小窗和枯萎的紫丁香丛。“别那么做，”他说，“我不希望你因为我而冒险，此外，我一直知道我没有杀她。现在你知道了，对我来说，已经足够了。”

他的回应让我颇感意外。我不相信他竟然如此平静，换作是我，我会穿着睡裤哀号跳跃。“难道你不想让别人知道你没有杀她？”我说，“澄清你的罪名？让所有人知道检察官把你送进监狱是错误的？”

他温和地笑了笑。“记得我告诉过你我的生命以小时计算？”他说，“我应该拿出多少小时为三十年前的事情烦恼？”

“但是你为没有犯过的罪一直囚禁在监狱里，”我说，“这错得很离谱。”

卡尔转向我，淡白的舌头舔着干裂的嘴唇，凝视着我，“我不后悔被逮捕，被送进监狱。如果那天晚上他们没有逮捕我，我今天就不会在这里。”

“你这么说是什么意思？”我问道。

“你知道克丽斯特尔被杀的那天我买了把枪。我买那把枪是要用在我自己身上的，不是用在那个可怜的女孩身上。”

“你自己身上？”

他的声音变得微弱，清了清嗓子，继续说道，“那天晚上我没打算喝醉。那是个意外。我两三次将枪举起来对着我的太阳穴，但是没有勇气扣动扳机。我从碗柜拿出了一瓶威士忌。我只想喝一点再开枪——只抿一小口来给我一些勇气。但我喝得太多了。我猜我需要更多的勇气。我醉倒了。我醒来时，两个高大的警察正把我拖出家门。要不是他们逮捕了我，我就会完成那件事情。”

“你在越南没有自杀，因为你不想进地狱。记得吗？”

“到我买那把枪的时候，上帝和我已经说不上话。我已经在地狱。我不在乎了。没有关系。我不能忍受我做过的事情。我没有颜面再多活一天。”

“就因为你在越南没有救那个女孩？”

卡尔转过头，我能看见他胸腔的呼吸变得急促。他再次用干燥的舌头舔他的嘴唇，停下来整理思绪，然后说：“那不是全部。当然，事情是从那里开始的，但那不是故事的结束。”

我一句话也没有说，默默地注视他，等待他解释。他请我给他倒点水，我倒了。他润了润唇。

“我要告诉你一些事情，”他说，声音柔和而冷静，“这些事情我没有告诉任何人，连维吉尔也不知道。我告诉你这些，因为我承诺过我会对你坦诚相告。我说过我不会隐瞒任何事情。”他的头靠在枕头上，眼睛盯着天花板。扭曲而可怕的回忆引起的痛苦划过他的脸。某种程度上我想要他免除这种痛苦——告诉他可以保守秘密——但是我不能。我想听。我需要听。

他振作精神继续说：“维吉尔和我都中枪的那场战斗之后，他们送维吉尔回了家，我在岘港休养了一个月后，被送回我的分队。有维吉尔和塔特在时，越南还可以忍受，但是没有他们，我想不出一个词来形容我有多么消沉。就在那时，我想着事情不会变得更糟糕，可是事情就到了那个地步。”

他的记忆再次回到越南，眼睛失去了焦距：“1968 年 7 月，我们执行一次常规的搜捕与捣毁任务，搜查某个不知名的村子，寻找食物和军火：跟往常一样。那天热得要死，达到人所能忍受的炎热的极限，还有跟蜻蜓一般大的蚊子来吸你的血。让你纳闷怎么会有人住在这么个破地方，到底为什么有人会为这个地方打仗。我们在搜查这个村子时，我看到一个女孩从一条小路上跑下来进了一间小屋，吉布斯看着她，跟随她，一个人朝那个方向走。牛轭事件又要重演了。”

卡尔又喝了口水，嘴唇发抖，继续说:“那一刻，我身边的战争似乎消失了。所有的大话，呼喊、炎热、正义与邪恶——全消融了，只剩下我和吉布斯。对我来说唯一要紧的事是阻止吉布斯。我不能让牛轭事件再次发生。我走向小屋，吉布斯脱下了裤子。他把那个女孩打得血淋淋的，用一把刀比着她的喉咙。不知怎么回事，我拿起来复枪对着他。他看着我,把烟草唾沫吐在我的靴子上,说他马上就来收拾我。我告诉他停下来，他没有。‘有本事就开枪，你他妈的胆小鬼，’他对我说，‘开枪啊，他们会立马枪毙你。’”

“他说得对。我准备死在越南——当然——不是那样子死去。当我放下来复枪，吉布斯嘲笑我，直到他看见我拔出刀。我刺他的时候，他的眼睛睁得跟鸡蛋一样大，我刺穿了他的心脏，看着他在我手中流血而死。他看上去非常吃惊，难以相信。”卡尔的声音平稳、冷静，像一架飞机从风暴中摆脱，“你看，乔，我谋杀了吉布斯中士，残忍地杀害了他。”

我不知道该说什么。卡尔不再说话。他的故事结束了。他告诉了我真相。随后的沉默压迫着我的胸口，直到我感觉我的心跳要停止，但是我等待卡尔继续说下去。

“我帮那个女孩穿好衣服，把她推出门，告诉她跑——快点溜——进丛林中。我等了一会儿，朝空中开了几枪叫来骑兵部队。我告诉他们我看到有人跑向丛林。”他再次停顿下来，看着我，“你看，乔，终究我是一个谋杀者。”

“但是你救了那个女孩的命。”我说。

“我没有权利杀死吉布斯，”卡尔说，“他在美国有妻子和两个孩子，我谋杀了他。我在越南杀了很多人……很多，但他们是士兵，他们是敌人。那是我应做的工作。我谋杀了吉布斯，在我看来，我还谋杀了牛轭的那个女孩。我没有拿刀割她的喉咙，但我一样杀了她。他们为克丽斯特尔·哈根被谋杀逮捕我时……呃，在内心我认为还债的时候到了。进监狱之前，每天晚上入睡我都看见那个可怜的越南女孩的脸，看见她晃动手指请求我去她身边，去救她。不管我喝了多少威士忌，我永远不能让那段记忆暗淡下去。”卡尔合上眼睛，摇了摇头，“老天，我喝得多么醉啊。我只想停止那种痛苦。”

卡尔说话时，脸上渐渐失去活力，他的话语散落，从他的唇边磨损出来。他又喝了一口水，呼吸不再颤抖才说：“我以为去监狱后，我或许能压制我的那些鬼魂——埋葬掉那部分的我，埋葬掉我在越南做过的那些事情。但是到头来，没有足够深的洞。”他抬头看着我，“不管你多么努力，有些事情你总是没法回避。”

他的眼神告诉我他能看到我的愧疚枷锁。沉默环绕在我周围，我在椅子上不安地动来动去。卡尔闭上双眼，抓住他的肚子，疼得龇牙咧嘴。“老天，这讨厌的癌症让人狗娘养地疼。”

“要我叫人吗？”我问。

“不，”他说，咬牙切齿地说，“过去了。”

卡尔把双手扭成一团，一动不动地躺着，直到他的呼吸恢复到平静、微弱但有规律的节奏。“你想知道真正的逆转吗？”他说。

“当然。”我说。

“花了那么多时间想死，尝试去死，而监狱让我想活下去。”

“你喜欢监狱？”我说。

“当然不，”他在疼痛中笑出声来，“没人喜欢监狱。但我开始读书、思考，试图理解我自己和我的人生。然后一天，我躺在铺位上，琢磨帕斯卡赌注。”

“帕斯卡赌注？”

“这个叫布莱兹·帕斯卡的哲学家说如果你可以选择信上帝或不信上帝，最好信。因为如果你信上帝而你错了——呃，什么事情都不会发生。你死后进入宇宙的虚空。但是如果你不信上帝而你错了，那么你将永远待在地狱，至少依据某些家伙来说是这样。”

“算不上信教的理由。”我说。

“根本算不上，”他说，“我周围有成百上千人等待着他们生命的结束，等待着死后更好的世界。我也一样。我想相信在彼岸有更好的东西。我在监狱里消磨着时间，等待着那个渡口。就在那时我脑子里闪出了帕斯卡赌注，出现了一点小转折。要是我错了呢？要是没有彼岸？要是，在万古的时间长河里，我只有这唯一一次生命，我应该如何度过？明白我的意思吗？如果这就是全部？”

“呃，我猜会有不少牧师死后感到失望。”我说。

卡尔咯咯发笑。“呃，没错，”他说，“但那也意味着这里就是我们的天堂。每天我们身边都上演着生命的奇迹，我们将那些不可理解的奇迹视为理所当然。就在那天我决定要活出精彩——而不是简单地活着。如果我死后发现天堂在彼岸，嗯，那很好。但是如果我不像已经置身天堂那样度过我的生命，死后发现只有虚无，呃——我就浪费了我的生命。浪费了历史长河中我唯一的一次生存机会。”

卡尔迷迷糊糊地出神，凝视着外面一根光秃秃的树枝上飞来飞去的山雀。我们注视着那只鸟好几分钟，直到它飞走。卡尔的注意力又转回到我身上。“抱歉，”卡尔说，“一想到过去我就有点偏哲学。”

他再次去抓肚子,发出痛苦的轻微叫声。他紧闭上眼睛,咬紧牙关。痛苦没有过去，反倒愈演愈烈。他以前也经历过一次次阵痛，但我从没见过像这次这么严重。我等了几秒，希望疼痛过去，卡尔的脸扭曲，鼻孔张得大大的想要呼吸。难道会这样结束？他要死了吗？我跑进大厅叫护士。一个护士拿着注射器跑进他的房间，清理了卡尔静脉注射的开口，给他注射了吗啡，他的头滚回枕头上。他只是一个无家可归的人，精力完全衰竭。他看上去几乎没有一点活气。他试图保持清醒，但是没有做到。

他睡着了，我守着他，我思忖着他还剩下多少天——多少小时。我思忖着我还剩下多少时间能去做我要做的事情。

三

回家后，我从钱包里拿出麦克斯·鲁珀特的名片，有包迪·桑登名字的那张，打了一个电话。电话中桑登教授听起来很和蔼，并且挤出第二天四点的时间跟我见面。那个星期二我最后一节课是经济学，直到三点半才出来。要是我早知道那天的课是照本宣科地读教材，我会逃课早点去哈姆林大学。等我从圣保罗的公交车下来时，还有九个街区要走，而只剩下六分钟。前七个街区我一路小跑，最后两个街区我敞开大衣行走，让冬天的冷风吹干我的汗水。准时到达桑登教授办公室门口。

我原以为法院教授会是有着谢顶白发，扎着蝶形领结，穿着驼毛夹克的老人，但是桑登教授身着蓝色牛仔裤、法兰绒衬衫和平底便鞋，蓄着稀少的胡须，一头棕发，只是太阳穴上有点白发，像一个建筑工人那样紧紧地握了握我的手。

我带来了材料文件夹——我给鲁珀特探长看的那个。桑登教授在杂乱的办公桌上理出一块空间，给我拿了一杯咖啡。我立刻就喜欢上了他。想到卡尔已经假释出狱的信息曾扼杀了麦克斯·鲁珀特的热情，我没有将这件事告诉桑登教授。我不希望桑登教授仅仅因为卡尔不在监狱，就不考虑我的论据。我从洛克伍德家的窗户照片开始我的描述。

“有意思。”他说。

“还有更有意思的。”我说，从文件夹中拿出那几页日记，把它们摆在他面前，引导他看这一连串的日记，向他说明检察官如何用它们画了幅错误的画，给卡尔·艾弗森定了罪。接着我给他看了破解后的日记，上面清楚地拼出了凶手的名字。读到 DJ 时，他歪着头笑了。

“DJ：道格拉斯·约瑟夫。这讲得通。”他说，“你怎么破解代码的？”

“我患自闭症的弟弟。”我说。

“专家？”桑登教授问道。

“不是，”我说，“纯属运气。克丽斯特尔·玛丽·哈根那个秋天在上打字课，她的代码依据的是那句话……你知道的，有字母表上每个字母的那句。”

桑登教授在记忆中回想：“有关一条懒狗的那句，对吗？”

“就是那句，”我说，“那就是她的代码：她的密码机。一旦我们发现了解开代码的钥匙，答案就白纸黑字显现出来了。我们是这么想的，道格拉斯让丹尼帮他做伪证说他在经销店。丹尼讨厌他的继母，我们知道他们的婚姻不牢靠。也许道格拉斯告诉丹尼他在掩盖另外一些事情。”

“比如什么？”桑登问。

“依据克丽斯特尔当时的男朋友安迪·费希尔所言，洛克伍德先生常背着他妻子去脱衣舞夜总会，”我说，“也许道格拉斯让丹尼帮他做伪证，因为丹尼认为他在保护他爸爸陷入类似这样的麻烦。此外，没人怀疑道格拉斯。警方立刻就锁定了卡尔·艾弗森。大家都认为是卡尔干的。”

“继父是凶手这一点说得通。”他说。

“为什么？”

“他离她近——在同一个屋檐下。他们没有血缘关系，所以他可以为对她的冲动做出解释。他利用发现的秘密支配并控制受害者。成为一个成功的恋童癖的关键是孤立受害者，让她觉得自己不能告诉任何人，让她相信那会毁掉她和她的家庭，每个人都会责怪她。他就是这么做的。他从眼镜入手，利用这一罪行威胁她并施加影响，让她触摸他。接着他让她做更多，一步步跨越新的边界。让人悲伤的是克丽斯特尔的自救途径，她知道她可以扭转局面，这反倒确保了她的死亡。他不可能让她拥有那种权力。”

“那么我们怎么能抓到这个家伙？”我问。

“证据中有体液吗？血，唾液，精液？”

“法医证实她被强奸；他们在她体内发现了少量精液。”

“如果证据中仍有样本，我们或许能够提取DNA。唯一的问题在于：这是三十年前的事了。那时他们没有DNA证据。他们或许并没有保存样本，就算他们保存了，也会变质得没办法使用。潮湿的样本没法好好保存。如果有一滴干血迹，DNA能保存数十年。”桑登教授按下扬声器按钮拨了一个数字，“让我们给麦克斯打个电话，看他那边有什么。”

“包迪！”麦克斯·鲁珀特的声音响了起来，“你好吗？”

“你知道的，麦克斯，仍然为了信仰和原则而斗争。你呢？”

“要是我再接到一桩谋杀案，我就去杀人。”他笑着说。

“麦克斯，我现在在开着免提电话。我跟一个叫乔·塔尔伯特的孩子在一起。”

“嗨，乔。”这句话从免提电话中蹦出来，就像我们是老朋友。

“嗨……探长。”

“我在看乔拿过来的证据，”桑登教授说，“我认为他掌握了一些情况。”

“你总是在努力,包迪，”鲁珀特说,“我从地下室拿出卷宗看了看。”

“有液体吗？”桑登问。

“那个女孩尸体在一间工具棚、车库或者是类似的地方被烧毁了。她的双腿大部分被烧掉了，她体内的液体蒸发了。实验室可以确定存在精子，但是样本年代太久弄不出什么东西。凶手是非分泌型[1]，样本里没有血。据我所知，没有玻璃片保存下来。我给 BCA 打了电话，他们也没有什么证据。”

“BCA？”我说。

“刑事局。”桑登教授说。

“可以看作是我们的鉴证人员，”他把注意力转回电话上，“没有血迹？唾液？”

“她的衣服都在火中被烧了。”麦克斯说。

“指甲呢？”我说。

“指甲？”桑登教授在椅子上挺直了身体，“什么指甲？”

突然我感觉我也是谈话的一部分。“那个女孩的假指甲。他们在卡尔·艾弗森的后门廊找到了一个。道格拉斯把它放在那里肯定是用来

[1] 非分泌型：指唾液、汗液、精液等各种分泌液体中不分泌血液型物质的群体。非分泌型的人大约占 20%。

陷害卡尔的。”

“如果受害者在反抗中弄掉了她的指甲，上面也许有皮肤细胞。”桑登说。

“卷宗里没有指甲。”鲁珀特说。

“它应该在 B 保管室。”桑登说。

“B 保管室？”我问道。

“那是法庭保存在审判中被确认是证据的地方。”桑登说，“这是一起谋杀案，他们会保存证据。我们派个跑腿的人从艾弗森那里拿一个样品，再得到法院指令去检测那个指甲。如果指甲上有 DNA，要么能证明艾弗森有罪，要么就能给我们提供重新审理案子的依据。”

“我会把证据目录清单传真给你备用。”鲁珀特说。

“谢谢你的帮助，麦克斯。”桑登说。

“别客气，包迪，”麦克斯说，“我会准备好。”

“星期五打牌见？”桑登说。

“好，到时候见。”

桑登教授切断了联系。我明白接下来会发生什么，但我想要确认一下。“那么，桑登教授——”

“请叫我包迪。”

“好的，包迪，如果这个指甲上有皮肤细胞——他们能从中提取到 DNA？”

“可不是，兴许还有血。听起来它保持干燥。不能保证他们能找到 DNA，但是如果可以——并且不是卡尔 · 艾弗森的——再加上日记和你发现的东西，我们有足够的材料走出第一步，也许撤销他的判决？”

“最快在什么时候可以知道结果？”

“我们大概需要四个月的时间拿到 DNA 检测结果，再有几个月才能上诉到法庭。”

我的心一沉，垂下头来。“他没有那么久，”我说，“他得了癌症。他可能活不了四个星期，更谈不上四个月，我需要在他死之前证明他无罪。”

“他是你的亲戚？”

“不是。他只是我认识的一个人。但是我需要做这件事。”自从莱拉破解了代码，有关我外祖父落水的记忆就出现在我的睡梦中，每当我想要休息一下时，脑中就浮现出那些画面。我知道我没有办法改变过去，但是这没有关系。我现在需要做这件事。为了卡尔？为了我的外祖父？为了我自己？我说不上来。我只是需要做这件事。

“呃，那就有些棘手了，”桑登教授在桌上敲着手指，“我们可以使用私人实验室，或许要比 BCA 快些，但即便如此，也无法保证。”他又敲了几下，“我可以试着找人帮下忙，但是不要抱太大希望。”他对我皱了皱眉，耸了耸肩，“我只能说，我会竭尽所能。”

“除了 DNA 测试以外，还有什么事情我们依据这本日记可以做？”我问道。

“这本日记很好，”他说，“但是还不够。如果这个叫洛克伍德的家伙可以上法庭坦白他的罪行，我们能进展得快一些，除此之外，我们只能等待 DNA 结果。”

“坦白……”我轻声对自己说道，一个想法开始成形，一个黑暗而莽撞的念头，一个将跟随我回家，并像一个任性的孩子一样不停刺激我的念头。我起身，手伸过桌面去握包迪的手，“我不知怎样感谢你才好。”

“先别谢我，”他说，“要完成这件事情，需要很多人的支持。”

接下来的几天，在尽力赶其他课程的功课进度的同时，我脑海里一直转着两个念头，它们像一枚被抛掷的硬币来回翻转。一方面，我可以等待。桑登教授已经把置于卡尔案子车轮下的垫块拿掉了，事情正在进行中。指甲会被送去做 DNA 测试。如果克丽斯特尔跟她的攻击者扭打过，DNA 将属于道格拉斯·洛克伍德，那个证据，再加上日记，可以证明卡尔的清白。但是这条路需要时间——卡尔·艾弗森恰恰没有时间。桑登教授的努力至多只能视作是有力的一击。如果他不能及时拿回 DNA 结果，卡尔到死时还是一个谋杀犯——我就失败了。

硬币的另一面是一个鲁莽的想法。我需要知道为了洗清卡尔·艾弗森的罪名，我尽了一切努力。我不能眼睁睁看着他死时还是个谋杀犯，明知道我本来可以做出改变。这已经不再是作业要不要拿 A，甚至也不是我秉承的对错最后应该相抵的天真信仰。这关乎我，关乎我十一岁时看着外祖父死的事实。我本来可以有所作为，但是我没有。我本来至少可以尝试一下。如今，面对着行动或等待的选择，我觉得我没有选择。我必须行动。此外，要是指甲上没有 DNA 怎么办？那么等待的这些时间都是白费。

小如草莓籽的一个想法在我脑中生长起来，一个由桑登教授无意间播撒下的种子。要是我能让洛克伍德坦白呢？

我打开笔记本电脑，在网上搜索道格拉斯·约瑟夫·洛克伍德这个名字，找到了一则警情通报宣告他因为酒后驾车被捕，还有一则县委员会的会议记录中提到一个叫道格拉斯·约瑟夫·洛克伍德的人因为在自己的地产丢弃汽车被认为妨害公众。两个网站都给出了在奇萨戈县的同一个地址，就在明尼阿波利斯北部。酒后驾车通报上给出了他的年龄，符合。我写下那个地址，放在厨房台面上。三天来我看着它像跳动的心脏一样起伏，同时我说服自己去——不去——追踪道格拉斯·洛克伍德。最后，一个气象员起到了决定性作用。

我做家庭作业时打开新闻来制造一些背景噪声，听到气象员宣布一场史无前例的降雪马上要狠狠地袭来——我的话，不是他的——厚达二十英寸的雪。雪让我想起卡尔，他多么渴望在死之前看见一场暴风雪。我想去见他，看他观看雪时眼神中的喜悦。我决定在我去见卡尔之前，我要找到道格拉斯·洛克伍德并且尝试让他坦白。

四

我对待去见道格拉斯·洛克伍德的计划就像我要接近一只沉睡的牛。我不停踱来踱去，再三斟酌这个主意，试图鼓起勇气。那天我坐在教室里，双腿抽搐。我的思绪游离，没法集中注意力听课。

下课后我去莱拉的公寓，想告诉她我决定去找洛克伍德，也许是想给她一个机会说服我放弃这个计划。她不在家。离开之前我最后的行动是给鲁珀特探长打电话。我的电话转入了语音信箱，我挂断电话，把手机放进背包。我告诉自己只是开车去洛克伍德家——过去看看他是否还住在那里。然后我会向鲁珀特报告，虽然我强烈怀疑鲁珀特得到我的消息后会去展开行动。他会等待 DNA 结果。他会照章办事，毫无进展，直到卡尔·艾弗森逝世。因此，带着我的数字录音机，我的背包，我毫无规划地向北出发了。

一路上我听着喧闹的音乐，让那些歌曲压过我的疑虑。我不去想我在做什么，六车道的沥青路变为四车道，然后两车道，最后我转入了前往道格拉斯·洛克伍德家的碎石路。三十分钟后我就能开到那里，从摩天楼和混凝土开向田野和树木。稀薄的灰色云彩挂在午后的天空上，十二月微弱的太阳已经开始西沉。一阵蒙蒙细雨变为雨夹雪，北风预告着暴风雪的到来，温度陡然降低。

经过洛克伍德的家时我慢了下来，那是一栋老旧的农舍，因为年代久远而倾斜，木板墙彻底腐烂。前院的草整个夏天没有被割过，看上去更像一片休闲地而不是草地，一辆一扇后窗是塑料薄片的旧福特金牛在砾石车道上腐朽。

我在房子旁边的一个田间入口掉头,沿原路返回。靠近他的车道时，我看见一扇窗户前有人影闪动。我浑身涌起一股寒意。杀死克丽斯特尔的人自由地行走在那扇窗户的另一边。想到洛克伍德的罪孽玷污了卡尔的名字，一阵愤怒在我体内升腾。我一遍遍告诉自己这只是来乡间的简单行程，寻找一栋房子的侦察任务。但是在内心，我一直明白不只这些。

我缓慢地驶入了洛克伍德家的车道，砂砾在我的轮胎下面嘎吱作响，我紧握住方向盘的手心出汗。我在那辆破损的金牛后面停下车，关掉引擎。门廊处很暗。房子内部也显得昏暗,唯一的光来自屋内深处。我打开数字录音机，把它放进我的衬衣口袋，走向门廊去敲前门。

起初，我没有发现任何动静，也没有听到脚步声。我再次敲门。这次一个模糊的人影出现在后面有光的房间，扭开门廊灯，打开了前门。

“道格拉斯・洛克伍德？”我问道。

“对，我是。”他说着上下打量我，似乎我跨越了一个不能擅自进入的界线。他约莫六英尺二英寸高，脖子、下巴和脸上的胡子茬儿三天没刮了。他浑身散发着酒精、香烟和汗水的味道。

我清了清喉咙。“我叫乔・塔尔伯特，”我说，“我在写有关你的继女克丽斯特尔之死的故事。我想跟你谈谈，如果可以的话。”

一瞬间他的眼睛睁得大大的，然后又眯了起来。“那件事情……那件事情早就结束了，”他说，“这是关于什么的？”

“我在写一个有关克丽斯特尔·哈根的故事，”我重复道，“有关卡尔·艾弗森和1980年发生的事情。”

“你是记者？”

“你知道卡尔·艾弗森获得假释从监狱出来了吗？”我说，试图分散他的注意力，让这句话听起来像是卡尔被提前释放了。

“他什么？”

“我想跟你谈谈这件事。只需要几分钟。”道格拉斯回头看了眼破损的家具和沾染了污迹的墙壁。“我没想到有客人来。”他说。

“我只有几个问题。”我说。

他低声嘟囔着什么，走了进去，让门开着。我踏进门，看见起居室里堆满了齐膝深的衣服、空食品盒，和你能在一个糟糕的车库拍卖中找到的垃圾。我们才走了几步，他突然停住，转过脸来看着我，说：“这不是仓库。”他说着，低头看了看我潮湿的鞋子。我看着塞满入口的成堆垃圾，想就这点与他争论一番。但我脱掉鞋子，跟随他去了厨房，来到一张盖满旧报纸、债务催收信封和一周左右脏餐盘的桌子旁。桌子中间，一个半空的杰克丹尼威士忌瓶子像节日摆设一样醒目。洛克伍德在桌子边的一把椅子里坐下来。我脱掉外套——小心地不让洛克伍德看见我衬衣口袋里面的录音机——把外套搭在一把椅子的椅背上，坐了下来。

“你妻子在吗？”我问道。

他看着我，就像我刚往他身上吐了口唾沫。“丹妮尔？那个贱人？

她二十五年前就不是我妻子了。她跟我离婚了。”

“真是遗憾。”

“我不遗憾，”他说，“宁可住在旷野，不与争吵使气的妇人同住。箴言 21：19。”

“好的……我想这可以理解，”我说着，尽量想办法回到我的话题，“嗯，如果我记的没错，丹妮尔做证说克丽斯特尔被杀的那天晚上她值夜班。没错吧？”

“嗯……这跟艾弗森出狱有什么关系？”

“你说你在汽车经销店工作到很晚，对吗？”

他紧闭双唇，端详着我：“你想干什么？”

“我想要弄明白，仅此而已。”

“明白什么？”

这时我的缺乏规划昭显了出来，宛如一个走调的钢琴键高声宣布它的存在。我原想隐晦一些，聪明一些，设圈套在不知不觉中套出洛克伍德的坦白。然而，我使劲地咽了一下唾沫，像抛出一个铅球一般随口说道：“我想要弄明白你为什么要在你继女的事情上撒谎？”

“搞什么鬼？”他说，“你算哪根葱——”

“我知道真相！”我吼出这句话。我想要他的抗议在他喉咙里成形之前打断他。我想要他知道一切结束了。“我知道克丽斯特尔到底出了什么事。”

“你为什么……”洛克伍德咬紧牙关，身体前倾靠在椅子上，“克丽斯特尔出事是上帝的惩罚。她咎由自取。”他砰砰捶着桌子，“在她额头上显著地写着：‘奥秘哉，大巴比伦，作世上的淫妇和一切可憎之物的母'[1]。"

我本想竭力争论一番，但他蹦出的圣经经文让我困惑。他在吐出一些他很可能已经对自己讲了多年的话，一些减轻他罪孽的话。在我能够纠正自己的意思之前，他转向我，眼中燃着怒火，说："你是谁？"

我从后口袋拿出那几页日记的一个复本，把它们摆在道格拉斯·洛克伍德面前，破解的版本放在上面。"他们给卡尔·艾弗森定了罪，因为他们认为克丽斯特尔这几篇日记里写的是他。你记得她在日记里写的那些代码、那些数字吗？"他看着他面前的那几页日记，然后看着我，又看回日记。接着我给洛克伍德看了破解的版本，里面列出了强迫克丽斯特尔发生性关系的他的名字。他读着这些时，手颤抖起来。我看着他的脸变白，眼睛凸出并且抽搐。

"你从哪弄到的？"他问道。

"我破解了她的代码，"我说，"我知道她写的是你。你是那个强迫她做那些事情的人。你强奸了你的继女。我知道是你做的。我只是想给你机会在我去找警察之前解释一下为什么。"

一个念头在他眼后闪过，他用一种混杂着恐惧和理解的眼神看着我。"不……你不明白……"他手伸向桌子中央拿起那瓶杰克丹尼威士忌。我紧张起来，等着他朝我挥动，准备好阻挡并反击。但他拧开瓶盖，喝了一大口威士忌，他在他的衣袖上擦嘴，手不停颤抖。

我触及了要害。我说的话把他推到了绳子的边缘，我决定再推动一点。"你在她的指甲上留下了你的DNA。"我说。

---

[1] 奥秘哉，大巴比伦，作世上的淫妇和一切可憎之物的母：来自《圣经·启示录》。

“你不明白。”他再次说。

“我想要明白，”我说，“这就是我来这里的原因。告诉我为什么。”

他又喝了一大口酒，擦去嘴角的唾沫星子，低头看着日记，用一种低沉颤抖的声音说起来，话语单调机械，似乎他在说着本来想保留的话语。“父母跟孩子之间的爱，”他说，“跟圣经一般神圣。过了这么久，你来到这里……”他按摩着头的两侧，使劲按压太阳穴，似乎试图把在他脑中撞击的思绪和声音抹掉。

“是时候解决这个问题了。”我说。我鼓励着，就像莱拉从安迪·费希尔那里套出信息。“我明白。我真的明白。你不是一个魔鬼。只是事情出了点差错。”

“人们不懂爱，”他说，似乎我不再在房间里，“他们不明白孩子是来自上帝的奖赏。”他看着我，在我的眼神中寻找着理解的迹象，什么也没有找到。他又喝了一口，沉重地喘气，眼睛在一对闪动的眼睑后翻起，我以为他要挂了。但他闭上眼睛又开口了，这次是从他体内某个深处的黑洞里掏出话语。他的话冒出来，黏稠而密集，像旧熔岩，“‘我所做的，我自己并不明白’，”他低声说，“‘因为我所愿意的，我并不做；我所憎恶的，我倒去做。’[1]”他的眼里噙满了泪水。他握住威士忌酒瓶瓶颈的指节发白，他握着它就像握着一个救生圈。

他要坦白了，我感觉得到。我小心地看了眼我衬衣口袋里的录音机，确保没有东西遮住小麦克风。我需要录下洛克伍德亲口承认的他做的事。

[1] 因为我所愿意的，我并不做；我所憎恶的，我倒去做：来自《圣经·罗马书》。

我抬起头刚好看见威士忌酒瓶砸向我的脑袋。这一击让我从椅子上掉下来，头撞到墙上。直觉告诉我朝前门跑，但是洛克伍德家的地板开始像一把螺丝起子一样旋绕。我受到损害的平衡感把我甩向左边，抛向一台电视机。我能看到前门在一个长长的黑暗隧道的尽头。我对抗着旋转的房间往那边走。

洛克伍德用一个平底锅或椅子的后背——某个坚硬的东西，打我——把我打倒在地，我离门还有点距离。我拼尽力气往前扑，我感觉手摸到了门把手，打开门。这时我的后脑勺又挨了一击。我跌跌撞撞地冲进门廊，跌进齐膝高的草里，黑暗吞噬了我，我仿佛落进了一口井里。我浮在那黑暗里，看见头顶一小圈光亮。我游向那光亮，与把我往下拉的深渊抗争，强迫自己恢复知觉。一旦我触到那光亮，十二月的冷风再次灌进我的肺里，我能感觉到结霜的草抵着我的面颊。我在喘气。后脑的疼痛推进到我的眼睛，一股热血滴在我的脖子上。

洛克伍德去哪了？

我的胳膊成了石头：不管用的手不自然地搁在我身边。我集中所有的能量和意识来让我的手指动起来，然后是我的手腕、手肘和肩膀。我从身下拉出手，把手掌放在冰冷的地上，把我的上身从野草里支起来。我听见身后，周围有响动，草摩擦着棉布的声音，但是混沌中我什么也看不见。

我感觉到一根带子，像是帆布带，缠在我的喉咙上，拉紧，让我不能呼吸。我试图跳离地面，站起来，但是头上受到的重击让什么脱节了，我的身体不听我的使唤。我往后摸，感觉到他的手在死死地攥住带子末端拉紧。我不能呼吸。我一点力气也没有了。我感觉落回那口井里，回到无尽的黑暗中。我倦怠乏力之时，脑中闪过一阵憎恶，憎恶我的天真，憎恶没有看到这个男人攥紧酒瓶的目的，憎恶我的生命将会悄无声息地结束，随随便便地，俯卧在严寒的草地里。我让这个老人——这个喝了大量威士忌的变童者袭击了我。

五

我做了一个梦，然后从梦中苏醒过来。

我独自站在一块休耕豆田里，一阵冷风抽打着我的身体。乌云在我头顶翻滚，带着积压的愤怒，扭成一个漏斗，随时准备把我卷走。面对威胁我坚决不让步，乌云分崩离析，一小点一小点地降下来，那些小点冲我扑过来，越变越大，长出翅膀、喙和眼睛，变成黑鸟。它们充满敌意地俯冲而下，落在我身体的左边，啄着我的手臂、我的臀、我的大腿和我左边的脸。我拍打着这些鸟，跑过田野，但是没有什么能够阻止他们撕扯我的皮肤。

就在这时我感觉世界在颠动。那群鸟不见了。那片田野不见了。我努力去了解自己当前的现实，眼前只有一片黑暗，听得见汽车发动机的嗡嗡声以及轮胎摩擦地面发出的嘎嘎响声。我的头阵阵抽痛，整个左半边身体灼烧着，仿佛有人像刮鱼鳞一般刮着那部分，喉口感觉像被钝锉刀磨过。

随着疼痛加剧，我的记忆恢复了，我记起威士忌酒瓶砸到我的头，带子勒紧我的脖子，他腐烂的臭气充斥我的鼻孔。我被弄得像胎儿般蜷缩起来，塞进一个寒冷、黑暗而喧闹的地方。我的左胳膊压在我的身体下面，但我可以动我的右手指，把它们抵在我的蓝色牛仔裤上抽动。我感觉到了我的大腿。我的手滑过臀部，穿过盖过胸部的薄衬衣，摸索我的录音机。没有了。我去摸身体下的地板，碰到了地毯的绒毛，潮湿、冰冷，刺激着我身体左边的皮肤——如同我梦中的黑鸟带给我的感觉。我知道这是地毯。这是覆盖我汽车行李箱的垫子，行李箱和车轮之间生锈的洞口溅进来的水让它总是湿的。

天啊，我心里想。我在我汽车的行李箱里——没有大衣，没有鞋子，穿着牛仔裤和衬衣的身体左半边浸在冰冷的水花里——不知道去往什么地方。发生了什么事？我无法控制地哆嗦起来，牙齿咬得十分紧，感觉要断了。我想翻个身，来缓解一点左边的痛苦，但是没能做到。有东西阻碍了我的膝盖。我小心地伸出手，颤抖而易折的指甲探索黑暗，摸到了靠在我膝盖上的一块煤渣的粗糙表面。我伸得更远，摸到了第二块，两块之间有一条原木链子相连。我顺着链子往下摸，发现它缠绕在我的腿肚子上，在膝盖那里缠了两圈箍住了。

煤渣块拴着我的脚踝。这不太合理，至少一开始我没弄明白。过了一会儿我才理清。我的手没有被捆，嘴巴也没有贴上带子，但我的脚踝被拴在煤渣块上。他肯定认为我已经死了。只有这样才说得通。他想找个地方扔掉我，某个有水，有湖或河的地方。

一种突如其来的恐惧袭来，让我停止了思考。我的身体因为恐惧和寒冷而颤抖。他要杀我。他认为他已经杀死了我。想到这里，我恢复了一点意识，颤抖的身体平静了下来。他认为我死了。一个死人不能抗争，不能跑，没法搅乱最好的计划。可这是我的车。洛克伍德犯了个错误，踏足了我的地盘：即便蒙着眼我对我汽车的行李箱也一清二楚。

我记起一本平装书那么大的小塑料板，从行李箱内盖住了尾灯。过去一年两个方向灯我都换了。我在黑暗中摸索了一两秒，找到可以让我拉开盖住右边方向指示灯塑料板的小插销。我快速地转动了一下，从托架上取出尾灯灯泡，让行李箱充满美好的光亮。

我双手抱住灯泡，让它的热量温暖我冰冷的指关节。接着我扭曲身体去够左边的尾灯，小心地不猝然移动或弄出声响，以免让洛克伍德注意到他的“货物”还活着。我拉掉塑料板，拉出左边支架上的灯，让这辆车没有尾灯，把行李箱照得跟正午一样亮。

缠住我脚踝的链子被一个钩子缚牢了。洛克伍德肯定用尽了全身的力气才系得那么紧。我努力想解开链子，冻僵的手指自动蜷缩起来，似乎得了关节炎，我的大拇指跟一片花瓣一样无力。我再次抓住灯泡，紧紧地握住它，感觉它在发热，白炽灯照射着我冻僵的皮肤。我一次又一次试图解开链子，但是没法松开它。我需要一个工具。

我没有多少工具，但我拥有一辆烂车，坏得厉害，因而我把我有的所有工具都放在了行李箱：两把螺丝刀、一把月牙形小扳手、一把钳子、一卷强力胶带，一罐 WD-40 润滑剂，全用一块油污的毛巾包着。我抓住螺丝刀,用我脆弱的右手,把螺丝刀头塞进钩子和链索之间，扭动它，推动它，一毫米一毫米地挪动螺丝刀头。一旦我感觉到螺丝刀咬到足够多的链子，我向上推动把手，迫使链子脱离钩子。链子落到地上，发出一阵响声，似乎在行李箱的小空间里发出了回声。血涌回我冻僵的脚，疼得我想叫，我咬紧嘴唇。我屏住呼吸几秒钟，等待洛克伍德做出反应。我听见一阵轻微的音乐从收音机传来。洛克伍德仍在开车。

自我从支架上拉出尾灯，过去了至少十分钟。如果附近有警察，他早就会截住我的车。我们经过的街角和拐弯比在高速公路上密集，路上偶尔的磕磕碰碰表明我们在边远地区。乡村公路，少有人经过，尤其暴风雪就要来了。

我思索着可能的选择。我可以等待警察把我们拦下来，但是没什么可能性。我可以等待洛克伍德到达他的目的地，打开行李箱发现我活着，大为光火，但那时我多半早就死于体温过低。或者我可以逃走。这时我想到行李箱并不是设计来装人的。我检查了行李箱盖，发现三个小六角螺帽把行李箱锁住了。我紧闭的牙关透出笑意。

我在工具中翻找,抓到了我的月牙形扳手,冰冷的把手刺痛我的手,仿佛它是燃烧的干冰。我用那块油污的毛巾裹住扳手，试着转动蜗杆来调整扳手。我的手指拒绝移动。我把右手大拇指放进嘴里暖热关节，同时左手拿着尾灯来加热。

车子放慢速度停了下来。我右手抓住扳手，准备跳出行李箱。我会让洛克伍德大惊失色,并且杀掉他。但是雅阁又动了起来,向右转弯，速度加快到横冲直撞的程度。

我又试了试扳手上的蜗杆，它转动了，我旋紧扳手的钳口直到它们在第一个六角螺钉处闭合。我把扳手放在我两手的手掌之间，我的手指由于寒冷而蜷曲萎缩。我必须集中力量，仿佛我是一个小孩试图尝试完成远超过我能力的壮举，我的胳膊抖动得很厉害，使得仅仅是将螺丝与扳手的钳口对齐到一条直线上都要花费很长时间。

等我弄出第三个螺钉时，我的身体不再颤抖。这种平静是否来自我努力专注地完成任务或是进入一个新阶段的体温过低，我不知道。

最后一颗螺钉落下时，行李箱开了一条缝隙。现在，阻止我打开行李箱的唯一障碍是连接行李箱碰锁和司机位旁边的行李箱分离杆的一条金属丝，一条我用钳子简单拉一下就能弄掉的金属丝。

我把行李箱盖子推开了几英寸，内部照明灯打开了。我快速关上了盖子。我忘记灯了。我等待并倾听着，看我的差错是否引起了洛克伍德的注意，但他没有改变速度。我摘下灯泡，用东西蒙上另一个尾灯灯泡，再次打开行李箱。我大概以每小时六十公里的速度经过身下的公路，这条公路消失进没有其他车灯，没有房屋灯光，没有闪烁的城市灯火的黑暗里。我想从行李箱出来，但是我不想经受在这种速度下撞在路面上的那种痛苦。

我又颤抖起来，撕扯着腿肚子、胳膊和背上的肌肉。我需要尽快行动，不然我会被冻僵，什么也做不了，最后被冻死。我把那块油污的毛巾撕成大小相等的三块，把其中两块折成差不多我脚那么大的长方形，用强力胶带把它们小心地包在我的脚上，包裹一层又一层做成鞋。我把第三块油污布包在月牙形扳手的把手上，卷成足够大来阻止排气管排出废气。我轻轻地扯下又一块约三英尺长的胶布，把一端系在行李箱盖子上锁原来所在的洞口。我蒙住了尾灯，这样我打开盖子时，不会有光从行李箱漏出来。接着我用钳子剪断行李箱释放线，用胶带粘住盖子，让它处于关闭状态。我测试了下我的逃跑出口，用一只手把它推开几英寸，另一只手握着胶带把它拉回来。该逃了。

我松开足够的胶带让行李箱打开一英尺左右，空间足够让我的肩膀穿过，但愿还不足以吸引洛克伍德的注意力。我首先把头滑动到车后侧，用右手上的胶带把盖子拉下来，抵住我的背，左手拿着包毛巾的扳手。寒冷的空气让我无法呼吸。

我使上全身力气把扳手往排气管里推，那块破布阻止了废气的流出，一氧化碳倒灌进歧管和气缸。我拿阻塞物抵住排气压力直到车发出啪啪声，扑哧了两次，然后逐渐减弱，无声地朝路肩滚动。它速度慢下来时，我从行李箱跳了出来，穿着强力胶带做的鞋子尽全力朝路边的森林跑。

到达森林边缘时，我听见车门砰地关上了。我继续跑。树枝剐破了我胳膊上的肉。我继续跑。又跑了几步，听见洛克伍德在吼着什么。我没听懂他说的话，但我能听出话里的怒气。我继续跑。又跑了几英尺远，我听见了一声枪响。

六

此前还从没有人朝我开过枪。这个晚上我却经历了——被勒得失去意识，用链条拴在煤渣砖上，差点冻死在行李箱中——我根本没想到事情会变得这么糟。跑的时候我低下头曲折前行，在森林里乱撞。第一颗子弹划破了我右边十码处斑克松的树皮，又有两颗子弹划破我头顶的夜空。我回过头，看见道格拉斯·洛克伍德站在尾灯的光亮中，他的右手抬起，拿枪指着我的方向。我还没来得及为再飞来的子弹担心，脚底一滑，跌进了沟里。枯萎的树枝和灌木丛划伤了我冻僵的皮肤。我跳起来，抓住一根白桦枝维持平衡，听到又一声枪响，一颗子弹从我的头顶飞过。

接着一阵寂静。

我站得笔直，越过深沟的斜边，我可以看到我的车在五十码远处，前灯大开，在公路上投下锥形的光。洛克伍德把枪对准我跌倒的声音传来的地方，不确定我在哪里。他等待着另一个声音，一根折断的树枝或者枯萎叶子的噼啪声，来校准他的目标。他倾听着，而我站着不动，我的身体由于寒冷剧烈颤抖，现在我不再跑。洛克伍德查看着车的后面，弯下身，从排气管拿出扳手，扔进森林。

他朝司机座位旁边的门走去。阻塞物从排气管拿出后，车才能启动。他有前灯，可以照亮大片田野和树林。我从沟里爬出来，向森林深处跑去，躲开我能躲开的树枝遮挡，仍被一些我没有看见的枝条擦伤、抽打。等到他把车子掉过头来时，我们之间隔着一百码的茂密森林。从最茂密的地方几乎没有前灯的光能透进来。我从一座小山上滑下，前灯消失在地平线后面。

他会搜寻森林——至少我会那么做。他不可能让我活下来，不会允许我回到现代城市讲述我知道的一切。我不停地跑，每走一步，尖锐的疼痛就从脚趾蔓延开来，我的眼睛已经适应了黑暗，可以避开路上倒下的树木和枝条。我停下来喘气，倾听着脚步声，什么也没有听到。他应该就在那里,某个地方。我竖起耳朵听,感到头昏,思绪支离破碎。有事情不对劲。我试图抓住一棵小树，但是我的手拒绝服从我的命令。我摔倒了。

我的皮肤灼热。我在学校学过这个。怎么啦？没错。由于体温过低而垂危的人会感到热并且脱掉他们的衣服。我要死了吗？我需要动，不停地动，让血液流通。我需要站起来。我用手肘撑地，跪了起来。我不再能感觉到它们。我不再能感觉到接触我皮肤的冰冷泥土。我要死了吗？不，我不允许这样的事情发生。

我的腿像新生的马驹一样摇晃，但我站了起来。我在朝哪边跑？我不记得。每个方向似乎都是一样的陌生,一样的未知。我必须动——否则就会死。背后有一阵风，不是吗？我选了个方向，往前走——冷风推着我前进。就我所知，我可能正走回洛克伍德那里。没有关系。被子弹打死比死于体温过低好。

我又没有看见地面倾斜，从一个陡坡跌下来，像一个装满土豆的麻袋滚落，落在一条车路的中央，两条平行的车辙被卡车轮胎磨光了。看见这条路让我充满决心。我站起身，朝我面对的方向摇摇晃晃地走，我的双腿发软不停打颤，每一步都威胁着要我屈服。当我认为我的身体达到极限，达到差不多只能往前倒这个程度的时候，我看见前面几英尺的地方有闪闪发光的影像。我眨眨眼瞪大眼睛，以为这是我发昏的大脑对我最后的嘲讽。但它又出现了。一片月光穿过乌云洒向地面，像一只瞄准好的剑，反射出狩猎小屋肮脏的窗户玻璃：可能有避难所，也许一条毯子，或者——更好的——一个火炉。

我在生命的最后关头发现还有一丝我之前根本无法察觉它存在的体力。我拖着缓慢的脚步在那条车道上走。那间小屋有扇金属门，锁着，但是门边的窗户可以轻易地打破。我找到了一块石头，但我的手指是我胳膊末端无用的枝节，于是我用手腕和前臂拿起石头。我用石头和身体去撞玻璃，砸碎了窗户的一个小角。我把手臂从洞口伸进去，试图紧抓住门把手把它扭开。我的手无力地垂在把手边。我离得救如此之近，但如果我进不去，就毫无意义。

眩晕再次涌遍我全身。我的右腿突然支持不住，我向前倒在小屋窗上，我的左腿努力让我保持直立。我头向后斜，前额撞向窗户，把玻璃撞成碎片，玻璃碎片瀑布般落在地板上。我打掉窗框剩下的玻璃碎片，扑进缺口，落在地板上，落下时玻璃片钩扯着我的肚子。

我趴在地板上往前爬，清点着新住所里在朦胧月光照射下能看到的东西：一个水槽、一张带四把椅子的牌桌、一张沙发和……一个烧木材的火炉。头奖！猎人们留了一小堆斑克松木柴在炉子边，在那堆木材旁边我找到了一张旧报纸和一个苏打水罐大小的盒子和两根长梗火柴。我用扭曲的手指拿起一根火柴在铸铁炉边擦了一下。颤抖让我把火柴头扔进炉子的力道太大以至于火柴断成了两截，火柴头落入黑暗中。

“见——见鬼！”自从我被威士忌酒瓶砸中后，这是我说出的第一个词，说出时这声音强烈地刮擦着我疼痛的咽喉。

我把第二根火柴拿在左手里，把手腕压在我的腹部来让它不再摇晃。我用火柴头碰触炉子的金属，扭动我的身体，让火柴摩擦金属的力量大到点燃它而不断裂。我点燃了火柴边，看着火焰变大。我点燃了报纸的一角，火焰舔着干燥的报纸，很快地爬向我的手，火焰的热量让我得到满足，我像一个乞丐暴饮暴食般消耗着它。

燃烧的报纸发出的光充满整个小房间，我在柴堆旁边找到了几块松树树皮，把它们堆放在燃烧的报纸上，看着它们烧起来。很快，我就用木材生起了一堆火。树皮点燃了树枝,树枝点燃了木块,几分钟后，我发现自己坐在熊熊燃烧的大火前面，来回转动身体，让身体的每一侧都烤热到疼痛边缘。

我围绕着假想的烤肉木叉转动，皮肤暖和过来，知觉恢复，身体上的多处伤口也开始发出声音。我的胳膊和脚上布满了切口。我从腹部取下碎玻璃。我肩膀上一块特大的伤痕上仍插着松针。我的脖子上洛克伍德用带子勒过的地方，火辣辣的，提醒我曾离死亡有多近。我解开脚上的胶带把它们放在火上燃烧，血倒回脚趾的裂缝和毛细管。我按摩着腿肚子、胸部和下巴上的肌肉，颤抖的痉挛仍然像钉子一样刺着我。

关节一暖和到能站起来，我就来到窗边，拿着壁炉拨火棍，查看并倾听道格拉斯·洛克伍德的动静。在森林中奔跑时在我背后追赶的风，大了起来，抽打着格子窗帘，吹动着外面的松树，发出呼啸的响声。听起来不妙，却是天赐良机，因为它会把烟的气味带走，让我的追踪者没法追踪。我没有看见洛克伍德的影子。我没有听见脚步声。他有一把枪，但他不能射击他没找到的东西。我把窗帘塞进窗框，确保它盖住了窗户的每个角落，防止火光渗透到外面。我倾听着、等待着。我可以让洛克伍德进小屋来，如果他想要杀我。现在我已经准备好应付他，将会有一场恶战。

我在窗户旁边蹲坐了至少一个小时，静听脚步声，看有没有枪管从我打破的窗户的窗帘戳进来。过了一个小时，我开始相信他不会找到这间狩猎小屋来。我偷偷向外张望是否有洛克伍德的迹象时，我看见了气象员预告过的暴风雪，棉花一般大的雪花在风中飘舞，将能见度降到接近于零。洛克伍德现在绝对找不到我。他不会疯狂到暴风雪大作时待在森林里。我把一个沙发垫推入窗框更进一步地封住那个洞口，放弃了监视。

我四下环顾这间小木屋，一团炽热曼妙的火焰将它点亮。这是一个货车车厢大小的单人房间——没有浴室、没有电、没有电话。水槽旁边，一双齐胸高的钓鱼防水长靴挂在墙上的挂钩上。我跨过碎玻璃走到长靴边，脱掉又湿又冷的蓝色牛仔裤，穿上长靴，把牛仔裤挂在炉子上方的扫帚柄上。我在碗橱找到了两条大毛巾和一把肉片刀。我脱掉衬衣，把它跟牛仔裤挂在一起，把毛巾包在肩上，像围着一条披肩。我拿起刀，用大拇指触摸着它锋利的边缘，把它握在手里，刺进阴影里，在脑中一遍又一遍地刺杀洛克伍德。我有衣服、炉火、沙发和屋顶，感觉像一个国王。我相信我已经逃出来了。我相信我是安全的，远离那个对我说了《圣经》经文后就试图杀死我的疯子。现在，我躺在沙发上，一只手拿着那把肉片刀，另一只手拿着拨火棍，等待着再一次的战斗。

七

那天晚上我像睡在屋檐上一样。炉火的每一声噼啪声都会把我从断断续续的睡眠中惊醒，让我去窗口察看是否有洛克伍德的踪影。新的一天来临，暴风雪保持着它的强度，风把雪花吹成了一道炫目的白墙，让一只雪橇犬都会踟蹰不前。曙光初现的时候，我走出屋外，踏进十二英寸的雪里寻找水泵。小屋里有一个带排水管的水槽，但是没有水龙头。我没有找到水泵，于是我在炉子上将一锅雪煮化了。我有足够支撑两三天的木柴，只要我有火，我就能生存下来。

我换回我的蓝色牛仔裤和衬衣，经过一整晚它们都干了，整个早上我借助阳光查看小屋。猎人们储存了少量吃的东西。我找到了一罐远超过保质期的炖牛肉，一盒意大利面条，一些调料——足够我吃到暴风雪过去。

要走出森林我需要一件大衣，于是我把能找到的所有材料聚在一起，开始做这项工作。我用那两条毛巾做了袖子，把它们变成圆筒，用鱼线和一根弄平的钓鱼钩当针把它们缝合起来。每个袖子从我的手腕延伸到胸部，我把它们缝在一起，留出一个衣领样的洞伸出我的头。我再次穿上齐胸长靴，把背带系在毛巾上面固定袖子。我在房间里走来走去，舒展身体测试我的裁缝成果，为我的创造力感到满意。我大衣的第一部分完成了。

早上十点左右，我煮了半盆意大利面条，就着咖喱、红辣椒粉和盐的奇怪组合吃了下去，用温水冲下肚。我此生没吃过比这更好的饭。午餐过后，我继续做大衣。一块厚方格窗帘遮盖着小屋唯一的窗户，它明亮的红色方格图案让我想起餐厅桌布。我在窗帘中间剪了一个洞，把它变成一件斗篷。我又从沙发扶手上拉出泡沫垫做帽子。等时候到了，我将往齐胸长靴里塞垫子碎片来保暖，再用窗帘的绳子系住帽子和斗篷。到这天结束的时候，我有了一件会让唐纳队[1]羡慕的过冬大衣。

太阳开始西沉，我再次查看了天气。雪仍在下，但不像之前那么大，没有扑面而来。我踏入齐膝的雪中，意识到我需要雪鞋。我边思考这件事边准备晚饭，用肉片刀打开了那罐炖牛肉，在炉子上煮到它冒泡。

晚饭后，我坐在火光中，用我从墙上弄到的一块松树护壁板做雪鞋。我用沙发内部的尼龙绳把壁板绑在齐胸长靴上。完成后，我满意地笑了，蜷曲在沙发上度过在小屋的第二晚。

第二天一早，我吃掉了剩下的面条，把垫子切成长条，塞进长靴里用来防冻，穿上方格斗篷，戴上帽子。我拿雪浇灭火，然后，在离开小屋之前，我用一片烧焦的木条在牌桌上写了一条信息给屋主。

抱歉弄得一团糟。小屋救了我的命。我会赔偿损失。

乔·塔尔伯特

[1] 唐纳队：一批美国开拓者，他们受困在前往加利福尼亚州的路途中。

最后我把肉片刀系在我的胯部。我难以想象洛克伍德仍在森林里追捕我，但我之前也没有看见威士忌酒瓶砸来。他想要我死。他需要我死。我有能力把他送进监狱，因为他想要杀我——即使他没有谋杀克丽斯特尔·哈根。如果他像我这样想，他应该在这片森林里，像一个猎人一样隐藏起来——手中拿着枪——等待我走进瞄准镜中。

八

虽然我在明尼苏达州长大，这里的人们在雪上走的时光几乎跟在草地上或混凝土路上走的时候一样多，但我从来没有穿雪鞋走过路。我也肯定从来没有穿着松木板做的雪鞋走过路。我练习了一番才达到正常速度，每一步陷入深达胫部的雪里，这是一个可喜的改善，如果没有雪鞋的话，我会困在齐膝深的雪里。我从一棵枯树上折了两根枝条下来当作保持平衡的滑雪杆，每一步都需要专注力来保持步伐时机的掌控与重心的转移相协调。我很暖和，没有风，森林里看来没有道格拉斯·洛克伍德。尽管死亡的威胁让我情绪低落，但白雪皑皑的森林仍令我叹为观止。

正如小溪的涓涓细流将流向河水，我知道那条小车道将通向道路和文明。走了一个小时，比我期盼中走的路少得多，我走到一条路上。那仅是林间的一条小径——狭窄、弯曲，还没有被犁过——也许是一条砂砾支路。晕黄的太阳光渗透云层照到我的左肩上，告诉我那条路通往东西方向。我逃离洛克伍德时西北风吹过我的背，我认为朝西走将带我回到沥青路面。

这条小径沿着一条平缓的线上升，通向一座山的山顶。我朝着顶点行进，脑中保持着一首歌的节拍——《绿野仙踪》里邪恶女巫的警卫们走进她的城堡时唱的一首歌：“嗷——咿——呀，咿——嗷——啊。”我时不时停下来休息、喘气、寻找人类的足迹，欣赏这一天的美景：这是道格拉斯·洛克伍德试图从我这里偷走的一天。我身后，土地步步朝远处的一条河流下跌，那是一条相当大的河，但我不知道是哪一条河。可能是密西西比河、圣克罗伊河、明尼苏达河或者红河，这取决于我在汽车后部行李箱躺了多长时间以及我们行进的方向。

我登上山顶，看见了两天以来第一处文明的证据：一条沥青路，在那条路三四英里开外，有一个农庄，其谷仓的银色屋顶透过粮食筒仓旁的树林闪闪发光；景象尤为壮丽，宛如它就是翡翠城。农场还有很长一段路，但我知道一个小时就可以到达。我还知道我吃得少，跑步会吃不消。尽管如此，我还是跑了起来。

我看过一只信天翁试图从一座沙丘起飞的慢动作视频，它的蹼足在地上拍平，身体从一边移动到另一边，竭力保持直立，笨拙的翅膀伸出来抵抗肢体倾斜和跌倒。我觉得我从齐膝深的雪里跑下山来的样子跟那只鸟十分相似——我的脚捆在松木板上，踩重步走着之字形而非直线的路。我从一个台阶冲向另一个台阶，依靠我手中的拐杖，手臂伸到荒谬的长度，在空中挥动着保持平衡。抵达那条沥青路时，我向后跌入雪中，精疲力竭，朗声大笑，享受着脸上出汗，又被冬天的风吹冷的感觉。

我把木板从脚上拿下来，沿着沥青路走向农庄，路上大部分时间在跑，需要休息时才走路。依据天空中太阳的方位，我到达农庄时已是中午过后很久。

接近那栋房子时，一只狗把头从狗门伸出来狂吠。它没有上前来，这倒让我吃了一惊，因为我的着装实在怪异：绿色的齐胸胶靴，靠垫泡沫像稻草人的稻草一样叉开，胳膊裹在毛巾里，一块红色方格的窗帘裹在肩头，缠在手腕上。换作是我，也会吠叫。

我朝门廊和那条狗走去，门开了，一个老人拿着把猎枪走了出来。

“当真？”我说，话语中充满恼怒，“你是在开玩笑吧。”

“你是谁？”老人问道，语气柔和，更多的是好奇而不是气愤。他把枪筒放在我们中间的地上。

“我叫乔·塔尔伯特，”我说，“我被绑架后逃脱了。你能叫警察来吗？如果可以的话，我在这里等。”

一个老妇人走到男人身后的门口，那条狗退进屋内，她的腰围占据了大半个门。她一只手放在老男人的肩上，叫他让到一边，他照做了。

“你被绑架了？”她说。

“是的，女士，”我说，“两天前我从一辆车里跳了出来，就在暴风雪来临之前，我一直藏在那边森林里的一间小屋里。”我用拇指冲肩后指了指，“能告诉我我在哪里吗？”

“你离明尼苏达北支约七英里。”她说。

“那边那条河——是什么河？”我问道。

“圣克罗伊河。”她说。

对于为什么要在我的腿上系煤砖，我的看法是对的，那么洛克伍德打算把我抛进圣克罗伊河。想到他离完成任务有多近我不禁浑身战栗。我将在冰下漂流，肌肉被冲得跟骨头分离，被觅食的鱼吃掉，直到水流冲断木头链子，支解我脚踝的骨头。我会与水流一起涌动，身体碰到石头和树木时碎成一片片，河流把我的残骸分散在这儿和新奥尔良之间。

“你饿吗？”那个女人说。

“非常饿。”

女人用手肘轻推了一下老男人，老男人让到一边——虽然他没有把枪收起来。她带我进去，给我吃玉米面包和牛奶，跟我一起等待警长的到来。

第五部

枪声响起

一

警长是一个秃顶、留着浓密黑色山羊胡的高大男人。他客气地请我坐在警车后面，但他实际上没有给我选择的余地。我把我的故事从头到尾讲给他听。讲完后，他用无线电叫出我的名字，请调度中心查看我是否有逮捕状。我没有。但返回来的信息表明我也不是一个失踪人员。我没有告诉莱拉我要去哪里。她或许以为我去奥斯丁处理杰里米和我母亲的事情了。

“我们要去哪里？”他发动车子，突然转变方向时我问道。

“我要带你去中心城区的执法中心。”他说。

“你要带我去监狱？”

“我不确定要如何处置你。我认为我可以逮捕你，因为你非法闯入那间狩猎小屋。那是三级盗窃。”

“盗窃？”我说，愤怒得提高了声音，“洛克伍德想要杀我。我不得不闯入那间小屋。”

“那是你的说法，”他说，“但我根本不认识你。我从没听过洛克伍德这个人。你也没有出现在失踪人员报告里，在我查明事情真相之前，我只能把你放在一个我可以监视得到的地方。”

“哦，老天！”我愤慨地交叉双臂。

“如果你的说法得到证实，我会放了你，但是在我把事情弄清楚之前，我不能让你走。”

起码他没有把我铐起来，我想。在后座的狭小空间里，我能闻到毛巾、沙发垫和齐胸长靴的刺鼻气味。这是我之前没有注意到的味道。就在我思量着这股味道时，一个想法跃入我的脑海。我知道有人能让这位警长相信我说的是事实。

“给麦克斯·鲁珀特打电话。”我说。

“谁？”

“麦克斯·鲁珀特探长。他是明尼阿波利斯凶杀案小组的。他知道有关洛克伍德和我的一切事情。他会为我担保。”

警长接上无线电，请电讯中心联系明尼阿波利斯的麦克斯·鲁珀特。我们往前开了一会儿，没有说话，警长在前座吹着口哨，我则焦急地等待着电讯中心确认我不是疯子，也不是个窃贼。警长把车驶入中心城区监狱的出入口时，无线电里传出那位女调度员急促刺耳的声音，告诉警长麦克斯·鲁珀特下班了，不过他们正在联络他。我无可奈何地垂下了头。

“抱歉，”警长说，“我得把你关上一段时间。”他停好车，打开我这边的门，把我的手铐在背后，领我进入一间已经准备好的房间，一个狱卒给我换上了橙色囚服。他关上单人牢房的门时，我感觉异常满足。我很暖和、安全，并且活得好好的。

大约一个小时后，一个护士进来清理我的伤口，给比较深的伤口缠上绷带，给其他的伤口涂上抗菌药膏。我的脚趾尖和手指尖仍然被冻得没有知觉，但她说这只是暂时的。她离开后，我躺在铺位上休息，不知不觉就睡着了。

后来，一阵窃窃私语把我吵醒，“他睡得真香，我真不想打扰他。”一个我有点儿熟悉的声音说道。

“我们很乐意让他在这里待上几天。”另一个声音说，那是那位警长。我从铺位上坐起来，揉揉惺忪的睡眼，看见麦克斯·鲁珀特站在我牢房的门口。

“嘿，睡美人，”他说，“他们说你或许需要这些。”他扔给我一件运动衫，一双大三码的冬靴。

“你怎么在这里？”我问。

“接你回家。”他说，“我们还有些事情要完成。”我换衣服的时候，他转过身，跟那位警长一起走回调度室。十分钟后，我在鲁珀特没有标志的警车里——这次是前面的乘客座，而不是后面的——离开中心城区，前往明尼阿波利斯。太阳落山了，但它的余晖仍然照射着西方地平线。我把发生的事情告诉了鲁珀特，他耐心地倾听，尽管我确信那位警长已经给他讲过了。

“我认为他打算把我抛进河里。”我说。

“很有可能，”鲁珀特说，“听说你从森林里出来，像个精神错乱的山顶野人声称洛克伍德绑架了你后，我调查了一些事情。我追踪了你的车辆信息。你的车昨天被开了罚单并被拖走了。它停在明尼阿波利斯一条应急雪道上。来这里之前我去了趟扣押场。”他从后座抓过我的车钥匙和装着我手机的背包。“这些在你的车上。”

“你有没有碰巧找到一个钱包或者数字录音机？”

鲁珀特摇摇头，“但我们的确在后座找到了一个手持冰钻和大锤。

我敢说这些不是你的。”

“不是。”我说。

“他很有可能计划把你扔进圣克罗伊河的冰里。我们永远找不到你。”

“我猜他以为我死了。”

“肯定是这样，”鲁珀特说，“当你勒一个人时，由于血液不再流向大脑，他们会失去知觉，但是他们还没有死。加上冷空气让你的体温降低，让他以为你已经是一具尸体。”

“我差点就是，”我说，“你说他们发现我的车在一条应急雪道？”

“对，停在离公共汽车站大约一个街区的地方。”鲁珀特说，“洛克伍德可能上了一辆公共汽车，有可能去往任何方向。”

“他在逃？”

“有可能。或许他希望我们认为他逃跑了。我们核查了他名下的信用卡购物信息，但是没有发现任何踪迹。他或许用现金买了张票。我也让几个警官检查公交车站的监控录像。到目前为止他们没有在录像带上发现洛克伍德。我们已经发出了追捕他的通缉令。”

“那么你相信我？”我问，“相信就是他杀死了克丽斯特尔·哈根？”

“看上去是这样，”他说，“他绑架你，已经让我有足够的依据逮捕他，我们找到他的时候，就能拿到他的 DNA。”

“我们可以去他家，”我说，“他用威士忌酒瓶喝酒，上面会有他的 DNA，或者我们可以拿他的牙刷。”

鲁珀特撮起嘴唇，叹了口气。“我已经派人去了洛克伍德家，”他说，“他们到达那里的时候，消防部门刚刚结束工作。那个地方被烧为灰烬。

消防队长相当肯定是人为纵火。”

“他烧掉了自己的房子？”

“他在试图掩盖他的踪迹——处理掉任何可能会指向他的细枝末节。我们连一个烟头和酒瓶都没找到——没有找到任何可能有他 DNA 的东西。”

“接下来我们该怎么办？”我问道。

“这件事里不再有‘我们’，”鲁珀特，“你不要再插手这件事。我不希望你去寻找道格拉斯·洛克伍德，明白吗？我们正在着手调查。这只是时间问题。”

“但是时间就是问题——”

“这个家伙差点杀了你，”鲁珀特说，“我知道你想在艾弗森死之前终结这件事情。我也想那样。但是你现在需要保持低调。”

“他现在不会来找我——你们已经介入了。”我说。

“你在假定洛克伍德是理智的，不是那个想要杀你来平息事端的人，”鲁珀特说，“你见过他。你觉得他理智吗？”

“呃，我想想，”我带着讽刺的语气说道，“我跟道格拉斯·洛克伍德在一起的时间里，他大叫，喋喋不休地疯狂说着《圣经》中的句子，用威士忌酒瓶砸我，勒我，把我推进行李箱里，还试图射杀我。我认为我们可以排除理智。”

“这就是我要说明的问题，”鲁珀特说，“你需要格外小心。如果他仍在附近，他很有可能会跟踪你。他会将你视作他所有问题的根源。我认为他有你的名字和地址。这些在你的钱包里，对吧？”

“该死的。”

“你有地方可以待一阵吗，某个他不会去的地方——也许你父母家？”

“我可以跟莱拉待在一起，”我很快说道，“你见过她。”我并没有说莱拉离我的住处就几英尺远。我不想回奥斯丁。

鲁珀特从我们中间的储藏小柜拿出另一张他的名片，“以防他出现。我在上面写下了我的私人手机号码——全天候二十四小时都能找到我。”

鲁珀特让我退出，这让我心中很不是滋味。这是我的作业。我把它从尘土中挖掘出来，拿给他，他并不想要。现在我们如此接近最后的真相，现在洛克伍德就在我们的手头，他却想要把我打发走。他说，“我们正在着手调查。”我听到的却是，“我们将这起案子放进了正在进行的那堆案子中，如果洛克伍德出现，我们会逮捕他。”我闭上双眼，眼前浮现出一幅景象。我看见卡尔落入水下，在一条河里挣扎，我外祖父的救生衣缠住他的胳膊。在我想象的景象中，我抓住那条锚索不放，不去救他的命。不要有下次，我告诉自己。这份作业我还没有完成。我会想出方法参与进去。我会做我需要做的事情，让调查进行下去，在卡尔去世之前将洛克伍德关进监狱。

二

我给莱拉打了电话，请她到市政厅接我。警方扣了我的车作为证据来寻找指纹等等。我在电话上告诉了莱拉发生的一些事情。在她开车载我回公寓的路上，我把整个故事都对她讲了。她触摸了我头上被威士忌酒瓶砸破的地方、我脖子上被带子勒过的擦伤处。她请我重复洛克伍德读过日记后说的话。我努力回想。

“他说克丽斯特尔是巴比伦的淫妇，”我说，“他没完没了说着我不懂他对她的爱——那是依据《圣经》，她是……什么……有关孩子是来自上帝的赏赐。然后他说他做的是他憎恶的事情，并拿瓶子砸了我。”

“听起来他有点精神失常。”她说。

“毫无疑问。”

回来的路上我一直留神观察，端详我们经过的每个人的脸。我们把车停在公寓后，我环顾四周，查看车辆的挡风玻璃，看有没有人坐在驾驶座上或者有脸透过仪表板窥视。街区尽头路灯闪烁让影子晃动。有一瞬间我觉得我看到了道格拉斯·洛克伍德耷拉着肩膀藏在一个垃圾桶后面，但后来发现那是一只废轮胎。我没有向莱拉解释我新近出现的多疑症的原因，但我想她明白。

我并没有完全理解我的苦难经历给我的身体带来的创伤，直到我走上通往公寓的狭窄楼梯。我身体如此多地方火辣辣地痛：我的战栗发抖让腿肚子、肩膀和背部像打了结一样，整个身体产生一阵剧烈的痉挛。我胸口、胳膊和大腿上的伤口和擦伤纵横交叉，仿佛我跟尖背野猪摔过跤。我在台阶转弯处停了下来记住感到疼痛的地方，才继续走到顶端。

我不必要求莱拉让我那天晚上待在她的公寓——她主动提出来了。她还表示要给我做鸡肉面汤。两者我都接受了。她领我去了她的浴室，帮我打开淋浴器后离开。水落在我皮肤上的感觉很好，放松了我肌肉的结，洗掉我头发上的血污和伤口上的污垢。我在沐浴间待的时间比平时要久，要不是知道莱拉在为我做汤，我会待得更久。我把自己擦干，小心地不触碰各种伤口。从淋浴间出来时，我看到几件干净的衣服整齐地叠放在马桶坐圈上。莱拉从我的裤子口袋里摸出了我的公寓钥匙去隔壁拿来了干净的平脚短裤、一件 T 恤和睡衣。她还拿来了剃刀和牙刷，我可以刮脸、刷牙，这是三天以来的第一次。

我从浴室走出来时，莱拉正把汤从炖锅倒进一个碗里。她换上了她最喜欢的双城队宽大套衫、粉红的睡裤和相配的拖鞋。我喜欢她的双城队套衫。

“你看起来非常痛苦。”莱拉说。

“是，我有点疼。”我说。

“去躺下来，”她说，指着她的卧室，“我把汤端进去。”

“如果你让我睡在沙发上，我会感觉更好一点。”我说。

“别跟我争。”她说着指向卧室的门，“你吃了不少苦，应该在床上睡。就是这样。”

我没有再争辩。我一直期盼在一张床上睡觉，有枕头、被单和温暖的被子。我把一个枕头靠在床头板上，爬上床，闭上眼睛来品味床的柔软，抚慰我疼痛的身体。莱拉拿来了汤，还有薄脆饼干和一杯牛奶。她坐在床边，我们又谈论起我经历的磨难。我告诉她我在小屋里面生火，我穿到营救地专门设计的服装，方格大衣等等。我喝完汤后，莱拉拿走我的碗、盘子和杯子，我听见她把餐具放进水槽发出的咔嗒声。四周安静了一会儿，直到莱拉回到卧室。

她走进来——我看到她时——我屏住了呼吸。莱拉把运动衫的纽扣几乎解开到了肚脐处，她乳房的曲线从衣服后面显现出来，衬衫的尾端滑过她平滑的光腿。

我的心怦怦直跳，我确信她看得出来。我想说话但是找不到词语。我只是看着她，惊叹着她的美。

她缓慢而优雅地抬起一只手划过胸部，从右肩除去衬衫，衣服落到她的胳膊肘，露出她右边的乳房。接着她从左肩拉掉衬衣，让套衫落到地上，身上只剩下一条花边黑色短裤。

她拉下被子，溜到我身边，吻着我胸部的擦伤，我胳膊上的一处划伤，我的脖子。她温柔地移动到我身体下边，亲吻我的伤口，抚摸我紧张的肌肉，无限温柔地触摸我。她把唇靠近我的唇，我们温柔地亲吻了，我的手指抚摸着她的短发，她的身体贴着我的身体。我另一只手抚摸着她的背部和臀部线条，用我的手指探察她形体的美妙。

那晚我们做爱了——不是出于酒精和荷尔蒙的那种出汗、笨拙、紧张激动的爱，而是缓慢融化的，星期天早上的那种爱。她像一阵轻风拂过我，她柔软、坚韧的身体在我胳膊中几乎没有重量。我们搂抱依偎，直到她跨坐在我身上，缓慢地扭动翻腾。一片月光透过窗帘间的缝隙照射到她的身上，她的背部拱起，手支撑在我的大腿上，头甩回来，眼睛闭着。我敬畏地看着她，将这幅景象锁进我的脑海深处，将这份记忆永远保存。

三

天亮之前我就醒了。莱拉仍然在我怀里，她的背紧贴着我的胸部，她的臀部和大腿与我的平行。我吻了吻她的后脖颈，她动了动，但没有醒。我温柔地闻着她的体香，闭上我的双眼在大脑中重现昨晚的景象，记忆让我沉醉，我像极度醉酒般安静下来，再次入眠。八点半左右手机铃响我才再醒来。我花了会儿工夫从莱拉的浴室中找到我的裤子，从口袋里拿出手机。

“你好？”我说着走回床边。

“乔·塔尔伯特？”

“是的，我是乔。”我说着揉了揉眼睛。

“我是无罪计划的包迪·桑登。我没有吵醒你吧？”他说。

“没有，”我说谎道，“怎么了？”

“你不会相信我们交了好运。”

“什么？”

“你有没有关注拉姆西县取证实验室的新闻报道？”

“没有印象。”我说。

“圣保罗有独立于 BCA 的自己的取证实验室——拉姆西县取证实验室。几个月前，他们的三位科学家在一次庭审中做证说对于他们的很多程序他们没有书面协议。当地的辩护律师简直疯了，大闹了一场。于是这个县在协议问题得到解决前停止了实验室目前的工作。”

“那怎么会是我们的好运气？”我说。

“呃，他们现在没有做任何 DNA 测试，由于没有合适的书面协议，任何平庸的辩护律师都能否决证据。但是在你的案子中，被告方要求进行测试。检察官绝不会挑战测试的可靠性，因为这么做会迫使他们承认多年来他们一直在用的证据是错误的。”

“抱歉，我没听懂。”

“我们有一实验室的科学家由于行政问题现在什么也没有测试。我有个朋友在那里，我请她做我们的指甲测试。她一开始拒绝了，我把艾弗森快不行了的情况告诉她后，她同意了。”

“你让她做了 DNA 测试？”

“做了。我这里有结果。”

我没法呼吸。我认为桑登没有马上告诉我结果是为了卖关子，我急切地问道：“然后呢？”

“他们在指甲上找到了皮肤细胞和血——男人和女人的 DNA。我们能认为女性 DNA 是克丽斯特尔的。”

“男性 DNA 呢？”我问。

“男性 DNA 不属于卡尔·艾弗森，不是他的皮肤，也不是他的血。”

“我就知道，”我说，“我就知道不会是卡尔的。”我欢欣而激动地在空中挥动拳头。

“我们现在只需要洛克伍德 DNA 的样品。”桑登说。

我那番兴高采烈的劲头一下子没了，就像气球突然爆裂。“你没有跟麦克斯·鲁珀特谈过，是吧？”

“鲁珀特？没有。怎么了？”

“洛克伍德逃跑了，”我说，“他把自己的房子烧毁后跑了。鲁珀特说他把带有他 DNA 痕迹的东西全毁掉了。”我没有告诉桑登教授为什么洛克伍德在逃。我没有告诉他我去他家里找他，以及绑架事件。我明白，我的行动尽管出于好心，却造成了洛克伍德的逃亡。我感到心烦意乱。

莱拉从床上坐起，对我的谈话很感兴趣。我打开免提电话，让她能听到。

“呃，”桑登说，“我们有日记、照片，以及目前洛克伍德在逃和烧毁自己的房子的事实——这可能足够让我们回到法庭。”

“足够证明卡尔无罪吗？”我问道。

“我不知道。”桑登教授似乎在自言自语，各种假设在他头脑里打架，“假设 DNA 是洛克伍德的。他可以说那天早上他跟克丽斯特尔吵架了，她抓伤了他。毕竟他们住在同一个房子里。有可能 DNA 的产生并不是因为他杀了她。”

莱拉开口了，“他说过在她被杀后他才回到家里。等一等。”莱拉爬下床，穿上她的双城队套衫，冲出房间。

“这是谁？”桑登问。

“我的女朋友莱拉。”我说，说出这句话感觉真好。我可以听见她光着脚跑向我公寓的声音。几秒钟后她回来了，手中拿着一卷庭审记录，她快速浏览着页面。“我记得丹妮尔……克丽斯特尔的妈妈做证……”她又翻过一页，手指在字里行间滑动。“在这里。克丽斯特尔的妈妈做证说克丽斯特尔那阵心绪不佳，于是那天早上她让克丽斯特尔睡到很晚。道格拉斯和丹妮离开后，她叫醒克丽斯特尔……”她对自己读了几秒钟，然后大声读出那段话。“我叫醒克丽斯特尔，让她去洗个澡，因为她总是磨磨蹭蹭才去上学。”

“道格拉斯离开家后她洗了澡。”我说。

“没错，”莱拉合上记录，“道格拉斯·洛克伍德的DNA出现在那片指甲上的唯一可能是她放学后，他见过她。”

“如果那是洛克伍德的DNA的话。”桑登说。

“如果让你赌呢？”我问。

桑登想了一会儿说：“我会赌指甲上是道格拉斯·洛克伍德的DNA。”

“那么回到我最初的问题，”我说，“在没有DNA的情况下，有足够的证据证明卡尔·艾弗森无罪吗？”

包迪在电话中叹了口气。“也许，”他说，“我有足够的证据来举行听证会。如果我们能够弄清那个DNA是谁的……我是说她或许在学校抓伤了她的男朋友或是另一个男孩。找不到相配的人，就会有太多的回旋余地。”

“那么我们需要道格拉斯的DNA，不然我们就前功尽弃。”我说。

“也许我们能在听证会之前找到他。”桑登说。

我再次垂下头。“嗯，”我说，“也许。”

四

那天，莱拉和我去看望卡尔。我需要告诉他有关DNA以及洛克伍德在逃的事情，我不会提及洛克伍德绑架我并试图杀害我的那部分。我也不会提及洛克伍德或许仍然想杀掉我，以及我现在经过的每一片阴影都吓得我灵魂出窍。我们走进希尔维尤，对珍妮特和洛格伦太太点点头，拐入过道去往卡尔的房间。

“等等，乔，”洛格伦太太喊道，“他不在那里了。”

我的心跳到了嗓子眼：“什么？怎么了？”

“没什么，”她说，“我们把他挪到了另一个房间。”

我拍了拍胸脯：“你差点把我吓出心脏病。”

“对不起，”洛格伦太太说，“我没想要吓你。”她领我们穿过走廊来到一个僻静的房间，一个好房间，卡尔躺在床上，正对着一扇大窗，窗外雪压弯了一棵松树。为迎接圣诞节，他们装饰了这个房间。墙上高高挂起松树花环，圣诞装饰品挂在百叶窗上，贴在墙上。四张圣诞卡片半开着，装饰性地竖着摆在他床边的桌子上。我瞥了眼卡片，一张来自珍妮特，另一张来自洛格伦太太。尽管还有两个星期才过圣诞节，我说道，“圣诞快乐，卡尔”，走进了房间。

“乔。”卡尔笑了，喘息着轻声说道。他鼻子上有一根管子供给他氧气。他的胸部随着沉重的喘息而起伏，他的肺部不够有力，无法积蓄空气。“这是莱拉？真好。”他把颤抖的手伸过床边，莱拉温柔地抓住他的手。

“很高兴终于见到你了。”莱拉说。

卡尔看着我，冲我的脸点点头。“那里怎么了？”他问道。

“哦，那个，”我说着，摸了摸威士忌酒瓶留下的伤口，“前几天晚上我不得不把一个强硬的家伙撵出莫莉酒吧。”

卡尔眯起眼睛看着我，似乎他能看穿我的谎言。我转换了话题。“我们拿到了测试结果。”我说，“克丽斯特尔的指甲上没有你的DNA。”

“我早就知道这一点……”他说着，眨了下眼，“不是吗？”

“桑登教授，负责无罪项目的人，说足够重审你的案子。”

卡尔思考了一会儿，仿佛他需要时间让这些句子打破他在过去三十年里建造的那堵墙。然后他笑了，闭上双眼，把头靠在枕头上，“他们将撤销……对我的判决。”

听到这些话，我明白尽管他极力地表示不在乎，他的确在意洗刷罪行。证明他的清白对他来说意味甚多，虽然他不想让别人看出这一点，也许比他自己想象的更重要。我感觉到有一股重量压在我身上，让我的肩膀下沉。“他们会尝试，”我说，看了莱拉一眼，“他们会举办听证会。只是时间问题了。”我还没意识到自己说了什么，这句话就从我嘴边溜了出来。卡尔微微一笑，看着我：“那正是……我没有的……东西。”他的注意力又转回窗口边，“你看见雪了吗？”

“是的，我看到了。”我笑道。对于卡尔来说雪意味着无比的平静与美好，但它差点杀死我。“真正的暴风雪。”我说。

“好极了。”他说。

我们探访了快一个小时，谈论着雪、鸟和被压弯的松树。我们倾听着卡尔讲述阿达湖边他祖父的小屋的故事。我们谈论着太阳底下的一切事情——除了他的案子，这就像谈论太阳系而不提及太阳。屋里的每个人都明白卡尔的无罪证明要在他死后很久才能拿到。我突然又感觉自己像当年那个十一岁的孩子，看着我外祖父在河水中不断扭动。

卡尔有些精力不济，我们道了别，不知道在他死之前我们能否再见他。握住卡尔的手时，我尽量不让卡尔看出我的悲伤。他冲我笑，用一种我难以理解的真诚。我真希望在那一刻我能像他那样接受并肯定自己的生活。

我们在洛格伦太太的办公室停了下来，感谢她把卡尔挪进一个更好的房间。她从桌上的一个盒子里给我们每人拿了一个薄荷糖果棒，示意我们坐下来。“我无意中听到你们在说有关 DNA 的事情。”她说。

“死去女孩的一个假指甲在抗争中脱落了，”我说，“它上面仍有凶手的 DNA。他们检测了 DNA，不是卡尔的。”

“真是太好了，”她说，“他们知道是谁的吗？”

“它属于……我是说，它应该属于那个女孩的继父，但是我们不能肯定。目前为止，我们只知道它可能属于这世上除了卡尔·艾弗森之外的任何男人。”

“他死了？”她问道。

“谁？”

“那位继父。”

我耸耸肩。“他死了倒好，”我说，“他失踪了，我们拿不到他的

DNA 样本。”

“他有儿子吗？”她问道

“有。怎么了？”

“难道你不知道 Y 染色体？”洛格伦太太说。

“我知道有这么个东西，但我不是太了解。”

她往前俯在她的办公桌上，手指放在一起就像一位校长准备向一个倒霉的学生讲课。“只有男人有 Y 染色体，”她说，“父亲会通过 Y 染色体将他的遗传密码传给儿子。这些遗传因子几乎是一样的。父子的 DNA 变化甚微。如果你拿到他儿子 DNA 的样本，那就可以排除掉这个儿子的所有非直系男性亲属。”

我盯着她，惊奇得下巴要掉下来了，“你是 DNA 专家？”

“我确实拥有护理学位，”她说，“如果不学习生物知识，就无法得到这个学位。但是……”她窘迫地笑了，“我是从电视上的法医档案了解到 Y 染色体的，从这些节目中了解到的东西让人惊奇。”

我说：“那么我们要做的就是拿到一个男性亲属的 DNA？”

“没有那么简单，”洛格伦太太说，“你得拿到三十年前在世上的所有男性亲属的 DNA：儿子、兄弟、叔伯、祖父。就算到那个时候，你做的也只是增加那位继父是罪犯的可能性。”

“真是个好主意，”我说，“我们可以使用排除法来表明那是道格拉斯的 DNA。”

莱拉说：“麦克斯·鲁珀特说过不要插手这件案子。”

“严格说来，他说的是远离道格拉斯·洛克伍德，”我对莱拉笑道，“我不去追道格拉斯·洛克伍德。我要追踪他之外的所有人。”

离开洛格伦办公室的时候，我感觉像拥有一双崭新运动鞋的孩子，急切地想要试穿。回公寓的路上，我脑中不禁转起一连串念头。我们到达后，马上取出电脑。她搜寻洛格伦太太有关 Y 染色体的信息，我浏览网络寻找有关洛克伍德的家谱信息。莱拉找到了几个有关 DNA 的专业网站，证明洛格伦太太所言非虚。她还找出沃尔玛出售 DNA 亲子鉴定工具，有拭子和无菌包装——我们可以用这个工具从脸颊采集皮肤细胞。

我却没找到洛克伍德的什么亲戚。我找到一个名叫丹·洛克伍德的人，出生日期是对的，住在艾奥瓦梅森市，在一家商场做保安。这一定是克丽斯特尔的继兄。我追踪了他的脸书页面和其他我能想到的社交媒体，没找到任何东西表明他有男性亲戚——连父亲也没有。这并不让我吃惊。如果我是丹尼，我也会竭力否认那位总是飙《圣经》的精神变态。这倒让我充满希望，我们不需要追查洛克伍德家的太多男人就可以把矛头指向道格拉斯。

“那我怎么能够让丹尼给我他的 DNA ？”我问莱拉。

“你可以试着向他要。”她说。

“向他要？”我说，“打扰了，洛克伍德先生，我能从你脸上刮掉一些皮肤细胞来证明你父亲杀了你的继妹吗？”

“如果他拒绝，情形也不会比现在更坏，”她说，“如果失败了……”她没有说完，似乎在考虑一个方案。

“什么？”我问道。

“我们需要的只是他的一些唾沫，”她说，“就像在咖啡杯或者香烟头上的。我读到了加利福利亚的一个故事，有关一个叫加列戈的人。

警察跟着他，直到他扔了一个烟头。他们捡起来，就有了他的DNA。他便进了监狱。如果其他方法行不通，我们可以跟踪丹尼，等到他扔掉一个烟头或者把咖啡杯扔到垃圾箱。”

“我们？你一直提到的‘我们’是谁？”我说。

“你没有车，”莱拉说，“你的车仍是证据，记得吗？”她倾身越过桌子吻我，“此外，我不会让你撇开我去做这件事。我要确保你不被另外一个威士忌酒瓶砸到。”

五

丹·洛克伍德住在艾奥瓦梅森市的老旧蓝领区，在铁轨北面，房子与街上其他房子混杂在一起。我们开车经过了那间房子两次，仔细对照我们在网上找到的信息核查门牌号。第二次经过后，我们开车穿过他屋后的小巷，越过凹坑，避开雪堆，寻找生活的痕迹。我们看见一个堆满了白色垃圾袋的垃圾箱，立在房子的后门旁。我们还看见有人用铲在齐膝深的雪地里开出一条路，联结房子和小巷。我们暗暗记下这些，继续开了几个街区，最后一次商定我们的计划。

中途我们在路边的沃尔玛停下来，买了一个亲子鉴定工具，里面有三根棉签，一个样本信封，以及怎样从脸颊内侧刮掉皮肤细胞的说明书。莱拉把工具装进她的钱包。我们决定直截了当。我们会去丹家，问问他 1980 年在世的所有男性亲属的情况，然后请他让我们擦拭他的脸。如果这行不通，我们会实施 B 计划——跟着他直到他吐出他的口香糖或者类似的东西。

“你准备好了吗？”我问道。

“让我们去见丹·洛克伍德。”她说着，把车停在车道。

我们把车停在了那栋房子前面，一起走上前面的人行道，摁了门铃。一个中年妇女应了门。她的脸由于抽烟而过早地苍老，烟味像手套拍打着我们。她穿着一套青绿色的运动服和一双蓝色的拖鞋，头发像一团烧过的银丝。

“我们能跟丹·洛克伍德谈谈吗？”我问。

“他出城了。”她说，她的声音低沉，仿佛她需要清清嗓子，“我是他的妻子。我能帮上什么忙吗？”

“不用，”我说，“我们真的需要跟洛克伍德先生谈谈。我们可以再来——”

“有关他的老爸？”她说。我们已经开始从门边转身，但是停了下来。

“你指的是道格拉斯·洛克伍德？”我说，尽量显得正式。

“没错，他的老爸，失踪的那个。”她说。

“事实上，”莱拉说，“我们就是为这个来的。我们希望跟洛克伍德先生谈谈这件事。他什么时候回来？”

“他应该马上到家了，”她说，“他在从明尼苏达回来的路上。如果你们愿意的话，可以进来等。”她转过身走回去，指向一个棕色的乙烯沙发。“请坐。”

咖啡桌上的一个烟灰缸里装满了烟头，有几个是万宝路的，但更多的是维珍妮牌女士香烟。“看来你喜欢万宝路。”我说。

“那些是丹的，”她说，“我抽维珍妮。”莱拉和我交换了一个眼色。哪怕洛克伍德太太离开房间一秒钟，我们就能轻易获得我们的DNA样本。

“你说洛克伍德先生在明尼苏达？”我说。

“你们看上去实在太年轻，不像警察。”她说。

“嗯……我们不是警察，”莱拉说，“我们来自另一个机构。”

“你是说像社会服务这种？”洛克伍德太太问。

“丹去明尼苏达找他父亲吗？”我问道。

“是的，”她说，“他听说他父亲失踪后就去了那里。大风暴那天他离开的。”

我看着莱拉，为洛克伍德太太的话感到困惑，“丹是在风暴之前还是之后去的明尼苏达？”

“星期五，就在风暴来袭之前。他被大雪困在那里了。几个小时前给我打来电话说他在回家的路上。”

我在脑中做计算。道格拉斯·洛克伍德在星期五绑架了我。那天晚上风暴增强，我藏在猎人的小屋。我星期六度过了暴风雪，星期天步行去了农场。据明尼苏达警方的说法，道格拉斯·洛克伍德星期天才失踪。

“这么说在他出门前他告诉你他父亲失踪了？”我说。

“不是的，”她说，“他星期五接到一个电话……哦，那是什么时候？下午晚些时候——我记不清了。他躁动不安，说他必须去老爸家一趟。他是这么说的，然后他就出门了。”

“那么你是怎么知道道格拉斯·洛克伍德失踪了？”莱拉问。

“星期天我接到了一个警察的电话。他想跟丹谈谈。我告诉他丹不在家。于是他问我是谁，最近有没有见过丹的老爸。我跟他说没有。”

“那个警察叫鲁珀特吗？”我问道。

“我不清楚，”她说，“可能是。接着他那个讨厌的继母打来了电话。”她说着，噘起嘴。

“继母？丹妮尔·哈根？”我问道。

“没错。她好多年没跟丹说过话了。估计就算他要渴死了，她也不会对他吐唾沫。她星期天打电话给他找事。”

“她说了什么？”我说。

“实际上我没跟她说话，”她说，“我以为又是那个警察，因此我把电话转到了答录机。”

“她说了什么？”莱拉问道。

“哦，我想想……她这么说的……DJ，我是丹妮尔·哈根。我只想告诉你警察今天来这里找你那个狗屁父亲。我告诉他们我但愿他死了。我但愿——”

“等等，”我说，打断了她，“我认为你搞错了。你是说她打电话来告诉你 DJ 失踪了？”

“DJ 没有失踪。他的老爸失踪了。道格拉斯失踪了。”

“可是……可是……”我结结巴巴地说。

莱拉从我结巴的地方继续说。“但是，道格拉斯是 DJ。”她说，“道格拉斯·约瑟夫。他的首字母是 DJ。”

“不，丹是 DJ。”洛克伍德太太看着我们，似乎我们试图让她颠倒黑白。

“丹的中间名是威廉。”我说。

“对，但他还是个小孩的时候，他父亲跟那个婊子结了婚。她喜欢别人叫她丹妮，觉得这让她听起来像个假小子。一个家不能有两个丹尼，她便让大家叫她丹妮，叫他小丹尼（Danny Junior），过了一阵后他们就干脆叫他 DJ。”

我的头开始旋转。我把一切都搞错了。莱拉看着我，她的脸苍白，她的眼神告诉我她也明白了我早就了然的事情——我们在杀害克丽斯特尔·哈根的凶手的起居室中。

“好啦，丹回来了。”洛克伍德太太说着，指向开进车道的一辆皮卡车。

六

我试图想出一个方案，但是我听到的全是对自己的咒骂。那辆卡车经过窗前，在房子旁边的车道上停了下来。驾驶室门开了，夕阳投射出足够的光芒让我看见一个打扮得像伐木工留着平头的人从卡车上下来。我看着莱拉，用眼神恳求她，希望她能想出逃离的方法。

莱拉站起身来，似乎一阵电流流经她屁股下面的垫子。“表格，”她说，“我们忘了拿表格。”

“表格。”我重复道。

“我们把表格落在车里了。”她说，头歪向前门。

我站起身来。“当然，”我说，莱拉和我都开始朝门边退，“抱歉，我们……嗯……得去车里拿表格。”

那个男人绕过屋子角落，沿着人行道朝前门廊走来。莱拉走出门，走下门廊的三级台阶，差点撞到丹·洛克伍德。洛克伍德在台阶底部停了下来，他的脸因为惊奇而紧绷，等待着有人来解释为什么我们从他家出来。莱拉什么也没有说，没有问候，没有解释。她经过他身边，甚至没有看他。我跟在后面，试图同样做，但是我忍不住看他。他有他父亲的脸——细长、苍白、粗糙。他空洞的眼睛看着我，注视着我头边的绷带和脖子上的擦伤。

我们加快步伐沿着人行道走向莱拉的车。

“喂！”他在我们后面叫道。

我们仍然往前走。

“喂，你们！”他再次叫道。

莱拉爬进驾驶座，我跳进乘客座。这时我才转过头去看洛克伍德，他站在门廊的底端，不清楚他看到的是谁。道格拉斯跟他说过威士忌酒瓶的事情吗？有关带子的事情？那就是他如此仔细地看我的原因吗？莱拉开动车子，我看向身后确保洛克伍德没有跟上来。

“丹尼杀了他妹妹，”莱拉说，“当道格拉斯和丹尼都撒谎说待在道格拉斯的汽车经销店时，我以为丹尼撒谎是为了保护他父亲，实际上是道格拉斯说谎来保护他的儿子。并且日记——”

“那个秋天丹尼十八岁了，”我说，“安迪·费希尔这么跟我们说的。从法律上说，丹尼是个成人。”

“他十八岁，克丽斯特尔十四岁。那就是克丽斯特尔所说的强奸。”

“天啊，道格拉斯当时说的就是这件事，”我说着敲了敲我的额头，“那天晚上他想杀我，说了些疯话，没完没了地背诵《圣经》段落——我以为他不过是个变态，为骚扰了克丽斯特尔忏悔。但他说的是保护他的儿子。他知道丹尼杀了克丽斯特尔。他告诉警察克丽斯特尔被杀的时候丹尼跟他在一起。他不会提供不在犯罪现场的假证明，除非他知道实情。这些年他一直在保护丹尼。我带着解密的日记出现在道格拉斯家时，他试图杀掉我来保护丹尼。”

“那个电话，”莱拉说，“丹尼星期五接到的那个电话——”

“那肯定是道格拉斯打给丹尼的，让他知道我的情况，”我说，“道格拉斯肯定在他以为杀了我之后给他打了电话——来合计怎么处置我，怎么处置我的尸体。”

“一直以来是丹尼在背后，”莱拉说着耸了耸肩，“我从没离一个谋杀犯这么近。”她的眼睛因为顿悟而出现光彩，“老天，我敢说是他烧毁了道格拉斯的房子——来毁掉道格拉斯 DNA 的所有痕迹。”

“什么？但是——”

“想一想，”她说，“你认为道格拉斯是凶手，克丽斯特尔指甲上是道格拉斯的 DNA，去了道格拉斯家。你逃跑后，丹尼知道你会带警察去找道格拉斯。他们会从威士忌或者屋子里的其他东西上得到他的 DNA。但是道格拉斯的 DNA 不会匹配。那会十分接近：那会是道格拉斯的一位男性亲属。”

“王八蛋，”我说，“丹尼烧了道格拉斯的房子，毁掉了道格拉斯 DNA 的所有痕迹，那么我们将继续相信道格拉斯是凶手。”我让拼图的碎片依序排列，想到了可怕的下一步。“但是他不可能处理掉道格拉斯的所有 DNA，除非——”

“除非他处理掉道格拉斯。”莱拉说出了我的想法。

“他杀了自己的父亲？太荒唐了。”我说。

“或者说无法无天，”莱拉说，“为了避免死在监狱你会怎么做？”

“该死的。”我敲着我的大腿，“我应该在离开前抓一个烟头的。我们离得那么近。我应该伸出手拿一个。”

“我也慌了，”莱拉说，“看见那辆卡车开进来，我浑身发麻。”

“你浑身发麻？”我说，“你在说什么？你让我们脱离那里。你太了不起了。”我拿出我的手机，在口袋翻找起来。

“你在干什么？”莱拉说。

“麦克斯·鲁珀特给了我他的私人手机号，”我在每个口袋中摸索，似乎他的名片会缩成邮票大小，“糟糕！”

“怎么了？”

“名片在公寓的咖啡桌上。”

莱拉猛踩刹车，开到旁边的小路。“我们得回去。”她说。

“你疯了吗？”

莱拉把车停下来，转向我。“如果我猜得没错，为了远离监狱，丹尼烧毁了他爸爸的房子，也许甚至杀了他父亲。他下一步将是烧掉他自己的房子然后消失。他将逃到墨西哥、委内瑞拉，或者别的地方，要花上数十年才能找到他——如果能找到的话。如果我们能拿到一个他的 DNA 样本，与我们在指甲上找到的匹配的话，那么就没什么问题了。警察最终可以追捕到洛克伍德，与此同时我们可以推翻对卡尔的定罪。但我们必须现在行动。我们必须弄到他的 DNA。”

“我不会去那里，我也不会让你去那里。”

“谁说过要进去，”她笑了，把车开回车道上，“我们只需捡点儿垃圾。”

七

太阳西垂，街灯和圣诞彩灯照亮了梅森市的大街小巷。我们的计划十分简单：我们会把车开到洛克伍德家后面的小巷，关掉灯，用眼睛查看门窗。如果我们发现房子里有丝毫动静，我们会一直开，开回明尼苏达，向麦克斯·鲁珀特汇报。如果晚上一切寂静，我们也没有看到洛克伍德的人影，莱拉会把车停在邻居家车库的后面。我会溜出来，利用我的忍者隐身能力走上前去，拿走最上面的垃圾袋。

进入巷口时我打开门，莱拉的小车在冰雪凹地上颠簸。我们经过他邻居家的车库后面去看洛克伍德家的后院，只有从厨房窗户漏出来一点细微的光芒。我努力去观察邻居家的圣诞彩灯发出的柔和光芒投下的阴影后面的动静。

我们经过花园，没看到什么来阻止我们的愚蠢行为，莱拉把车停在了旁边车库的后面，用手掌盖住座舱顶灯。我开门溜了出去，蹑手蹑脚穿过小巷回到洛克伍德太太在他们家和小巷间铲出的那条路前。我在路的起点最后一次停下来倾听。除了风的呢喃，我什么也没有听到。

我走上洛克伍德家的花园，刚下的一层薄雪在我脚下嘎吱作响。我的步伐缓慢而谨慎，似乎我在走钢丝。三十英尺……二十英尺……

十英尺。我几乎可以碰到它了。突然，大约一个街区外的一辆车的喇叭声划破十二月的冷空气，让我的心漏跳了一两拍。我一动不动——我没法动弹。我一声不吭地站立，预计会有一张脸出现在窗口。我准备好跑回车边，想象与一位凶手竞走。但是没人过来，没人往外看。

我定神走完最后一步。垃圾箱的盖子七扭八歪，盖住最上面的垃圾袋。我小心地抬起盖子，放在雪上。充足的光从我头顶上的窗户露出来，让我看见了一个垃圾袋的提手。我缓慢地提起它，就像一个珠宝窃贼避免触碰到运动传感器，我的反应灵敏，平衡感稳定，我的视力……呃，有点欠缺。

一开始我没有看到那个啤酒瓶靠在垃圾袋上面，直到它从垃圾箱上端滚下来，在微光中闪闪发亮。它上下颠倒地旋转起来，碰到底部的木制门廊台阶，颠跳着，又旋转了几下，落到人行道上，碎成一堆小片，权威地宣告着我的存在。

我转身从人行道跑开，用右手死死抓住那袋垃圾，袋子里面的玻璃和罐子叮当作响，就像废品风铃。我到达人行道与小巷的交会点时，后门廊的灯突然开了。我大踏步踩在冰块上，脚不停向前迈，摔趴在小巷路上,我的臀部和肘部一阵撕裂的痛楚。我站起身,全速跑向车边，手中紧握着那个垃圾袋。

我的屁股一挨到座位，莱拉就踩下了油门，都没等把门关上。车胎在冰上旋转，车的后端来回滑动，差点撞到附近的车库。一个模糊的人影，洛克伍德家后门上的泛光灯映衬出他的轮廓，沿人行道朝我们跑过来。莱拉的车开到了一条狭长的砂砾路上，打破空转，开过小巷来到街上，把丹・洛克伍德的身影留在我们身后。

一直开到市外，我们才说话。我一直留心查看身后，看是否有洛克伍德卡车的前灯追近。没有出现。等我们到达州际公路然后向北开，我才放松下来查看垃圾袋。在最上面，一个旧番茄酱瓶子和一个油污的比萨盒旁边，至少有二十来根万宝路烟头。

“我们抓到他了。”我说。

八

我们有洛克伍德的烟头，他的DNA，这是不断变化的拼图的最后一部分。这些烟头中的DNA将匹配克丽斯特尔·哈根指甲上的DNA。一切事情都集中证明丹·洛克伍德——小丹尼，DJ——就是多年前杀害克丽斯特尔·哈根的人。全部符合。

我们沿35号州际公路向北开，朝艾奥瓦－明尼苏达边界前进，我们保持警觉，两次离开州际公路来确保没人跟踪我们。一旦旁边有车，我们等待并看着它经过我们，再并回州际公路。

很快我们进入明尼苏达，把车驶到艾伯特利加油并购买食物。我们交换了座位让莱拉休息一下。把车开回州际公路上时，我的手机响起了《加勒比海盗》的主题曲——我给杰里米的电话安排的手机铃声。

除了我们练习的那次，这是杰里米第一次给我打电话。我的脊背发凉。

“嘿，老弟，怎么了？”我说。

没有回应。我能听见他在另一端喘气，于是我再次说道：“杰里米，你好吗？”

“也许你记得你让我做的事？”杰里米说道，语气中的迟疑多过正常。

“我记得，”我的声音坠入深谷，“我让你给我打电话，如果有人试图伤害你的话。”我更紧地握住手机，“杰里米，出了什么事？”

他没有回答。

“有人打你吗？”我问。

仍然没有回应。

“是妈妈吗？”

沉默。

“拉里打你了吗？”

“也许……也许拉里打我了。”

“该死的！”我咬牙切齿地咒骂道，把手机拿离嘴边，“我要杀掉那个王八蛋。”我深吸了一口气，把手机放回耳边。“现在听我说，杰里米。我希望你回你房间并关上门。你可以帮我这个忙吗？”

“也许我可以。”他说。

“你锁好门的时候告诉我。”

“也许门现在已经锁好了。”他说。

“好的，现在把枕套从你的枕头上拆下来，把你的衣服装进去。你可以帮我这个忙吗？”

“也许我可以。”他说。

“我在去那里的路上。在我到达之前你就在房间里等待。好吗？”

“也许你要从学校来？”他问。

“不，”我说，“我快到了。我马上就到。”

“好的。”他说。

“把你的衣服收拾好。”

“好的。”

“我马上来。”

我挂掉手机，刚好从 35 号州际公路转到 90 号州际公路。二十分钟内我就能到达奥斯丁。

九

车子滑行了一段，停在了我母亲公寓的门口。我把莱拉的车转入停车挡，径直跳出门来，五步走完了从街道到门廊的二十英尺路，推开前门，拉里和我母亲猝不及防，他们拿着啤酒，坐在沙发上看电视。

“你对他做了什么？”我喊道。

拉里跳了起来，把他的啤酒罐往我脸上砸。我把啤酒罐拍开，脚步不停。他举起拳头，我猛推他的肚子，把他提起来，摔趴在沙发背上。妈妈冲我尖叫起来，但我经过她身边来到杰里米房间，我轻敲着门，仿佛我只是过来跟他道晚安。

“杰里米，是我，乔。”我说。锁开了。杰里米站在床旁边，他的左眼一道红、蓝、黑，肿得几乎睁不开眼。他的枕套里塞满了衣服。拉里实在幸运，不在我身旁。

“嘿，杰里米。”我说，拿起枕套，感觉着它们的分量，“你做得很好，”我说，把它们递还给他，“你记得莱拉，是吧？”

杰里米点点头。

“她就在门口她的车旁边。”我把手放在他的背上，带他走出卧室，“把这些给她。你来跟我一起生活。”

“他敢。”妈妈尖叫道。

“走，杰里米，”我说，“没事的。”

杰里米从我母亲身边经过，没有看她，很快地穿过起居室，走出门。

“你在搞什么？”妈妈用极尽训斥的语气说道。

“他眼睛怎么了，妈妈？”我说。

“那……那没什么。”她说。

“你的狗屎男友打了他。那不是没什么，那是人身侵犯。”

“拉里有点不开心。他——”

“那你应该把拉里赶出去，不是吗？”我说。

“杰里米按了拉里的按钮。”

“杰里米有自闭症，”我喊道，“他没有按按钮。他不知道怎么按按钮。”

“好吧，那我应该怎么做？”她说。

“你应该保护他。你应该有一个母亲样。”

“那我就没有生活了。你是这个意思吗？”

“你做出了选择，”我说，“你选择了拉里，那么杰里米过来跟我一起生活。”

“你拿不到他的社会保障金。”她生气地低声说。

我愤怒地摇头，紧握双拳，平静了一点后才说话：“我不想要那个钱。他不是饭票，他是你的儿子。”

“那你心爱的大学呢？”她语带讽刺地说。

一瞬间，我看见我的未来规划打了水漂。我深吸了一口气，叹气道，“呃，”我说，“我也做出了我的选择。”

我朝前门走，发现拉里站在路当中，他的手握成拳。“让我看看你不偷袭我的时候有多强。”他说。

拉里以一个粗笨拳击手的姿势站在一旁，双脚平行，左拳挥舞在胸前，右拳抵在胸口。其实如果他想比试一下的话，没有比他更好的目标。他的左脚侧向一边，露出左边膝盖的内侧让人进攻，而膝盖又极易从前向后弯曲。如果你踢膝盖背，它会发软；如果你踢膝盖前面，它会保持强壮。但是膝盖侧边又不一样。膝盖侧边跟干树枝一样不堪一击。

“好的，拉里，”我笑着说，“我们来试试。”

我走向他，似乎我要先用脸来承受他为我准备的右勾手。但是我突然停了下来，转过身，翘回腿，用脚跟使劲踢他的膝盖内侧。我听见骨裂的声音，拉里尖叫着瘫倒在地。

我转过身，最后看了一眼我母亲，走出门去。

十

我把头靠在莱拉汽车的乘客位窗户上，凝视着我们开过的加油站和城镇远处的灯光。我能看见我的未来毁于一旦，车的速度、窗户上的水珠，以及我眼中涌出的泪水让我的视线模糊。我再也不会回到明尼苏达奥斯丁。从现在起我要为杰里米负起责任。我做了什么？我大声说出这句话，自从我离开我母亲的公寓，这句话就一直在我脑海中盘桓着。“下学期我不能去上学。我不能既照顾杰里米，又上学。”我擦干眼睛，转向莱拉，“我得找一份正经的工作。”

莱拉把手伸到我的座位，按摩着我仍然紧握的拳头的背部，直到我松开拳头，她可以握住我的手。“不会那么糟的，”她说，“我能帮忙照看杰里米。”

“杰里米不是你要担负的责任。这是我做出的决定。”

“他也不是你要担负的责任，”她说，“但他是我的朋友。”她转身看向杰里米，他蜷起身在后座上睡着了，手上仍然抓着他的手机。“看看他，”莱拉冲杰里米点点头，“他睡得真香，仿佛他好些天没有睡觉了。他知道他现在安全了。你应该为此感到欣慰。你是个好哥哥。”

我冲莱拉笑了笑，吻了她的手背，转向窗户去看我们经过的道路并且开始思考。就在那时我想起外祖父曾说过的话，他去世那天我们在河上吃三明治时他说过的一些话，那些话已在我的记忆中封存多年。“你是杰里米的哥哥，”他说，“照看他是你应该做的事情。有一天我会没法再帮忙,杰里米会需要你。答应我你会照看他。”那时我十一岁。我不知道外祖父在说什么。但是他知道。他知道这一天会到来。想到这里，一阵平静力量的爱抚解开了我心头的结。

我们接近公寓了，从州际公路到城市街道的转换改变了轮胎摩擦的噪声，吵醒了杰里米。他坐起来，起初不知道自己身在何处，看着四周不熟悉的建筑，他的眉头紧锁，眼睛使劲眨巴。

“我们快到家了，老弟。”我说。他向下瞥了一眼。“我们要去我的公寓。记得吗？”

“哦，是的。”他说，脸上显出一丝笑容。

“几分钟后我们就可以把你塞进被窝，你能再次入睡。”

他的眉头再次皱起，“嗯……也许我需要一把牙刷。”

“你没有带牙刷？”我说。

“公平地说，”莱拉说，“你没有告诉他他要搬家。你只是让他把衣服收好。”我有点头痛，揉了揉我的太阳穴。莱拉把车驶到公寓前面的路缘。

“你能一个晚上不刷牙吗？”我问道。

杰里米开始用大拇指摩擦指节，咬紧牙关，他下巴旁边的肌肉像青蛙的食管一样鼓起。“也许我需要一把牙刷。”他再次说。

“平静下来，老弟，”我说，“我们会解决的。”

莱拉用温和平静的声音再次说：“杰里米，我带你去乔的公寓把你安顿好，乔去给你买一把新牙刷，怎么样？这样可以吗？”

杰里米不再摩擦他的手，紧急状况减轻了。“好的。”他说。

“这样可以吗，乔？”莱拉冲我笑。我也冲她笑。

八个街区之外有一个小的街角商店，只不过是迂回漫长一天的又一次迂回。我喜欢莱拉跟杰里米讲话的语气，她抚慰的态度，她对他的真心。我喜欢杰里米对这些情感的回应方式，或者至少说他对这些情感的处理，仿佛他恋上了莱拉，一种我知道超出了杰里米感受能力的情感。这让我对发生的一切感觉好了些。我不再是大学生乔·塔尔伯特，或者门卫乔，甚至逃亡的乔。从那天起，我将是杰里米的哥哥乔·塔尔伯特。我的人生将由我弟弟世界的一连串突发小事件比如忘带的牙刷来定义。

莱拉带杰里米上楼做睡前准备，我钻进汽车去买牙刷。我在去的第一家便利店找到了一把。那把牙刷是绿色的，跟杰里米的牙刷颜色一样，跟杰里米用过的每一把牙刷颜色一样。如果我在那家店里没找到一把绿色的牙刷，我得再去另一家店找。我买了些额外用品，付了钱，返回公寓。

我回来时公寓又静又暗，只有厨房水槽上方一个小灯泡亮着。杰里米在卧室睡着了，他沉闷的鼾声表明他为失去他的牙刷感到的焦虑让位给了他的疲倦。我把牙刷放在床头桌上，退出房间，让他睡觉。我决定溜到隔壁屋给莱拉一个晚安吻。我轻轻地敲她的门，用一个指节敲，然后等待着。没有回应。我抬起手再敲，停下来，又让手垂下。这是漫长的一天，她应该睡个好觉。

我回到我的公寓，在沙发上坐了下来。我在面前的咖啡桌上看见了麦克斯·鲁珀特的名片，有他私人手机号码的那张。我拿起来，考虑给他打电话。午夜的钟声就要敲响。无疑莱拉和我收集到的证据——

有关真正的 DJ 的震惊信息——足够重要到深夜打电话。我把大拇指放在第一个按键上想给鲁珀特打电话，又缩了回来，想听听莱拉的意见。此外，这给我绝佳的理由去她公寓把她叫醒。

我拿起鲁珀特的名片和手机朝隔壁屋走。我正要敲门时，手机响了，让我跳了起来。我看着那个号码，区号是 515——艾奥瓦。我把手机拿到耳边。“你好？”

“你有我的一些东西。”一个低沉沙哑的声音说道。

天哪。不可能。“你是谁？”我说。

“别跟我捣鬼，乔，”那个声音厉声说道，他很生气，“你知道我是谁。”

“DJ。”我说，我敲着莱拉家的门，把手机拿到我的脸边，这样他听不见我敲门。

“我喜欢别人叫我丹。”他说。

这时我突然想到一件事情。“你怎么知道我的名字？”我问道。

“我知道你的名字，因为你的小女朋友告诉了我。”

阵阵恐慌的感觉让我胸中忽冷忽热。我转动门把手，莱拉的门没有锁。我推开门，发现她厨房的餐桌翻倒在一侧，书扔得满地都是，她的论文作业撒落在油毡地板上。我努力想理解我看到的景象。

“正如我所说，乔，你有我的一些东西……”丹停下来，似乎是在舔他的嘴唇，“我有你的一些东西。”

十一

“接下来你要这么做，乔，”丹说，“去你的车里，沿 35 号州际公路往北开，确保带上你从我这里偷的那袋垃圾。”

我转过身，尽快地跑下台阶，我的手机仍然紧贴在耳边，“如果你伤害莱拉，我就——”

“你就怎样，乔？”他说，“告诉我。我真想知道。你想怎么对付我，乔？不过在你告诉我之前，我想要你听听。”

我听见了一个含糊的声音，一个女人。我听不清她说了什么，那更像是咕哝。接着咕哝声被一个说话声取代。“乔！乔，抱歉——”她想要说更多，但是她的声音被截断，似乎他塞住了她的嘴。

“那么现在告诉我，乔——”

“你要是伤害她，我向上帝发誓我会杀了你。”我说着跳上莱拉的汽车，坐在方向盘后面。

“哦，乔，”一阵停顿，接着是一阵模糊的尖叫，“你听到了吗，乔？”他说，“你漂亮小女友的脸刚刚挨了我一拳，很重的一拳。你打断了我。她挨了揍。如果你再打断我，如果你不听从我的指示，哪怕是最小的细节，如果你胆敢做出什么事来吸引警察的注意力，你的小莱拉就要承受相应的后果。听清楚了吗？”

“听清楚了。”我说。我发动莱拉的车，喉头一阵恶心。

“很好，”他说，“我不想再伤害她。看，乔，她并不想告诉我你的名字，也不想告诉我你的电话号码。我不得不劝说她这全是为了她好。她真是个难对付的小婊子。”

想到他对莱拉做的事情，我的膝盖发软，胃中不适。我感到全然无助。“你是怎么找到我们的？”我不知道为什么要问他这个问题。他怎么找到我们的并不重要。也许我只是想让他把注意力集中到我身上，跟我说话。如果他忙着应付我，他就没工夫伤害她。

“你找到了我，乔。记得吗？”他说，“那么你可能知道我在商场当保安。我了解那些警察是怎么干的。你们经过我的小巷时，我记下了她的车牌号。那让我找到了小莱拉小姐，她让我找到了你。或者我应该说，她把你带到了我这里。”

“我在路上了，”我说，再一次试图把他的注意力拉回到我身上，“按照你的吩咐，我正转向 35 号州际公路。”

“为了确保你不干那些傻事比如报警，你开车的时候要跟我说话。我强调一下，乔：如果你挂断电话，如果你经过通信静区没了信号，如果你的电池没了电，如果发生任何事情中断了我们之间的联系……呃，这么说吧，那样你就需要找一个新女友了。”

我飞快地从斜坡滑下来，一只手握着方向盘，另一只手握着手机贴在耳边，车挂着挡，发出尖锐刺耳的声音。一辆大货车占着路中间，于是我把油门踩到底。货车似乎要加速，仿佛那位司机试图要彰显他过多的雄性荷尔蒙的优势。我紧抓住方向盘，手指疼痛。我的合流车道变得越来越窄，我朝迎面而来的高架轨道驶去，货车的轮胎在我旁边嗖嗖响，离我的窗户只有几英寸。我与货车之间的距离只有一肩宽，我的车缓慢经过货车的前保险杠。猛地一颠，我驶到了州际公路，我的后保险杠差点撞上他的前保险杠，他的喇叭高声鸣叫着。

“希望你开车小心点,乔,”丹说,“你不会想要被截停。那可不妙。”

他说得没错。我不能让自己被截停。我刚刚在想什么？我放慢速度与其他司机一样，像另一组车队一样并入。

“我要去哪里？”一旦我的心跳回到可控制的速度，我问道。

“你记得我老爸家在哪，是吧？”

想到这里我浑身颤抖，“我记得。”

“去那里。”他说。

“我以为它被烧了。”我说。

“这么说你听说了。可怕的事情。”他说，他的声音平静漠然，似乎我是一个打搅了他晨间阅读的讨厌小孩。

我环顾车内，想寻找一个武器，一个工具，一个我可以伤到他……或者杀死他的东西。手边什么也没有，除了一个塑料挡风玻璃雨刮。我打开顶灯，再次查看——快餐垃圾，几个备用的防寒手套，莱拉一门课程的文件，丹的那袋垃圾，没有武器。从洛克伍德家跑开时，我听见垃圾袋里瓶子叮当作响。如果没有别的东西，我可以拿一个瓶子出来。接着我看到后座上一道闪光，一个银色的东西，半塞在座椅靠背和垫子之间的缝隙里。

“你似乎很安静，乔，”丹说，“我没有让你厌烦吧，是吗？”

“不，我没有烦躁，只是在思考。”我说。

“你是一个喜欢思考的人，是吧，乔？”

我按下免提电话键，把手机放在前面两个座位之间的储藏小柜上，调高音量。“我没有养成这种习惯，但这种情况不时出现。”我说着悄悄地拉起操纵杆让我的座位尽量后仰。

“告诉我，乔，你在想什么？”

“我刚刚想到我去找你爸爸，我们分开时，他心情似乎有点不佳。”我慢慢向后滑倒在座位上，用手指尖握住方向盘，等待公路的直线段。“他怎么样？”我问出这个问题，部分是想听到他的反应，部分是在直段公路出现时让他说话。

“我猜你可以说他有过好日子。”丹说，他的语气变得冷漠。

我放开方向盘，扑通倒在座位上，去抓后座上发光的金属物品。一个手指摸到了一边，一个指节摸到了另一边，往前拉。我的手指滑了下来。我重新去抓，再次去拉。杰里米的手机从垫子中滑出去，向前旋转，落在前面的座位边。

“当然，”丹继续说，“就像人们所说，你不应该让一个老酒鬼去做事情。”

我坐起来，发现车子偏离了道路，朝路肩驶去。我抓住方向盘，校正位置，轮胎发出轻微的嘎吱声。要是这地方有个警察，我肯定被请到一边去了。我在后视镜里寻找警车的车顶红灯。我看着，等待着——什么也没有。我松了口气。

“不过他是出于好意。”丹结束了。

“他想要杀我……这是出于好意？”我说，试图让他一直说下去。我拉起座椅升降杆，把靠背调到竖直。

“哦，乔，”丹说，“你是在故作天真吧，对吗？”

我向后伸手，拿起杰里米的手机，打开。“杀我是他的主意吗？”我说，“还是你的主意？”我弓起背，伸进口袋拿出麦克斯·鲁珀特的名片。

“用瓶子敲你的头，是他的主意。”丹说。

我把手指放在鲁珀特私人手机号码的第一个数字上，把手机贴在我的腿上来消除声音，按下了那个按钮。

“想想我有多么惊讶，”他继续说，“当他打电话告诉我你在克丽斯特尔日记中发现的东西时？”

我继续按号码。

“过了这么久，你居然弄清了，”他说，“你真是聪明，不是吗，乔？”

我最后一次确认号码，拨了出去，把手机拿到耳朵边，祈祷鲁珀特会接。

“你好？”鲁珀特的声音传了过来。我用拇指捂住手机的扬声器，这样丹·洛克伍德不会听到鲁珀特讲话，但是鲁珀特可以听到我跟丹的对话。

“我没你想的那么聪明，”我说，把杰里米的手机放在我的手机旁边，“我一直以为 DJ 指的是道格拉斯·约瑟夫·洛克伍德。今天你妻子告诉我你是 DJ 时，你可以想象得出我是多么惊奇。我极为震惊。我是说，你的名字是丹尼尔·威廉·洛克伍德。谁会想到别人会叫你 DJ？”

我故意说出这些话来暗示鲁珀特我的困境，同时不让丹觉察我的计划。我只能寄希望于鲁珀特在听，并且明白发生了什么，知道这个午夜来电不是误拨的电话。我需要稳住丹·洛克伍德，促使他说出他的秘密。

十二

在我一路向北去见丹·洛克伍德的路途中，一个想法一直徘徊在我脑海的阴影处——变幻莫测，尚未成形，隐藏在我的恐惧之后。我感觉到了它的存在，却没有留意，而仓促地思考着拯救莱拉的方法。现在我让鲁珀特也接听到电话，但愿他在听我与丹·洛克伍德的谈话，我平静下来，允许那个一直徘徊着的想法表露出来，允许它清楚地长大，直到它尖叫出声——丹·洛克伍德没有其他选择，只能杀死我们。

为什么我一直焦虑不安？我知道前面是什么。他会带我去他那里，然后杀死我们两个。他不可能让我们活，不会留下活口。我感觉一阵奇怪的慰藉感流遍全身。我知道他的计划，他需要知道我了解。

“丹，你玩过德州扑克吗？”我问道。

“怎么？”他说，“当然，我玩过一两次。”

“有一个时刻，你有两张底牌，我有两张底牌，然后发牌人翻牌。”

“是的……如何？”

“我全押。我摊出我的牌，你摊出你的牌。我知道你有什么，你知道我有什么，现在我们就等发牌人把牌发完，看谁赢。没有任何秘密。”

“继续。”

“好的。现在我全押。”

“我不确定会跟。”丹说。

“当我到你老爸家会发生什么？”我说，“你肯定已经全盘考虑过了。”

“我有点想法，”他说，“更好的问题是：你彻底考虑过了吗？”

“你带我去那里是为了杀我。你利用莱拉来吸引我去，杀死我后，你会杀了莱拉。”我吸了口气，“我猜得对吗？”

“那你还去。为什么？”

“我有两个选择，”我说，“我可以去警察局，把DNA给他们，告诉他们你杀了你妹妹——”

“同父异母的妹妹！”

“同父异母的妹妹。”我重复道。

“这样的话，”他说，“可怜的小莱拉活不过今晚。”他的声音再次变得冷酷，“你第二个选择是什么？”

我又深吸了一口气。“我可以去那里杀了你。”我说。

电话的另一端一阵沉默。

“你看,”我说,“我去那里,因为你有莱拉。如果我到的时候她死了，我也没有理由停下来了，不是吗？你手上又多一条人命，但我会揭发你。警方会追你到天涯海角。莱拉的仇就报了。你会死在监狱，而我会在你的坟前小便。”

“这么说你要杀了我，是吗？”他说。

“你不就要那么对付莱拉和我吗？”

他停顿了。

“然后呢？”我说，“把我们抛进河里还是在工具棚烧掉？”

“一个谷仓。”他说。

“呃，对，你是放火的人。你也烧了你爸的家，是吧？”

他再次沉默。

“我猜为了自救，你杀了那个老人。”

“杀你会让我很享受，”丹说，“我会慢慢地来。”

“你老爸追我替你清场，但是在这个过程中他让自己成了最好的替罪羊。他把DNA、日记和把我引向他而不是你的证据都告诉你了。这很好。于是你杀了他，把他的尸体藏在没人能找到的地方，把他的房子烧为平地让警方没办法检测他的DNA。我不得不称赞你，丹，那很巧妙——他妈的怪异，但是巧妙。”

“当他们在他家附近的谷仓发现你的尸体时，事情就更妙了。”他等待我来把这些点连接起来。

“他们会把这件事归咎于他，”我说完道，“除非我先杀了你。”

“我猜十分钟后我们就能见面了。”他说。

“十分钟？”

“我知道去那里要花多长时间。如果你十分钟到不了，我会认为你犯了一个大错，试图带警察来我们的小聚会。”

“别担心，”我说，“我来了。如果我开上去，没有看见莱拉好好地站着，我会认为你犯了一个大错。我就会开过去，把全人类招来。”

“那现在我们彼此了解了。”他说。

十三

十分钟内开完五分钟的路，我可以提前完成。我努力思考还可以做些什么。

一路上我一直用拇指盖住杰里米手机的扬声器，让洛克伍德听不到鲁珀特的声音。乡村小路与结了冰的沼泽地缠绕在一起，我减慢速度，尽量给鲁珀特时间赶上来。我给了他足够的线索吗？丹和我谈到了他父亲的房子，他烧掉的房子，附近的谷仓。鲁珀特知道这栋房子的位置，就是他把火灾的情况告诉我的。他是一个警察，一个警探。他会搞清楚的。

我小心抬起杰里米的手机，把拇指拿开，把扬声器紧贴住我的耳朵，倾听。没有声音。没有呼吸声。背景里没有汽车发动机的白噪声[1]。什么也没有。我看着手机屏幕，看着被照亮的鲁珀特的号码。我再次倾听。一片寂静。我捧起送话口，轻声说出“鲁珀特”，清晰地发出辅音，这样麦克斯或许能明白并回答。

他没有回答。

我不能呼吸，我的手不停颤抖。难道整段时间我是在给手机留言？

[1] 白噪声：指功率谱密度在整个频域内均匀分布的噪声。从我们耳朵的频率响应听起来它是非常明亮的“嗞”声。

"鲁珀特。"我再次轻声说。仍然没有回应。我把杰里米的手机掉在乘客座后面的地板上，我突然口干舌燥。我现在没有计划——没有拯救莱拉的方法。

我能闻到洛克伍德的垃圾的味道，他的DNA，他犯罪的证据，就在我的座位后面腐烂。如果我一直在给鲁珀特的语音信箱留言，那么鲁珀特会收到信息，知道丹·洛克伍德杀了我们。我决定把垃圾扔进沟里。万一遭到不测，鲁珀特或许能找到它，用它来制裁洛克伍德。作为一个备用计划它很糟糕，但这是我现在唯一能做到的。

我手向座位后面伸，把袋子拿到腿上，瓶瓶罐罐发出轻微的沙沙声。有个啤酒瓶的瓶颈抵在了袋子的一侧。我用指甲在袋子边撕了个洞，把瓶子拿出来放在我旁边。

"五分钟，乔。"丹在手机上叫道。

"让我听听莱拉的声音。"

"你不相信我？"

"这对你有什么要紧？"我说，语气里充满沮丧，或者说无奈，"把它当作我最后的愿望。"

我听见丹拿开塞口布，莱拉在咕哝。手机应该不在他的耳边，给我一个机会扔垃圾袋。我把车开得很慢，来减小风声，摇下车窗，用我的膝盖驾驶，把垃圾袋滑出扔了出去，让它落在白雪覆盖的沟渠上。

"乔？"莱拉小声说道。

"莱拉，你还好吗？"

"够了，"丹说，"你有两分钟。我觉得你到不了。"

我关上窗户，再次加速，登上最后一个小坡然后转入道格拉斯·洛克伍德家的碎石路。“如果你在你老爸家，那么你能看到我的车头灯。”我一明一暗地闪动车灯好几次。

“啊，英雄终于到了，”丹说，“我爸家后面有一条拖拉机路，它通向一个谷仓。我在那里等你。”

“让莱拉站在我能看到的地方。”我说。

“当然，”他得意地说，“我期待见到你。”

我转入那条碎石路，我的眼睛注意着黑暗中的动静。道格拉斯·洛克伍德家的烟囱孤独地挺立在一片废墟之上。消防水带留下来的冰块像冻住的羽毛一样在它边上摆荡。

我开过那栋房子，停顿了下，转入那条拖拉机道。我跟随着雪中丹·洛克伍德的四轮货车留下的轮胎印。车的轮迹往后蜿蜒八十英尺去往一个废弃的灰色谷仓，它的墙板像一匹老马的牙齿一样腐烂分离。在我接近谷仓之前我恐怕会陷在雪里。

我打开远光灯，加大油门，让莱拉的小车撞进雪堆中。一道白墙在高空中粉碎，晶莹的雪花在车灯前闪闪发亮。我向前犁了十英尺，车子突然停顿，轮胎无力地打转，发动机徒劳地加速。我把脚从油门上拿开，看着最后的粉末状雪雾在风中飘散。一个沉重的念头固执地充斥着我的大脑——现在怎么办？

十四

前灯掉落在大雪覆盖的牧场上，照亮远处的谷仓。莱拉站在破损的门前，手臂伸过头顶，双手被系在干草棚外面顶部的一根绳子上。她看上去很虚弱，但她靠自己的力量站立。丹·洛克伍德站在她旁边，一只手拿枪指着她的脑袋，另一只手拿着手机。

我和谷仓之间隔着七十英尺的雪地，左边围着一片大约五十英尺的树林，右边是一个小港湾。树木和港湾都从小路延伸到谷仓那边。它们都可以提供掩护，不过港湾会让我离洛克伍德不到三十英尺。

我放下车窗，拿起我的手机和那个啤酒瓶，从窗户爬到车外——没有嘎吱一声打开门引起注意。我把手机贴住脸来隐藏屏幕的光。我在车后转身，朝港湾走过去。

“你应该把我的垃圾带给我。”丹说。

我需要拖延时间。“恐怕我不能。”我说着向港湾侧移。汽车前灯照着丹的眼睛，掩盖了我在阴影中的动作。“雪太深了。”

“我厌倦了在这里闲荡。”他喊道。

我离谷仓越来越近，脚下的冰噼啪作响。我停下来从港湾边往上看，丹的注意力仍然在车上。雪上结了一层薄冰，每走一步就发出一声轻微的咯吱响声，在安静的夜晚宣告着我的到来。丹说话时我走得更快，希望他自己的话语声能盖过我的脚步声。

“从你他妈的车里出来，走到这里来。”他对着手机吼道。

“你应该来这里拿。”我说。

“你觉得这里有你说话的份吗，你这个愚蠢的小黄鼠狼？”他用枪指着莱拉的头，“牌在我手上，我有决定权。”他喊叫时我快跑起来——我的头低着，手机仍然紧贴耳朵。“你他妈快来，否则我马上杀了她。”

我足够近了，他或许可以听出我的声音来自港湾那边而不是手机。我把音量调低到耳语，语气的转换让我的话语产生一种我没有预料到的威胁的感觉。“你杀了她，我就离开。在你话说完之前骑兵队就会来对付你。”

“好，”他说，“我不杀她。”他把枪口放低对准她的膝盖。“如果三秒内我看不到你，我会打断她的漂亮膝盖，一次一个。你知道膝盖骨中枪有多疼吗？”

我尽可能在港湾中往前走。

“之后，我会朝其他身体部位开枪。”

如果我冲出来，一到耀眼的前灯照射下我就死了。如果我待在港湾，他会用枪把莱拉分割。从这个距离，我能听见她透过塞口布发出疼痛的尖叫。

“一！”

我环顾四周，寻找比啤酒瓶更好的武器：一块石头、一根树枝，或者任何东西。

“二！”

一棵倒下的树从对岸突出来，它枯死的树枝触手可及。我扔掉瓶子，抓住一根跟楼梯扶手一般粗大的树枝，用尽全力拉。随着一阵震耳欲聋的噼啪声，它折断开来。我往后绊倒。

丹开了两枪，一颗击中我头上的三角叶杨，一颗消失进黑暗里。

我哼了一声，仿佛我被击中，把手机像飞盘一样扔到海湾另一边的冰面上，手机屏幕发出光芒，从谷仓就可以看到。

我从最近的河岸爬起来，拿着树枝藏在三角叶杨后面。我等待丹靠近，希望他的注意力能集中到对岸手机的光上。

“你是一个顽固的杂种，”丹叫喊道，“我会让你好受。”

我抬起树枝，通过他的声音估计着他的距离，倾听着他越来越近的脚步声。

就在树枝够到的范围之外，他停了下来，也许是让他的眼睛适应远离前灯的黑暗。再走两步，我对自己说，只要再走两步。

“这样没用，乔。”他说，朝海湾又走了一步，他的枪仍然指着我的手机，声音放低，几乎在我耳边说话，“牌在我手上，记得吗？”

他又向前走。

我从树后面的藏身之处冲了出来，用树枝击打他的头。他把枪挥来挥去，躲开我的树枝，指向我。

我没有达到目的。树枝插入他的右肩，而不是头骨。但是他也没有达到目的，子弹打中我的大腿而不是胸腔，灼热的子弹撕裂我的皮肤和肌肉，进入骨头，把我的腿变成没用的废物。

我脸朝下摔入齐膝深的雪里。

十五

如果我停止反抗，我会死掉——莱拉会死掉。

我用胳膊支起身，但再次跌入雪中，丹·洛克伍德的全身压在我背上。在我能反应之前，他把我的右手拉到背后，一副金属手铐咔嗒铐住我的手腕。为什么他没有一枪打中我的头？为什么让我活着？我奋力把另一只手挣脱出来，但他压在我肩胛和脖子上的重量让我徒劳无功。

他站起身，抓住我的衣领，拖着我穿过雪地，让我靠在谷仓边缘的一根栅栏桩上。他从裤子上解下皮带，发出尖啸的响声。他用皮带勒住我的喉咙，把我系在围栏桩上。接着他退后，欣赏着他的手工，用他沾满雪的靴子踢我的脸。

“因为你，我爸爸死了，”他说，“你听见了吗？这件事他妈的跟你无关。”

“滚你妈的蛋。”我从嘴中吐出血来，“你杀了你爸爸，因为你他妈的疯了。你强奸并杀死了你妹妹，因为你他妈的疯了。看到联系了吗？”

他用另一只脚踢我的脸。

“我敢说你在想为什么我没有直接毙了你。”他说。

“我想过。”我含糊说道。我能感觉一颗牙齿在我嘴巴里滚动。我再次吐出来。

“你将看着我，”他笑道，“我要强奸你的小女朋友，你看着。你会听见她尖叫并且哀求，就跟她们一样。”

我抬起头，我的视线模糊，我的耳朵由于他的踢打仍然嗡嗡响。

“哦，对了，乔，”他说，“还有其他的。”他走向莱拉，用双手抬起她的下巴。她的两边脸颊上有红一块青一块的瘀伤。她看上去虚弱无力。他把手滑过她的脖子，抓住她运动衫的拉链，拉开。

我努力挣脱脖子上的皮带，拉扯着厚皮革，想拉长它、弄断它，或者把栅栏桩从地上拔起来，可它一动也没有动。

“你逃不了，乔，别把自己弄伤了。”他把手放在她的胸部，她恢复了知觉，仿佛从昏睡中醒来。她试图扭动身体摆脱他的手，系着她的绳子让她反抗无效。她试图用膝盖踢他，但她太虚弱，没有什么作用。他狠狠地击打她的肚子，把她胸中的空气掏空。莱拉喘不过气来，奄奄一息。

“几分钟后一切都将终结，你们会葬身于绚丽的火焰中。”他润了润嘴唇，凑近莱拉，伸出一只手来解开莱拉裤子上的扣子，同时把枪向她的身体上部移动，枪口擦着她的身体轮廓，在她的胸部停了一秒钟。他把枪口滑动到她的喉咙、她的脸颊、她的太阳穴。

他的身体稍稍倾斜，仿佛他会舔她的脸或者咬她，但他停了下来，因为用一只手不大容易解开她的带子。他往后退了一步仔细看了下搭扣。这么做时，枪口一瞬间向上歪，离开莱拉的头。

突然，从林木线传来一连三声枪响。第一颗子弹打中了丹·洛克伍德的左耳，从右耳出来，溅出一片血、骨头和脑浆。第二颗子弹划破他的喉咙，带来类似的结果。在第三颗子弹撕裂开他头骨旁的假牙前，洛克伍德就死了。他倒在地上，只是一摊肉和组织。

麦克斯·鲁珀特从林木线的幽暗处走出来，枪仍然指着之前是丹·洛克伍德的那堆废物。他走过来，踢尸体，让他翻过身来，洛克伍德的眼睛茫然地盯向天空。又有两个人从幽暗处出来，他们是警长的副手，两人穿着棕色的冬大衣，左翻领上戴着徽章。

一个对别在肩上的无线电麦克风说话，地平线亮起红色和蓝色，似乎警官召来了他的私人北极光。很快警车的灯光出现了，警报声划破了夜晚的宁静。

尾 声

平静的葬礼

一

谷仓的枪战成为了新闻，并且滚起了雪球。媒体想要知道为什么一个来自艾奥瓦的男人头部中了三枪，为什么当地的两位大学生在现场。为了证明开枪射击合乎情理，以及麦克斯·鲁珀特并没有做错，当局尽快细化了莱拉和我发现的东西。不到二十四小时，他们不仅重新审理克丽斯特尔·哈根的谋杀案，还递交到了上层。到第二天早晨他们发布第一次新闻发布会时，他们肯定莱拉破译了代码，确认了在 20 世纪 80 年代克丽斯特尔及其家庭成员叫丹·洛克伍德为 DJ。

枪击发生后的第二天，明尼苏达刑事局证实在克丽斯特尔·哈根指甲盖下面找到的 DNA 属于丹·洛克伍德。不仅如此，刑事局在联合检索系统——国家 DNA 数据库中验证洛克伍德的 DNA 图谱时，他们得到了一个结果。洛克伍德的 DNA 与艾奥瓦达文波特一桩案子的图谱匹配，在那件案子中，一个年轻的女孩被强奸并杀害，她的尸体在一个烧毁的谷仓的瓦砾中被发现。当局举办了一场新闻发布会来宣布丹·洛克伍德很可能在 1980 年杀死了克丽斯特尔·哈根，如今差点杀了两个大学生，要不是鲁珀特开枪击毙了他。当局和媒体一致赞扬麦克斯·鲁珀特，视他为一个英雄，为他杀死了洛克伍德，拯救了不愿透露姓名的明尼苏达大学学生的性命——他们很可能成为他的下一个受害者。

有个记者得知了我的名字，也知道鲁珀特枪击洛克伍德时我在现场。她给我的病房打电话问了我一些问题，称我是个英雄，说了很多恭维话。我没觉得自己是个英雄。我差点让莱拉丢了命。我告诉那位记者我不想跟她谈，让她不要再打电话给我。

我的教授们全都准许我延期进行期末考试和提交学期论文。我接纳了他们的好意——除了我的传记课。莱拉把我的笔记本电脑拿到了医院，我在床上撑着坐起不停打字。莱拉还每天带杰里米来医院看我。那天晚上她在急诊室待了几个小时，医生们给她做了检查，只是脸上和身体上有瘀伤，手腕上有绳子勒的擦伤，然后她就出院了。之后她在我公寓的沙发上就寝，杰里米睡在另一个房间。

医生们让我在医院待了四天，在圣诞节前两个星期我出院了，带着一瓶止痛药和一副拐杖。到他们允许我出院时，为卡尔·艾弗森所写的传记，我写下的页数是要求的两倍。我已经完成了作业，除了最后一章——卡尔的官方无罪声明。

我出院的那天早上，桑登教授在医院休息室跟我见了面。他穿过房间来跟我打招呼，似乎上气不接下气，笑得就像他刚刚抽彩中奖。“圣诞快乐。”他说，递给我一份文件：底部有印章的法院命令。

读到标题中的正式措辞时，我的脉搏加快：

明尼苏达州，原告 vs 卡尔·艾伯特·艾弗森，被告。

我一行行往下读，直到桑登教授打断我，翻到最后一页，指向这一段：

> 特此命令对卡尔·艾伯特·艾弗森于1981年1月15日由陪审团裁定并于同日做出宣判的一级谋杀罪，全部撤销，该被告的民事权利自此命令签署后即刻得到完全恢复。

这一命令是由一位地方法院法官签署的，日期就是当天上午。

“我简直不敢相信，”我说，“你怎么——”

“有政治意愿时，你能完成的事情是惊人的，”桑登教授说，“枪击事件已经成为全国性的新闻，县检察官自然乐意加快事情的进程。”

“这也就是说……”

“按官方说法，卡尔·艾弗森完全无辜。”桑登说，笑逐颜开。

我给维吉尔·格雷打了电话，请他当天跟我们一起去看望卡尔。珍妮特和洛格伦太太也跟我们一起去了卡尔的房间。我本想给法院命令镶个框又否定了这个主意，因为这并不像是卡尔想要的。我只是把文件递给他，解释了它的含义，解释说在世人眼中现在是官方承认的——他没有杀克丽斯特尔·哈根。

卡尔用手指擦了擦第一页底部的印章，闭上了他的眼睛，露出一丝苦笑。一滴眼泪顺着他的面颊流了下来，这让珍妮特和洛格伦太太哭了起来，也让莱拉、维吉尔和我眼泛泪花。只有杰里米没有落泪，但那是杰里米。

卡尔奋力把手伸向我,我握住了他的手。“谢谢你,”他轻声说,“谢谢你……们。”

我们一直陪着卡尔，直到他无力的眼睛再也睁不开。我们祝他圣诞快乐，允诺第二天再来，但那没有发生。当天晚上他死了。洛格伦太太说似乎他决定该是离开的时候了。他的死亡和她之前见过的那些一样安详。

二

不算上牧师，十三位哀悼者参加了卡尔·艾弗森的葬礼：维吉尔·格雷、莱拉、杰里米、我、桑登教授、麦克斯·鲁珀特、珍妮特、洛格伦太太，来自希尔维尤的另外两名员工，和斯蒂尔沃特监狱对他留有深刻印象的三位看守。他被葬在斯内林堡国家公墓，与成百上千名其他越战老兵为邻。牧师的墓旁仪式十分简短，部分因为他从没见过卡尔·艾弗森，除了标准的文句之外没什么可说，部分因为十二月的一阵冷风不受拘束地吹过空旷的墓园。

仪式结束后，麦克斯·鲁珀特跟包迪·桑登离开了，不过走之前坚持让莱拉和我过后在附近的一家餐厅跟他们喝杯咖啡。我能看出他们有事情要说，一些显然需要隐秘去说的事情。

我去与维吉尔道别，整个仪式期间他一直拿着个纸袋，捂在胸前。一到只有我们两个人时，他打开纸袋，拿出一个展示箱——一个带有镜面的词典大小的橡木盒。里面，别在红色毡衬上的是卡尔的奖章：两枚紫心勋章和一枚银星勋章。奖章下面是臂章，表明卡尔退役之前被提升为下士。

“他想让我把这些给你。”维吉尔说。

我说不出话来。至少一分钟时间，我只是盯着它们看，它们光滑的边缘闪闪发亮，银色和紫色突出显现在血红的背景上。“你从哪里找到的？”我最后说道。

“卡尔被捕后，我溜进他家，拿走了它们。”维吉尔耸了耸肩，似乎我会怪他偷东西，“卡尔没什么财物，我觉得或许有一天他会想要回这些东西。它们是……”维吉尔噘起嘴唇忍住啜泣，“是他唯一的财物。”维吉尔伸出手，我握住了。他把我拉过去给了我一个拥抱。“你干得很好，”他轻声说，“谢谢你。”

我谢了维吉尔，转过身朝我的车走去，杰里米和莱拉在那里等我。维吉尔仍待在墓地，显然还没准备好离开他的朋友。

在餐厅，麦克斯和包迪到达时，莱拉和我正捧着咖啡杯暖和自己的手。杰里米一口一口地抿着热巧克力，咂咂地从一层糖稀下面啜饮。我把麦克斯和包迪介绍给了杰里米。杰里米像被教导的那样礼貌地打了招呼，然后他的注意力又转回热巧克力。我简短地解释了杰里米怎么会过来跟我一起生活，不过没有提我打断拉里膝盖的那部分。

“这样会让上学更为困难。”包迪说。

我低下头看着桌子，“我不会回去上学了。”

这是我第一次说出这些话。虽然我已经正式退掉了春季学期的所有课程，说出来让一切变得更真切。我抬起头时，看见包迪和麦克斯交换了一个眼神——让我惊讶的是——他们笑了。

“我想给你看点东西。”麦克斯说，从他的上衣口袋拿出一张叠好的纸递给我。我打开看见一封艾奥瓦斯科特县的警长发给麦克斯的邮件。

我查看了查明梅利莎·彭斯凶案的酬金。这是在1992年交付的，仍然有效。事实已然彰显是洛克伍德杀害了她。他在达文波特的商场当保安主任，肯定是在梅利莎要离开商场时绑架了她。梅利莎是当时一个银行业主的孙女，他拿出了$100，000的奖金。如果你给我塔尔伯特先生和纳什女士的银行账号，我们的案子正式了结后，我可以让银行电汇给他们。

我停了下来，最后一部分让我的头几乎要爆炸开来。“十万美元？”我说，声音比我预想的要大，“你们没有开玩笑吧？”

包迪笑了，说：“继续读。”

我意识到洛克伍德先生还与另外两起绑架谋杀案有关，一起发生在艾奥瓦科拉尔维尔，另外一起发生在得梅因外。作案手法一致，很有可能也是出于洛克伍德之手。每一起案子各有一笔$10，000的赏金。你应该让你的人知道如果这些案子被查明，他们有资格拿到这些钱。

我把邮件递给莱拉，读到有关钱的部分和她的名字时我听见她抽了口气。读完后她抬起头来说：“这是真的吗？”

“千真万确，”麦克斯说，“属于你们俩。”

我想说话，但说不出来，吸了一大口气。终于可以说出话来时，我说：“那是很多钱。”

“我敢说，比你们通常见到的奖赏要多，”麦克斯说，“但这并没有超越权限——尤其对于一个银行家的孙女之死来说。如果洛克伍德是这三起案子的凶手，你们将得到十二万美金。”

莱拉看着我。“我希望你拿这笔奖金，”她说，“都拿走。你需要照看杰里米。”

“绝对不行，”我说，“你差点丢了性命。”

“我没有你那么需要钱，”她说，“我希望你拿。”

“我们平分，”我说，“否则我一分也不要。不要再说了。”

莱拉张开嘴想要争辩，又停了下来，“我们分成三份，”她对杰里米点点头，说，“没有他，我们不会破解代码。他得三分之一。”

我要拒绝，但是她举起一只手，一脸严肃，不可动摇地看着我的眼睛说：“不要再说了。”

我看着杰里米,他咧着嘴对我笑,胡须上沾满糖霜。他并没有在听。我也对他笑，然后我侧身亲吻了莱拉。

屋外一场大雪下了起来，我们离开餐厅时，莱拉的车上覆盖了一英寸的雪。她和杰里米爬了进去，我在外面把雪从窗户上清理掉。我忍不住笑起来。有了这些钱，我可以上学，还可以照看杰里米。我从挡风玻璃上刷掉雪时，心里充满难以置信的轻快感。一对年轻夫妇进入餐厅，释放出一阵热空气，混杂着刚烤出来的面包的香味。这种香气随着一阵微风包裹住了我。它让我停了下来，想起卡尔对我说过的一句话——天堂就在地球上。

我用手抓起雪，看着它在我掌中融化。我感觉到了寒意，看着澄澈的雪花化作水珠从我的手腕往下淌，消散变成另一种存在。我闭上双眼，聆听着微风吹过附近的松林，藏在针叶里的山雀发出的唧唧叫声。我吸了口十二月的冷空气，一动不动地站立，品味着周遭世界的感觉、声音和气味，这些感知将眷顾我而不为我所知，如果我没有遇到卡尔·艾弗森。

致谢

我要对我的经纪人艾米·克拉雷表示衷心的感谢，这本书的问世她功不可没。我要感谢我的英文版编辑丹·梅尔，以及第七街出版社的所有人，感谢他们的帮助和指导。

我还要感谢读过我手稿的朋友们：南希·罗辛、苏西·鲁特、比尔·帕顿、凯利·伦德格伦、卡丽·莱昂内、克里丝·该隐，以及我在双城犯罪小说姐妹会的其他朋友。她们给予了我巨大帮助。

特别感谢在明尼苏达“昭雪项目”工作的埃里卡·阿普尔鲍姆的建议。

请推广这本书。

我希望你喜欢阅读《我们掩埋的人生》。对于一个作家来说，没有什么比得知读者喜欢他的作品更让他荣耀的事情。如果你喜欢《我们掩埋的人生》，请告诉别人。对于一个新人作家来说，没有比你们的口头推荐更有力的支持。

还请留意我接下来的小说,暂命名为《野兽之路》[1](*The path of the Beast*)。

也可以访问我的个人网站:http://www.alleneskens.com.

[1]《野兽之路》:该书后被命名为《另一个幌子》(*The Guise of Another*),2015 年 10 月英文版出版。

我 们 掩 埋 的 人 生

FONGHONG
凤凰联动出品